無限笑笑

무한소소소 3

김현영 新무협 판타지 소설

초판 1쇄 찍은 날 § 2004년 4월 15일
초판 1쇄 펴낸 날 § 2004년 4월 25일

지은이 § 김현영
펴낸이 § 서경석

편집장 § 문혜영
편집 § 장상수 · 서지현
마케팅 § 정필 · 강양원 · 이선구 · 김규진 · 홍현경

펴낸곳 § 도서출판 청어람
등록번호 § 제1081-1-89호
등록일자 § 1999. 5. 31
어람번호 § 제2-0362호

주소 § 경기도 부천시 원미구 심곡1동 350-1 남성B/D 3F (우) 420-011
전화 § 032-656-4452 팩스 § 032-656-4453
http://www.chungeoram.com
E-mail § eoram99@chollian.net

ISBN 89-5831-027-8 04810
ISBN 89-5831-024-3 (SET)

무한소소

無限笑笑

Fantastic Oriental Heroes

김현영 新무협 판타지소설 ── 의로운 자의 길을 가다

3

도서출판
청어람

제1장 가자, 화양객잔으로

객방 안에는 네 구의 시체가 널브러져 있었다.

그중 송겸과 추백은 지난밤 환호성을 지르고 방방 뛰며 뒹굴다 퍼질 러 잠든 상태였고, 조후는 보고서를 작성하고 돌아온 뒤 한참 동안이나 그 난장판을 지켜보다가 송겸과 추백이 지쳐 쓰러졌을 때 거의 동시에 잠들게 되었다.

네 사람 중 가장 평온해 보이는 밤을 보낸 이는 사마세가의 검사 연 도강이었지만 평온하게 보인 것은 그저 외형뿐, 그의 지난밤은 실로 최 악 중의 최악이었다.

악몽으로 밤새 괴로움을 당했던 그는 아침나절에 제일 먼저 눈을 뜨 고는 밀려오는 육체의 고통에 이마를 찡그렸다.

생각하기도 싫은 악몽이 의지와는 상관없이 다시 마음에 떠올랐다.

꿈에서 그는 정신병자들의 소굴에 사로잡혀 갔었다. 정신병자들은 광란의 춤을 추었는데 그들은 사람이긴 했지만 또 전혀 사람이 아니었다.

호랑이의 머리에 사람의 몸통과 다리를 가진 자가 있는가 하면, 머리는 사람인데 몸이 말[馬]인 경우도 있었다. 또 다른 경우는 멀쩡한 몸에 큰 박쥐 날개를 달고 있는 이도 있었는데, 어쨌든 그 모두가 환호성을 지르며 괴상한 춤을 추었고 찢어질 듯한 굉음을 발했다.

그 소리는 연도강이 아무리 몸을 웅크리고 귀를 틀어막아도 고막을 거침없이 파고들었으며, 그로 인해 그는 바닥을 뒹굴며 괴로워했다.

꿈의 끝자락에서는 급기야 춤을 추는 사람인지 짐승인지 모르는 존재들에 의해 발 밑에 깔려 자근자근 밟히는 고통을 당하기까지 했다.

그 악몽의 원인은 순전히 송겸과 추백 때문이었다. 그가 깊은 수면 상태를 유지하지 못했을 때 그의 곁에서 밤새 발광하며 환호하던 송겸과 추백이 정신 세계로 파고들어 와 꿈의 형태로 나타났던 것이다.

"으으으……."

어떻게든 몸을 일으켜 보려 했지만 신음 소리만 흘러나올 뿐 몸은 털끝만큼도 움직일 수 없었다.

반드시 이번 수호맹 작전의 수장인 남궁호에게 이 사실을 전해야 했다. 때를 놓친다면 자칫 수호맹의 젊은 영웅들이 해를 면치 못할 것임은 불을 보듯 자명한 사실이었다.

'힘을 내야 한다, 힘을.'

"으으으……."

그의 입에서 다시금 미약한 신음이 새어 나왔다. 하지만 그 신음 소리는 그의 귓가에만 어른거리다 사라질 뿐이었다. 밖에서 들려오는 말 발굽 소리나 마차 바퀴가 구르는 소리가 오히려 더 크게 들릴 정도였다. 어느 누가 곁에 있다 한들 신음 소리를 들을 수 있는 사람은 없어 보였다.

한데 다음 순간 놀라운 일이 벌어졌다.

그건 연도강이 전혀 상상도 못했던 일이었다. 그 작고 가냘픈 신음의 결과라고는 결코 믿을 수 없는 것이었다.

"어르신, 일어나셨군요."

"영감! 몸은 좀 괜찮습니까?"

한없이 잠들어 있을 것 같던 송겸과 추백 두 사람이 누가 먼저랄 것도 없이 연도강의 눈앞으로 달려오며 외친 소리였다. 두 사람의 표정과 입술에는 극도의 존경심이 담겨 있었다.

갑작스레 '어르신'과 '영감'이 된 연도강은 이 뜨거운 반응에 고통보다 더한 황당함에 사로잡혔다. 그는 다시금 이 현실을 냉정하게 돌아봐야 한다고 생각했다.

'그렇지. 나는 아직 완전히 구함을 얻은 것이 아니다. 이들이 더 악한 자들이 아니라고 무엇으로 증명할 수 있단 말인가. 어쩌면 나는 산 너머 더 큰 산과 마주한 것인지도 모른다. 아, 어떻게든 말을 전해야 하건만…….'

중상을 입은 채 겨우 혼자 살아난 연도강은 무슨 일이 있더라도 검은 마음을 숨긴 채 웅크리고 있는 수호맹 내부의 배도자들의 정체를 알려야 했다.

하지만 몸을 운신하기 힘든 지금, 존경과 정성이 너무 극진해 도리어 전혀 신뢰가 가지 않는 이들 외에 선택의 여지가 없다는 것이 그저 혼란스러울 따름이었다.

눈앞에서 처연한 표정을 짓고 있는 송겸과 추백을 보다 힘겹게 눈을 감았다 뜬 연도강이 돌연 충격에 사로잡혔다.

뭐가 어떻게 된 것인지 도무지 알 수 없었지만 지난밤 악몽 속에 등장했던 괴생물체들의 모습이 송겸과 추백의 얼굴을 대신해서 떡하니 떠오른 것이다.

"우욱."

급작스레 심기가 어지러워진 연도강의 정신은 급속히 허물어졌다.

느닷없이 연도강의 눈이 게슴츠레해지며 신음을 발하자 송겸과 추백이 격정에 찬 음성을 토해냈다.

"영감, 정신 차리십시오."

"어르신, 이렇게 떠나시면 아니 됩니다. 절대 이렇게는 보내 드릴 수 없습니다."

어쩌나 송겸과 추백의 목소리가 애달프고 간곡한지 모르는 사람이 보았다면 필시 정이 많은 가족이나 사문의 사람으로 여겼으리라.

어느새 소란스러움에 잠을 깬 조후가 그 광경을 온갖 심난한 표정으로 바라봤다.

연도강은 혼미한 정신 속에서도 결단을 내려야 한다는 걸 상기했다. 이대로 정신을 잃게 되면 언제 깨어나게 될지 모른다.

'선택해야 한다, 선택…… 그래, 좋다. 이들을 믿어보도록 하자.'

"화양객잔으로… 수호맹 사람들이… 독고세가를… 조심하……."

끊어질 듯 간신히 이어지는 말에 귀를 바짝 가져다 대고 있는 송겸과 추백은 곧 울어버릴 것만 같았다.

"화양객잔이란 말씀이십니까?"

"정신 차리십시오, 영감! 영감? 더 자세히 말을 해보십시오."

조심하, 까지 말한 후 연도강은 혼절하고 말았지만 송겸은 연도강의 멱살을 쥐어 들어 올리고는 거칠게 흔들었다.

"어르신~ 이러시면 안 됩니다. 어르신~"

송겸이 쥐어흔드는 것을 보고 저만치서 바라보던 조후는 어, 어, 하면서 입을 벌리고 닿지 않는 손을 뻗었다.

송겸의 흔드는 모양새가 거의 살인적이라 정신이 멀쩡한 사람이라 할지라도 까무러칠 정도였기 때문에 같이 설치던 추백마저 송겸을 말려야 하는 것은 아닌가 망설일 정도였다.

더 이상 깨어날 기미가 보이지 않자 송겸은 연도강을 붙들던 손을 물건 놓듯이 놓아버렸고, 존경해 마지않던 연도강 어르신은 바닥에 쿵 소리가 날 정도로 널브러졌다.

송겸은 턱을 어루만지며 가만히 뇌까렸다.

"화양객잔이라……."

사실 연도강의 말 따위는 못 들은 것으로 여기면 그만이었지만 그저 무시할 수만도 없었다.

흉공을 얻으려는 의욕으로 말하자면 세상 그 어느 누구에게도 뒤지지 않았지만 문제는 흉공의 행방이나 기타 그와 관련된 정보였다. 현재론 화양객잔이 전부가 아닌가.

"어떻게 한다……."

"흉공에 대한 정보가 필요하긴 하나 그렇다고 수호맹과 함께 움직인다는 것은 훗날 문제가 될 듯합니다만……."

추백의 말이 곧 송겸의 고민이었다.

"그렇지."

"안 됩니다."

단호한 목소리를 낸 건 조후였다. 그로선 무슨 일이 있어도 흉공의 일에 개입하게 할 순 없었다. 큰 사단이 날 것은 불을 보듯 뻔한 일. 교청은이 수호맹에 가담되어 있는지 아닌지를 떠나서 이번 일은 지극히 위험했다.

"수호맹이라면 우리 신비후흑회와 정면으로 배치되는 곳입니다. 결코 그들과 함께해서는 안 됩니다. 게다가 삼대흉공 문제이기에 수호맹에서도 결코 소홀히 사람을 보내지는 않았을 것입니다. 일이 잘못되기라도 한다면 목숨을 부지하기 힘들지도 모르는 일이니 우린 본래 가던 길을 가야만 합니다!"

거의 피를 토할 듯한 음성이었다. 어찌나 격정적인지 송겸과 추백은 분위기에 압도당한 듯 약간 위축된 듯 어깨를 웅크리고 조후를 바라보았다.

"이번에는 반드시 저의 말을 따라주셔야 합니다."

다짐하듯 끝을 맺는 조후의 말에 송겸이 크게 고개를 끄덕였다.

"그래, 좋다."

"감사합니다."

"가자, 화양객잔으로."

제2장 아우의 죽음

두꺼운 얼굴과 검은 마음을 기초로 삼는 후흑(厚黑) 이념에 따라 혼절한 연도강은 쓸쓸히 객방에 버려졌다.

송겸은 후흑회의 수장답게 뒤도 한 번 돌아보지 않았고, 추백은 절대적인 추종자답게 당연시 여겼다. 그래도 아직 인간다운 삶을 포기하지 않은 조후만이 힐끔거리며 몇 번인가를 쳐다보다가 어쩔 수 없다는 듯 송겸의 뒤를 따랐다.

조후의 조바심은 극으로 치닫고 있었다. 어떻게 해서든지 막아야해, 보고서에도 힘을 다하겠노라고 적지 않았느냐, 며 스스로를 거칠게 채찍질했다.

'제발 머리야, 팽팽 좀 돌아라, 제발.'

머리에 쥐가 날 정도로 방법을 찾고 또 찾았지만 도무지 좋은 생각이 떠오르지 않았다.

사실 좋은 생각일 것으로 추측되는 몇 가지가 떠오르긴 했었다. 한데 문제는 뇌의 의식이 '그런 것들은 후흑 앞에서는 아무 설득력도 발휘할 수 없소이다' 라고 단호히 말한 까닭에 떠오르는 순간 사라지고 또 떠올랐다가 사라지고를 반복할 따름이었다.

'정녕 방법이 없단 말인가.'

그 순간 조후의 머리에 한줄기 빛이 스쳐 지나갔다.

'그래, 바로 그거야!'

조후는 어물거리며 뒤따르다 느닷없이 찢어질 듯한 비명을 내지르며 바닥을 뒹굴었다.

"크아악~ 크아아악~"

이마와 목에 굵은 핏대가 섰는데 그 기세가 어찌나 흉흉한지 가만 내버려 두었다간 당장에라도 핏줄이 터져 버릴 것만 같았다.

"으아악! 배가… 배가 갑자기… 으으악~"

조후는 고통을 이기지 못해 옷을 찢어발기며 땅바닥을 굴렀다. 그 광경이 어찌나 처절하던지 미꾸라지가 소금 한 움큼에 저려져 발광하는 모습과 다를 바 없었다.

조후는 고통에 겨워 울부짖으면서 속으로는 스스로를 격려했다.

'잘한다, 조후!'

조후는 피를 토할 듯한 몸부림 중에 상상의 나래를 펼쳤다.

─이럴 수가… 저 지경이 되도록 이때까지 참아왔더란 말이냐.

─어리석은 녀석. 흉공이 다 무엇이냐.

─사람 목숨보다 더 소중한 것은 없다.

─우리는 이제껏 함께 고락을 해오지 않았더란 말이냐.

'감동의 순간은 머지않았다. 이런 말이 나오지 않는다면 그건 사람
도 아니리라.'

데굴거리는 급박한 상황 속에서 조후는 기민한 관찰력으로 두 사람
의 표정을 살폈다.

'헉!'

송겸과 추백은 얼음 인간이 되어 있었다. 두 사람이 서로 어떤 표정
을 짓자고 상의한 것은 아니었지만 두 사람의 얼굴은 쌍둥이의 그것과
같았다.

얼음은 차츰 쩍쩍 소리를 내며 갈라지더니 그사이로 짜증의 수증기
가 뭉게뭉게 피어났다.

"저거, 저 왜 또 저러는 거냐. 아주 발광을 하는구만."

"형님, 이 참에 아예 죽여 버리죠."

"그래, 그게 낫겠다."

조후는 도대체 어떤 점이 부족했는지 알 수 없었다. 온몸을 적시고
있는 식은땀과 솟은 핏대, 콧물과 눈물이 범벅이 된 얼굴, 손으로 발기
발기 찢어낸 옷자락들. 그 어떤 병자의 고통보다 더 사실적이라 자부
할 만하지 않은가 말이다.

하지만 조후를 향해 달려오는 것은 애잔한 근심 대신 무자비한 발길
질이었다.

"그래, 그냥 차라리 죽어라, 죽어! 몸도 안 좋은데 강호는 왜 나온 게
냐."

"왜 거추장스럽게 소리를 지르고 난리냐. 왜? 우리가 무슨 잘못을
했다고 그러는 거냐."

송겸과 추백의 말을 들으며 조후는 아까와는 달리 진짜 눈물이 났다.

머리를 두 손으로 감싸며 애써 눈물을 참으려 했지만 통제가 되지 않았다.

그렇다. 연극은 모자람이 없었다.

하지만 옛말에도 누울 자리를 보고 다리를 뻗으라 했지 않던가. 사파의 최고가 되겠노라고 소리치는 이들 앞에서 조후의 희망은 미세한 먼지 알갱이만도 못한 것이었다.

조후로서는 두 사람에게 감히 자비와 양선을 바라는 건 거북이가 하늘을 날아가는 것만큼이나 황당하다는 걸 다시금 깨닫는 계기가 될 뿐이었다.

"어디서 술도 마시지 않고 술주정인 게냐! 이렇게 사느니 일찍 저승으로 떠나라!"

조후는 때리는 발에 박자라도 맞추듯이 흐흑, 흐흑, 하며 흐느꼈고, 그것은 묘한 운율이 되어 송겸과 추백의 발길질에 탄력을 더했다.

"으이그, 쌀이 아깝다. 그러고도 내일 아침에는 또 해가 떴다고 하루를 시작할 셈이지? 오늘도 활기 찬 하루 어쩌구 하면서 말이다. 왜 사냐, 왜 살아. 차라리 이렇게 살 바에 죽으란 말이다."

파곽! 파파파곽!

"그래도 아프긴 아프냐? 꼴에 아픈 건 안다 이거지?"

파곽! 파파곽!

조후는 얻어터지는 와중에 귓가에 파고드는 말들이 어딘가에서 들었던 것임을 떠올렸다. 분명히 이 말들은 낯설지 않았다.

그 순간이었다. 짓이겨 오는 발길보다 더 큰 뭔가가 뒤통수를 강타했다.

덥석 두려움이 엄습했다.

이 무슨 조화란 말인가.

분명히 이 말들은 어제저녁 저잣거리를 지날 때 그가 술 취한 사람을 폭행하며 지껄였던 말이었다. 확실했다.

조후는 아무 죄도 없는 사람을 그저 홧김에 발로 뭉개면서 취객에게 말했었다.

"으이그, 쌀이 아깝다. 그러고도 내일 아침에는 또 해가 떴다고 하루를 시작할 셈이지? 오늘도 활기 찬 하루 어쩌구 하면서 말이다. 왜 사냐, 왜 살아. 차라리 이렇게 살 바에 죽으란 말이다."

분명 이런 말을 했었다. 행한 대로 그대로 돌아온 오늘의 이 현실 앞에 조후는 인과응보(因果應報)를 절실히 체감했다. 송겸과 추백이 몰래 미행하여 취객을 이유없이 폭행했던 것을 엿봤을 리는 만무했다. 기막힌 삼라만상의 이치 앞에 조후는 맞는 것이 어쩌면 당연하다고 생각했다.

퍼퍽! 퍼퍼퍽!

"이제 너도 어린 나이가 아니다. 어떤 사람은 네 나이에 자식을 낳아 기르고 있어. 너도 어서 훌륭한 사람이 되어 부인과 자식들을 만들어 단란한 가족을 꾸려야 하지 않겠냐."

조후는 고통도 느끼지 못하고 마음으로 자신을 되돌아봤다.

'이것으로 두 사람을 설득할 수는 없겠구나. 오늘 이처럼 맞는 것은 술 취한 사내에게 한 발길질을 되돌려 받은 것이라고 생각하자.'

냉정하게 마음을 추스르며 조후는 벌떡 몸을 일으켰다.

막 송겸은 주먹을 턱에 꽂으려 하다가 느닷없이 조후가 일어나는 바람에 놀라 그저 부드럽게 턱에 가져다 대는 것으로 그쳤다.

조후의 눈물 콧물 범벅이 된 얼굴이 환한 웃음을 머금고 있었다.

"이야, 몇 대 맞으니까 정신이 번쩍 드는군요. 배 아픈 것도 말끔히 사라지고 말이죠. 두 분께 감사드립니다."

황당한 건 송겸과 추백이었다. 너무 기가 막혀 무슨 말을 해야 좋을지 몰라 그저 멍하니 조후를 바라볼 뿐이었다.

조후의 머리는 산발이 되었고, 옷은 찢어발겨졌으며, 눈물 콧물 자국이 난리도 아니었다.

송겸이 떨떠름하게 물었다.

"너, 너…… 누구냐?"

조후가 웃음으로 답했다.

"하하하, 이제 다 나았다니까요. 가끔 배가 아플 때는 아무나 이렇게 때려주면 낫더라구요. 아무튼 고마웠습니다."

송겸과 추백이 뭐 이런 놈이 다 있냐는 듯 눈을 빠르게 두어 번 깜박였다.

추백이 조후에게 다가가 어깨를 두드려 주며 말했다.

"앞으로 말만 해라, 실컷 두들겨 줄 테니. 우리가 원래 고통스러워하는 것을 보면 참지 못하는 성격이잖아."

"하하, 어서 가시죠."

조후가 힘차게 앞서 가자 송겸과 추백은 멀거니 흙 묻은 조후의 등판을 바라보며 중얼거렸다.

"쟤, 왜 저러나?"

"우리는 저쪽으로 돌아갈까요?"

"음… 한 번만 더 그러면 따로 행동하자."

이어 걸음을 옮기던 중 추백이 은근히 물었다.

"진정 화양객잔으로 갈 생각이십니까?"

막무가내 추백이었지만 아무래도 걱정이 없을 순 없는 모양이었다.

"후후, 그건 아니다."

"네?"

"일단 화양객잔을 잘 들여다볼 수 있는 객잔을 찾도록 한다. 수호맹인지, 술호맹인지 하는 놈들의 힘과 숫자가 어느 정도인지 가늠해 보아야 할 것이 아니냐."

"음. 아무래도 그것이 좋겠군요."

앞서 걷던 조후는 송겸의 말을 듣고서야 그나마 '아주 바보천치는 아니로구나' 며 안도의 한숨을 내쉬었다.

상황을 엿볼 수 있다면 수호맹의 고수들의 현황은 물론이고 교청은의 존재 여부에 대해서도 알게 되니 나름의 안전장치가 마련된 셈이었다.

사람들에게 물어 화양객잔의 위치를 파악한 후 주변을 살피니 작은 객잔 하나를 끼고 풍운각이라는 객잔이 보였다.

건물 한 칸을 건넌 위치인데다 삼층으로 이루어져 있어 총 이층뿐인 화양객잔을 살피기에는 금상첨화였다.

점소이의 안내를 받아 삼층으로 올라가니 십여 명의 손님들이 여기저기 모여 각기 이야기를 나누고 있었다.

창가 오른쪽 구석에 자리 잡은 일행은 대충 음식을 시킨 후 여유를 가지고 주변을 둘러보기 시작했다.

화양객잔에 손님들이 오가는 모습이 보였고, 열린 벽면 창가를 통해 한쪽이지만 내부를 살필 수 있었다. 하지만 아무리 집중을 하고 봐도 수호맹 나부랭이들의 모습은 찾을 수가 없었다.

분명 시선이 닿지 않는 곳에 있어 꽤나 오래 지켜봐야 할 것 같았다.

조금 따분해진 송겸은 눈길을 돌려 삼층에 앉은 손님들을 둘러보기 시작했다. 정확히 말하자면 예쁘장한 여인네를 찾고 있음이었다.

그중 한 여인이 송겸의 눈에 들었다.

'흐흐, 옆모습이 죽이는군. 저 여자도 강호인이란 말인가. 훗, 요즘 여자들은 너무 설쳐 댄단 말씀이야. 흐흐, 물론 설치는 덕분에 그때 그녀와의 입맞춤은 꽤나 상큼했었지. 후후후, 그렇다고 현상금까지 내걸고 잡으러 다니는 걸 생각하면 지금도 다리가 후들거리지만 말이야.'

생각이 거기까지 이르게 되었을 때 송겸은 순간적으로 등골이 오싹해지고 말았다.

'서, 설마……'

지금 보고 있는 여인이 과거 입맞춤을 나누었던 선녀와 너무도 닮은 것이었다. 세상에는 많은 사람이 있어, 비슷하게 생긴 사람도 많을 것이라고 넘기려 해도 쌍둥이처럼 닮아 있었다.

'너무 닮았어, 너무……'

사람이 느끼는 감각에는 오묘한 이치가 있다. 누군가 바라보는 것 같은 느낌이 들 때 돌아보면 실제 다른 사람의 시선이 머물고 있음을 확인하는 때가 많지 않던가. 송겸의 시선을 받은 여인도 그런 모양이었다.

고개를 한 번 갸웃하다 옆으로 고개를 돌리던 여인의 시선이 한참 뚫어질 듯이 바라보던 송겸의 눈길과 마주쳤다. 두 사람의 시선은 접

착제라도 붙여놓은 듯 한동안 떨어질 줄 몰랐다.

찌잉~ 이라는 소리가 난 것은 아니었지만 송겸은 그런 소리가 들린 것만 같았다.

송겸은 머리카락이 곤두서고 온몸의 털이란 털들이 모조리 일어서는 것을 느끼고, 필시 번개에 맞는다면 바로 지금처럼 이런 현상들이 나타날 것이라고 생각했다.

여인은 눈을 한 번 깜박이다가 다시 고개를 원래대로 돌렸고, 그제야 송겸은 속으로 길게 한숨을 내쉬었고 모든 털들도 조용히 내려앉았다.

'휴, 다행이다. 내가 너무 과민했던 거지. 아무렴.'

한데 그때였다.

"말도 안 돼~"

전쟁의 함성을 연상케 하는 여인의 외침이 삼층 객잔을 통째로 날려 버릴 듯이 울려 퍼졌다.

어찌 소리가 컸던지 막 수저를 들어 음식물을 입에 넣던 몇 사람이 놀란 나머지 푸, 소리와 함께 음식물을 뿜어냈고, 대부분의 사람들이 화들짝 경기를 일으켰다.

이제 겨우 가라앉았던 송겸의 잡털들도 다시금 놀라 벌떡 곤두섰다.

"이럴 수가! 네, 네놈이 살아 있었더란 말이냐!"

여인은 어느새 의자를 내팽개치고 날듯이 달려와 송겸의 목에 검을 들이밀었다.

그렇다. 송겸에게는 안타까운 일이고 믿기지 않는 일이겠지만 그녀는 교청은이었다.

"네가 정녕 나를 모른다고 발뺌하진 않으렷다!"

이제 삼층은 거의 공포 분위기였다.

식사와 술을 들던 사람들은 우르르 아래층으로 내려갔고 아래층에 있던 이들은 무슨 일인가 하고 계단 쪽으로 몰려들었다.

여전히 음식을 물고 있는 자, 그 와중에도 그릇을 든 채로 싸움 구경을 하겠다고 눈을 희번덕거리는 자, 어떤 이들은 뭐야뭐야, 어떻게 된 거야, 라며 작은 소리로 묻는 이도 있었다.

교청은과 함께 식탁에 앉아 있던 화산파의 단심일매 주운보와 사마세가의 뇌정패도 사마림은 교청은의 난데없는 소동에 주춤거리며 말리려 했다.

"교 낭자, 무슨 일인 게요? 일단은 검을 거두고 차근히 말을 하는 편이 낫지 않겠소?"

"무슨 일인지는 모르나 일단 사실 여부를 물은 후에 검을 거누어도 되지 않겠소이까. 여기 우리들도 있으니 말이외다."

아름다운 외모와 달리 불 같은 성격을 지닌 교청은임을 잘 알고 있는 두 사람은 괜한 불상사가 나기 전에 검부터 거두게 하려고 애썼다.

황당한 것은 추백과 조후도 마찬가지였다. 추백은 자신의 우상이자 형님이며, 조직의 수장에게 검을 겨누고 막말을 서슴지 않는 여인을 결코 용납할 수 없었다.

"미쳐도 단단히 미쳤구나. 죽고 싶어 환장을 한 게냐!"

추백이 덤벼들 기세를 보이자 상황은 거의 일촉즉발로 치달았다.

조후는 추백처럼 화를 낼 수가 없었다. 그는 그녀가 날아와 검을 겨누는 순간 그녀가 누구인지 알아차렸기 때문이다. 파견 나오기 전 교청은의 얼굴은 초상화를 통해 철저히 머리 속에 각인된 터였다.

실물이 훨씬 더 아름다웠지만 교청은이 분명했다. 그녀가 아니라면 어찌 이런 과도한 행동이 나올 수 있겠는가.

'가장 최악의 상황이 도래하고 말았구나! 화양객잔에 있어야 할 그녀가 왜 이곳에 있단 말인가.'

이런 일을 미연에 방지하라고 파견되었음을 생각할 때 조후는 자괴감마저 들었다.

사실 화양객잔에 있어야 할 교청은과 사마림, 그리고 주운보가 풍운각에 서 있는 까닭은 간단했다.

현재 수호맹 사람들은 세 갈래로 나누어 객잔에 포진한 상태였는데, 그곳이 바로 화양객잔과 풍운각, 그리고 월인각이었던 것이다.

조후로서는 수호맹 사람들이 왜 비밀스럽게 행동하지 않고 버젓이 낙양의 번화한 객잔에 모습을 드러내 놓고 있는지 답답할 따름이었다.

이 상황에서 손을 쓸 방도는 전무했다. 그저 최선의 선택은 신비후 흑회의 수장으로서의 탁월한 얼굴 두꺼움과 새까만 마음을 소유한 송겸에게 기대어보는 것뿐이었다.

일단 조후는 추백으로 인해 자칫 일이 더 커질 수도 있는 것이라 얼른 추백에게 전음을 날렸다.

"추 형님, 일단 지켜보셔야 합니다. 저 낭자는 아마 교청은이라는 여자일 겁니다. 제가 전에 큰형님이 잠꼬대하시는 것을 들었던 기억이 있는데, 그때 하신 말씀 중에 교 낭자에게 빚을 진 적이 있다고 했습니다."

'빚?'

추백은 당장이라도 몸을 날려 묵사발을 만들려다 전음을 듣고 일시 동작을 멈추었다. 하지만 마음만은 여차하면 모두 다 죽여 버릴 각오였다.

"후후, 네놈은 입이 있어도 할 말이 없으렷다!"

예리한 검이 목에 겨누어진 이때 송겸의 상태는 한 마리의 백조 신세나 다름없었다. 잔잔한 물 위에 두둥실 뜬 백조가 고요한 자태를 뽐내지만 물 아래 감춰진 두 발은 쉴 새 없이 오두방정을 떨면서 몸을 띄우려 안간힘을 쓰는 것처럼 말이다.

송겸이 터득한 임기응변술과 후흑은 무공으로 치자면 거의 화경에 이르렀다 할 수 있었다. 송겸은 찰나의 순간을 긴 시간으로 환원하는 재주를 부리며 초절정 잔머리를 구사하기 시작했다.

순간과 순간의 어느 한 지점에서 송겸은 수많은 가능성에 대해 떠올리고 그것을 검토하고 지우고 또 다른 것을 떠올리며 해결책을 찾아나섰다.

타의 추종을 불허하는 잔머리의 가동은 여러 가지를 보여주었다.

─얼굴을 일그러뜨려 다른 사람인 것처럼 가장한다. 아니야, 아니야, 그건 바로 탄로날 것이다. 이 미련퉁이야, 아까 정상적으로 하는 것을 보이지 않았느냐.

─소리를 듣지 못한다고 하는 건 어때? 눈이 보이지 않는다든지. 음, 아니야. 어느 정도 동정심은 살 수 있겠지만 이 사태를 해결할 순 없어.

─그냥 확 죽여 버릴까? 아니다. 젠장! 이 근방에 얼마나 많은 놈이 더 있을지 모르잖은가. 게다가 여자를 죽인다는 것은 사파로서 할 짓이 아니야.

몇 가지 가능성이 떠올랐다가 반짝하고 사라진 뒤였다.

문득 혜성같이 떠오르는 비책이 대뇌를 가로질렀다.

'방금 내게 이렇게 말했어. 네놈이 살아 있었더란 말이냐? 바로 그거다!'

송겸은 눈을 감고 잠시 고개를 숙인 채로 있다가 천천히 눈을 떴다.

아침 햇살이 이제 막 대지를 밝히려는 듯 화사했고 꽃들은 산지사방에 나부꼈다. 그리고 어느샌가 송겸의 두 눈에는 뿌연 이슬이 맺혀 있었다.

교청은이 분노의 일갈을 터뜨렸다.

"이제 와서 목숨을 구걸하겠다는 것이냐! 그러기엔 너무 늦었다!"

"고맙소."

마음에서 마음으로 울리는 목소리가 송겸의 입에서 흘러나왔다.

"무, 무슨 헛소리냐?"

"그렇군요. 정녕 사랑하는 동생이 죽은 게로군요."

밑도 끝도 없는 소리에 교청은이 쌍심지를 켰다.

"동생?"

"그렇소. 난 쌍둥이로 태어났지요. 궁금하군요. 그동안 동생이 어떻게 지내왔는지, 어떤 사연으로 여러분들과 얽히게 되었는지 말입니다. 휴~ 물론 보지 않고도 알 수는 있습니다. 얼마나 사악했을지……. 이미 죽은 겝니까?"

송겸의 음성과 눈빛에서는 광명정대한 기운이 뭉게뭉게 피어났다. 이제껏 함께했던 추백과 조후조차도 한 인간이 저런 식으로 변신이 가능하다는 것에 경이로울 따름이었다.

그런 느낌은 교청은도 마찬가지였다. 분명 그 얼굴인데 또 그 얼굴이 아닌 것 같기도 했다.

'쌍둥이?'

"하하하하하……."

갑작스런 웃음과 함께 교청은이 비아냥거렸다.

"후후. 그 말을 믿을 것이라고 생각한단 말이… 엇!"

교청은은 말을 다 맺지 못했다. 어느새 송겸의 눈에서 굵은 눈물 방울이 볼을 타고 흘러내렸기 때문이다.

남자의 눈물이 결코 아무 곳에서나 볼 수 있는 것이 아님을 교청은도 잘 알고 있었다. 이렇게 되자 미심쩍은 구석이 많았지만 눈물까지 보이는 마당에 마구 다그칠 수만도 없는 노릇이 되고 말았다.

그 광경을 지켜보는 추백과 조후는 다른 사람들과는 달리 공포마저 느꼈다. 저건 인간이 아니라 차라리 괴물이었다.

"어머니는 특별한 태몽을 꾸셨지요."

송겸의 음성은 어느덧 지난날의 추억 속으로 잦아들었다.

일곱 살(그때 정도로 추정되는 것이지만) 전의 기억은 전혀 아는 바가 없는 송겸은 늘 상상 속에서 그려보던 어머니의 모습을 떠올리고 환상과 전설이 어우러진 듯한 이야기를 이어 나갔다.

"꿈속에서 어머니는 산에서 길을 잃고 헤매고 있었답니다. 그러던 중 언덕 너머로 한 마리의 호랑이를 보게 되었는데, 그때 마침 호랑이는 새끼를 낳으려는 중이었죠. 몰래 언덕 뒤에 숨어 그 광경을 지켜보시니 새끼 호랑이의 머리가 빠져나오는 것이 보였지요. 앙증맞게 귀여운 호랑이는 머리와 어깨까지 순탄하게 나오더니 순간 엉덩이 부근에 이르러 무엇에 걸리기라도 한 듯이 멈춰졌습니다. 어미 호랑이는 고통에 겨워 소리소리 질렀지만 그렇다고 어머니는 도와줄 엄두를 내지 못했답니다. 한데 잠시 후 다행히 엉덩이 부분이 빠져나오는 게 아니겠습니까. 어머니는 그 광경을 보시며 안도의 한숨을 내쉬었지요. 하지만 그것도 잠시, 곧 이어 어머니는 놀라운 광경을 보시게 되었습니다. 새끼 호랑이의 뒷발이 나오는 것을 따라서 또 다른 새끼 호랑이가 앞발로 먼저 나온 새끼 호랑이의 뒷발을 붙들고 나오는 것이 아니겠습니까. 즉, 그 두 마리의 호랑이는 서로 먼저 나와 형이 되고자 했던 것이지요. 그 뒤 어머니는 급격히 성장한 두 마리 새끼 호랑이를 여전히 지켜보시게 되는데, 이상한 광경은 먼저 나온 호랑이가 기이하게도 풀을 뜯어 먹으며 조용조용 사는 반면 발목을 붙들고 나왔던 두 번째 새끼 호랑이는 아직 어림에도 불구하고 덩치가 소만한 멧돼지나 사나운 짐승들의 고기를 뜯어 먹지 뭐겠소. 게다가 꿈속에서 그 두 번째 호랑이가 움직일 적마다 어둠의 기운이 따라다니는 것을 끝으로 꿈을 깨시게 되었답니다.”

어느덧 송겸의 얼굴엔 짙은 그리움이 드러워졌다.

“그 꿈 이후 어머니는 저희들을 낳으셨죠. 꿈을 통해 대충 짐작하셨을 겁니다. 네, 제가 바로 촌각의 차이로 먼저 나온 쌍둥이 형이며, 동생은 먼저 나오려고 발버둥 치며 제 발목을 붙들고 두 번째로 나온 것이지요. 태몽과 같이 우리 형제의 성격은 상반된 것이었습니다. 첫 번째 호랑이가 풀을 뜯어 먹으며 지냈던 것처럼 저는 늘 의롭고 선한 길을 걸어가게 되었지만 동생은 사납고 흉포했습니다. 언제나 어둠침침하며 암울한 기운이 감돌았지요. 휴~ 그리고 다섯 살 정도가 되었을까? 한 도사님이 집에 찾아오셔서 어머니께 긴요한 말씀을 하셨는데 그 말씀을 들은 어머니는 크게 근심하셨답니다. 뒤에 제가 들은 도사님의 이야기는 이렇습니다. 처음 태어날 때부터 첫째가 되기 위해 뱃속에서부터 욕심을 부렸던 둘째는 천하를 혼란에 빠뜨릴 악의 근원이 될 것이고, 첫째는 선한 길을 걸으며 뭇 사람을 위한 삶을 살게 될 것이오, 라고 말입니다."

송겸의 말은 너무도 진지해 중간에 누군가가 끼어들어 말을 걸 엄두를 내지 못할 지경이었다. 이미 분위기는 송겸의 지배 하에 놓인 상태였다.

송겸의 말이 이어졌다.

"그러던 중 우리가 일곱 살 되던 해 동생은 집을 뛰쳐나갔답니다. 우리 가족은 그 아이를 찾고 또 찾았지만 어디로 갔는지, 어떻게 살고 있는지 알 수가 없었지요. 저는 어릴 적부터 하늘에 이렇게 빌곤 했습니다. '하늘이시여, 제가 강호를 걸을 때 느닷없이 제 목에 칼을 겨누는 이가 없도록 해주십시오' 라고 말입니다. 만일 그런 사람이 있다면 그는 필시 동생과 원한을 맺은 사람일 것이며 그를 통해 동생의 행방을 알게 될 것이나 이미 그가 악에 깊게 물들었음을 뜻하는 것이니까요."

송겸의 말에 추백과 조후는 실로 감탄하지 않을 수 없었다.

분명 이 모든 말들은 '개 풀 뜯어 먹는 소리' 가 확실하건만 어찌 저리도 사실감이 넘치게 둘러댄단 말인가. 진정 신비후흑회의 수장이 되기에 부족함이 없었다. 주위를 보니 사람들은 하나같이 송겸의 말에 전염된 표정을 짓고 있었다.

"누굴 탓할 마음은 없습니다. 그 아이는 죽은 게지요? 어찌 보면 잘된 것일지도 모릅니… 흐흐흑……."

송겸은 끝내 격정 어린 울음을 터뜨리고 말았다.

교청은은 죽음에 대해서는 시인도 부정도 하지 않았다. 자신이 죽이려고 찾아다녔다고도, 또한 이미 해결사를 통해 죽였노라고도 말할 수 없었다.

더구나 지금 그녀는 반신반의한 상태였다. 말이야 제법 그럴싸했다. 아니, 그럴싸할 정도가 아니라 어떤 면에서는 감동적이기까지 했다. 바로 그 점이 그녀로서는 의심을 떨칠 수 없는 부분이었다.

과거에도 거의 다 잡은 상태에서 눈물을 흘리며 백 냥을 얻어야 한다는 말에 속아 놓치지 않았던가 말이다.

그때로부터 지금은 꽤 많은 시간이 지났으니 묵은 생강마냥 더욱 교활한 놈으로 성장했다고도 볼 수 있는 것이었다.

그렇다고 감동의 물결 앞에서 고개까지 끄덕이며 안타까워하는 객잔의 분위기를 모른 체하고 윽박지를 수는 없게 된 것만은 확실했다.

화산파의 젊은 고수 단심일매 주운보와 사마세가의 뇌정패도 사마림마저도 못내 안타까워하는 모습을 보이고 있지 않은가 말이다.

"진정 안타까운 사연입니다. 동생 분에 대해 자세한 이야기를 드리지 못하는 것을 이해하십시오."

교청은은 일단 검을 거두며 한 발 물러섰다.

"네, 어떻게 죽음을 맞이했는지는 묻지 않겠습니다. 날 때부터 악인은 없다고 했으나 그 아이는 예외였던 게지요. 저 또한 이런 날이 올 것임을 알았지만 생각보다 빨리 왔군요. 제 동생으로 인해 여기 모인 분들께 심려와 불편을 끼쳐 드려 그저 죄송스러울 따름입니다."

송겸이 조용히 자리에서 일어나 사람들을 둘러보며 포권의 예를 갖췄다. 그러자 교청은 일행은 물론이고 아래층에서 뻘쭘히 구경하고 있던 사람들까지 어정쩡하게 있다가 마주 예를 갖췄다.

"자, 이렇게 훌륭한 분들 앞에서 동생의 이야기를 할 수 있게 되어 기쁩니다. 이제 저의 동생은 저 먼 곳으로 떠났으니 우리 모두 그 아이를 위해 묵념하도록 합시다."

분위기가 단독 행동을 하기 난처한 상황에 이르렀기에 모두는 얼떨결에 고개를 숙이고 눈을 감았다. 추백은 추종자의 성향이라 무슨 깊은 뜻이 있겠거니 했지만 조후는 거의 폭발 일보 직전이었다.

'도대체 뭐 하자는 겁니까~'

송겸은 천연덕스럽게 간절한 음성을 토해냈다.

"하늘에는 우리 인생이 알지 못하는 큰 힘이 깃들어 있나이다. 삼라만상의 우주의 조화로움 속에 인생은 태어나고 또 죽어갑니다. 사람은 원하여 태어나지 않으나 그의 의지와는 별개로 악한 마음을 담고 태어나기도 하고 선하기도 합니다. 그러니 이제 그 모든 것이 한 줌의 흙으로 돌아갈 때엔 용서하시고 거두어주시길 비나이다. 이 세상에서는 비록 악인이었다 해도 저 세상에서는 대인이 되게 하시며, 하늘 성민으로 살아감에 부족하지 않도록 인도하소서. 또한 부족한 소인, 동생의 죗값을 감당하는 마음으로 남은 생애를 살아가겠습니다. 중원 땅에 존재하는 악을 다 멸하는 그날까지 저는 멈추지 않겠습니다. 우리의 신비회가 맡은 그 사명을 결코 잊지 않겠습니다."

묵념이 끝나자 송겸은 교청은 일행에게 추백과 조후를 소개했다.

"저희는 신비회 사람들입니다. 제가 바로 신비회의 부회주이며, 여기 추 장로와 조 장로입니다."

추백과 조후가 멋쩍게 인사했고, 교청은과 주운보, 사마림도 떨떠름하니 포권으로 답했다.

"신비회라… 문파 이름이 좋군요. 이곳에는 얼마나 머물 생각이십니까?"

교청은의 물음에 송겸은 재빨리 머리를 회전시키고는 답했다.

"한 엿새 정도는 머물 것 같습니다."

제일 좋은 방법은 바로 떠나는 것이겠으나 송겸은 삼대흉공에 대한 미련을 떨칠 수 없어 머물기로 작정한 것이었다. 탈복흉공의 유혹은 교청은의 칼날보다 더 강렬한 셈이었다.

"아, 그러시군요. 그럼 작은 부탁이 있습니다만 들어주실 수 있을는지요."

"뭐, 가능한 것이라면 들어드리리다."

"떠나실 때가 되면 꼭 제게 말씀을 해주고 가셨으면 합니다."

"반드시 그래야 할 필요까지 있을는지요."

약간 난처해하는 송겸의 말에 교청은이 빙긋 미소 지었다.

"잠깐 귀 좀 빌릴 수 있을까요?"

"뭐, 그야……."

송겸이 귀를 가까이 대자 교청은이 바싹 대고 소곤거렸다.

"난 당신의 말을 믿지 않아. 만일 그냥 떠나면 그건 당신의 말이 모두 거짓이라는 것으로 받아들이겠어."

송겸의 안색은 급격히 창백해졌다.

"하하하하, 얼굴이 미인이신데다 농담까지 잘하시는군요. 염려 마십시오, 반드시 떠나기 전 그대에게 고할 테니."

교청은이 일행과 함께 물러나는 것을 보며 송겸은 그제야 식은땀을 흘렸다. 그래도 아직은 긴장을 다 늦출 수는 없었다. 흉공도 손에 넣어야 하고 저 마녀의 손길에서도 벗어나야 한다.

제3장 그와 그녀의 옛이야기

송겸의 기분은 그야말로 최악이었다.

풍운각의 객방에서 어두운 창밖을 바라보자니 사위는 고요하고 흐트러진 구름들이 반달 사이를 어쭙잖게 지나고 있었다. 송겸은 밤하늘을 보며 속으로 탄식을 터뜨렸다.

'이런 곳에서 그녀를 다시 만나게 될 줄이야……. 세상이 이리도 넓고 넓건만 무슨 악연이란 말인가.'

찜찜한 마음 때문으로 수차례 떠나야겠다고 다짐했지만 탈복흉공이 눈에 아른거려 그러지도 못했다.

탈복흉공만 있으면 평생 눈요깃거리 걱정 없이 살 수 있으니 그 진귀한 보물을 모른 체하고 떠날 수는 없는 노릇이었다.

지금 송겸의 기분은 매우 울적했는데 본인 스스로는 왜 울적한지에 대해 정확한 이유를 모르고 있었다.

그저 교청은 때문이리라 포괄적으로 생각하고 있었지만, 사실은 낮에 읊조린 어머니의 태몽 이야기가 울적함의 실체였다.

그 이야기들은 모두 꾸며낸 이야기였지만 그렇다고 송겸의 인생과 전혀 무관한 말들만은 아니었다. 둘러대는 말 안쪽에는 송겸의 무의식이 연관되어 나타났기 때문이다.

쌍둥이 동생이 일곱 살 되던 해에 집을 떠났다는 것은 일곱 살 이전의 기억을 잃은 송겸 자신의 이야기였다.

부모님이 찾고 있을 것이라는 것, 혹시 자신이 본래부터 악하게 태어난 것인가라는 소리없는 의문들이 무의식의 막을 뚫고 꾸며낸 이야기에 묻어 나온 것이다.

송겸은 애써 울적함을 떨쳐 내려 했을 뿐 마음 깊은 곳에서 들려오는 그러한 무의식의 슬픔은 제대로 인식하지 못하고 있었다.

"형님, 앞으로 어찌할 생각이십니까?"

곁에 이른 추백이 물었다.

송겸은 슬쩍 추백을 바라보다 다시 밖으로 시선을 향했다.

송겸의 현 형국은 보물을 찾으러 동굴에 들어갔다가 난데없이 동굴이 무너져 내려 갇혀 버린 것과 다를 바 없었다.

그녀의 당차게 부릅뜬 두 눈이 선명하게 떠올랐다. 그녀의 몸에서는 기분 좋은 향기가 났지만 그 이면에 자리한 서릿발은 온몸을 얼리고도 남을 만큼 차갑고 매서웠다.

"일단 버텨보자."

추백은 도대체 왜 '안면 두께 대회'에서 단연 으뜸일 형님이 여자하나 때문에 고심하는지 이해할 수가 없었다. 물어볼까 말까를 스무번 정도 고민하다 결국 묻기로 했다.

"형님, 그 여자는 대체 누굽니까?"

추백은 한 대 맞을 각오로 물었다. 조후 또한 자세한 내용을 알지 못하는지라 추백의 물음에 어떤 답변이 돌아올지 뒤쪽에서 귀를 쫑긋 세웠다.

송겸은 질문을 받자 흠칫했다.

'음……'

그렇다. 신비후흑회의 수장으로서 해명이 필요하긴 했다. 조직을 이끌어가기 위해서는 흐지부지하게 지나칠 수만은 없는 일이었다. 연약한 모습을 보인다는 것은 사파 최고를 지향하는 이치에 맞지 않았다. 그러나 문제는 사실을 있는 그대로 말하게 될 경우 닥칠 얼굴 화끈거림이었다.

그러니까 말이다, 내 사부가 좀 괴짜거든. 이 사부라는 작자가 내게 임기응변술이란 것을 가르친 거야. 아, 뭐 자세한 건 알 거 없고. 그런데 그때 교 낭자인지 뭐신지 하고 몇몇 얼간이들이 나타난 거지. 그래서 내가 좀 골탕을 먹여줬어.

하아, 그때는 아주 재밌었단다. 크크크. 그리고 어쩌다가 그만 교 낭자하고는 입맞춤을 하게 되고 만 거야. 처녀가 입술을 빼앗겼으니 그 심정이 오죽하겠냐. 아, 물론 나 정도면 도리어 그녀가 감사해야 할 일이지만. 하아… 그 고마움과 감사함을 모르더란 말이다. 음. 어쨌든 그녀의 입술은 참 부드러웠지. 한 번 더 그녀의 입술을 가질 수 있을지 모르겠구나. 어쩌면 그녀도 은근히 원하는 것인지도 몰라.

…라고 말할 수는 없었다. 과거의 진실은 낭패와 곤혹을 초대할 뿐

이리라.

"사실은 말이다."

"네, 사실은요?"

추백과 조후가 귀를 바짝 댔다.

"사실 그녀는 너희들의……."

"네, 말씀하십시오."

조후는 재촉 대신 침을 꿀꺽 삼켰다.

"그녀는 너희들의 형수다."

"네에?"

거의 동시에 추백과 조후는 눈알이 튀어나올 듯 놀라고 말았다.

"그래, 놀라운 일이지. 하지만 사실이다."

"도대체 어떻게 그런 관계가 되었단 말입니까!"

"돌이켜 보면 모든 것이 우주의 삼라만상의 이치 안에서 벗어나기 힘들지 않나 싶다. 그녀와 처음 만나게 되었을 때 그녀는 곤란한 지경에 처해 있었지. 강호를 횡행하는 여인이 겪게 되는 최악의 상황이라면 무엇이겠느냐."

추백과 조후는 서로를 마주 보다가 동시에 말했다.

"그럼 설마……."

"그래, 생각한 대로다. 그녀는 춘약에 당한 것이지."

"오, 이런!"

"춘약을 해독하는 가장 빠른 방법은 왕성히 작용하는 음기를 양기로써 수그러들게 하는 것임을 잘 알고 있을 것이다. 나는 잠시 갈등했지만 아름다운 여인이 죽어가는 것을 그냥 지나칠 수 없었다. 사파인들의 행동 강령 중 하나가 무엇이냐. 바로 여자를 귀히 여기는 마음이 아니더냐. 그것도 아름다운 여인이라면 더 더욱 말이다. 그래서 나는 희생하는 마음으로 그녀에게 내 모든 것을 바친 것이다. 쉽지 않은 결정이었다."

너무 놀란 나머지 추백과 조후는 입만 잔뜩 벌리고 잠시 아무 말도 못했다.

"사람의 인연이란 그렇듯 다양하게 얽히게 되는 것이 아니겠느냐."

먼저 정신을 차린 조후가 물었다.

"어찌 생각하면 생명의 은인이건만 그녀는 왜 죽이려고 안달인 것입니까? 도리어 큰소리를 쳐야 할 쪽은 부회주님이 아니십니까?"

조후는 교청은과 송겸과의 관계로 이 자리에 있는 만큼 더욱 이해할 수 없었다.

"맞습니다. 이것 참, 사람을 살려주어도 그 난리란 말입니까."

추백도 불을 뿜듯이 불만을 토해냈다. 하지만 송겸은 가만히 고개를 저었다.

"아니다. 그녀를 이해해야 한다. 저렇게 나오는 것도 무리는 아니지."

"네, 그게 무슨 말씀이세요?"

"너무 약한 말씀 아니십니까?"

도리어 다그치는 두 사람의 말에 송겸이 벌떡 일어서며 외치듯 말했다.

"그렇지 않다니까! 그녀는 해독제를 지니고 있었단 말이다. 낸들 그것을 알았겠느냔 말이다."

추백과 조후는 뒤통수를 한 대 맞은 듯 멍해져 버리고 말았다.

정녕 그런 것이라면 할 말이 없었다. 백 번이고 천 번이고 죽여 버리고 싶을 것이 당연했다.

해독제를 먹으려는 순간, 어디선가 바람같이 달려와 그대를 살려주 겠노라며 옷을 벗기고 끌어안는 낯선 사내.

조후는 설마 하니 이런 기막힌 사연이 있을 줄은 꿈에도 생각지 못 했었다. 낮에 서릿발같이 달려들던 모습을 떠올리자 왠지 교청은 그녀 가 안돼 보였다.

추백은 속이 부글거리고 온몸이 근질거리는 가운데 간신히 입을 열 었다.

"형님!"

"……?"

송겸이 추백을 바라보았다. 추백의 눈은 이글거리고 있었다.

"너, 왜 그래?"

"조, 좋으셨겠습니다."

그렇다. 추백의 이글거리는 눈은 부러움으로 가득했다.

그 말을 옆에서 들은 조후는 송겸도 송겸이지만 이 판국에 그때를 부러워하는 추백을 기가 막히다는 듯 쳐다봤다. 그 표정은 '뭐 이런 정 신 나간 벌레들이 다 있단 말인가' 라 말하고 있는 것 같았다.

"뭐… 그렇지 뭐. 사람을 구하는 일인데 그런 것 신경 쓸 겨를이 있 었겠느냐. 흐흐. 뭐, 그래도 솔직히 좋긴 하더구나."

괜히 멋쩍어진 송겸이 슬쩍 말을 흘리자 추백은 두 주먹을 부르르 떨며 격정을 토해냈다.

"부디~ 부디 나에게도 그런 인연이여, 찾아오라."

조후는 혼자 이를 악무는 것으로 반응을 자제했다. 당장 교청은에게 달려가 사실 그때 그놈이 바로 여기에 있소라고 말해 버리고 싶을 지경이었다. 그러고 보니 문득 이해되지 않는 부분이 있었다.

'그녀는 분명 부회주가 죽은 것으로 생각하고 있었어. 그런데 다시 눈앞에 나타나니 놀랐던 거지. 도대체 죽은 사람은 누구란 말인가.'

거기까지 생각이 이르자 조후는 어렴풋이 짐작이 갔다.

'아, 이윤 나리께서 손을 쓰신 게로군.'

원래대로라면 이윤이 전서구를 통해 일관문으로 가짜 시신을 구했다는 것을 알리고, 일관문에서는 그 내용을 조후에게 알려서 혹여 교청은을 만나게 되면 그에 따라 대처를 하게끔 해야 했지만 전서구는 중도에 독수리의 밥이 되고 말아 조후에게 상황이 전달될 수 없었던 것이다.

하지만 어찌어찌 잘 전달되었다고 해도 낮에 송겸이 보여주었던 신기에 가까운 머리 굴림을 능가하진 못했을 것이다.

조후로서는 이제 이번 쌍둥이 이야기를 별 탈 없이 이어가 교청은과 송겸 사이의 모진 인연을 끊어놓고 본 문으로 복귀하고 싶은 마음이 간절했다.

그때 뜬금없는 소리가 객방 안에 울려 퍼졌다.

"형님, 차라리 그녀에게 정식으로 청혼을 하는 것은 어떠십니까?"

추백이었다.

"헉! 그게 무슨 소리냐. 정녕 네가 맞아 죽고 싶은 게로구나. 그런 무시무시한 여자와 어찌 하루라도 살 수 있단 말이냐. 우리는 이번에 흉공만 손에 넣으면 조용히 사라지는 것이다. 아, 그 성깔은 생각만 해도…… 농담이라도 그런 소리 마라."

"하아, 저 정도의 미인을 얻기란 쉬운 일이 아니라니까요. 또 이미 두 분은 한 몸이나 다름없지 않… 헉!"

추백은 한 번 더 권하다가 두려움에 찬 경악성을 터뜨렸다.

"누구냐!"

조후도 뒤로 주춤 물러서며 경계했다. 송겸은 속으로 이것들이 아주 미쳤나 싶었다. 물론 추백의 머리통을 갈길 참이었지만 이렇게까지 놀랄 건 또 뭐란 말인가.

"왜 안 하던 짓을 하고 그러냐."

"그게 아니라 뒤, 뒤에 검은 그림자가……!"

"뭐? 어, 어디어디."

그 순간이었다. 송겸이 고개를 돌리려던 순간 옆구리 쪽으로 바람이 슈욱~ 지나가는 듯하더니만 추백과 조후가 손 한 번 써보지 못하고 그대로 굳어버렸다.

침입자!

그것도 상상을 초월하는 고수가 틀림없었다.

교청은의 사주를 받은 자일 가능성이 컸다.

제기랄, 진짜 제기랄이었다. 여자 하나 잘못 건드렸다가 초상 치를 지도 모르는 일 아닌가.

송겸은 신형을 날려 모서리 쪽으로 등을 대고 섰다. 상대가 누구인지 파악하는 것이 먼저였다. 등잔불이 희미했고 적이 창문을 통해 들어와 달빛을 등지고 있었다고 해도 추백과 조후가 제압당한 상태에서조차 적의 형체도 알아보지 못하고 있었다. 스쳐 지나지 않고 손을 한 번 움직였다면 송겸, 그도 무사하지 못했을 터.

"누구냐?"

"흐흐."

어느새 꺼져 버린 등잔 아래에서 시커먼 그림자가 그리 달갑지 않은 웃음을 머금었다.

"내가 누구인지 궁금한 게냐?"

늙수그레한 음성. 분명 어디선가 들어본 적이 있는 목소리였다.

답변을 하듯 침입자는 옆으로 고개를 돌려 달빛이 얼굴을 비추도록 했다.

"억! 노인장이 어떻게……."

"날 알아보겠느냐?"

못 알아볼 리가 없었다. 신비후흑회를 만들고 후흑을 수련할 때 장님 흉내를 내던 늙은 거지의 돈을 훔쳤고, 그때 도망가느라 진땀을 빼지 않던가.

게다가 절벽에서 뛰어내려 기연을 얻으려고 했던 신웅을 얼떨결에 떠맡기기까지 했었다.

송겸은 불안한 가운데서도 한편으로는 안도했다. 최소한 교청은과 관련은 없을 테니 목이 달아나는 일은 없을 것이란 생각이 들었기 때문이다.

어떤 위기든 임기응변술로 치고 나가는 것을 최우선으로 여기는 송겸인지라 먼저 너스레로 방어진을 펼쳤다.

"하하하. 이거 참 인연이 깊군요. 저는 사람들로부터 얼굴만 봐도 그 사람의 인품을 알아보는 재주가 비상하다는 말을 많이 들었답니다. 어르신의 옥안(玉顔)을 보아하니 덕망이 넘치고 자비와 양선이 바다와 같으니 실로 대인이십니다. 지난날 저희 젊은것들이 객기를 부려본 것은 너그러이 용서해 주십시오."

"흐흐, 생긴 대로 아주 시끄러운 놈이로구나."

그 말과 함께 거지노인은 송겸을 덮쳤다. 송겸도 그냥 서서 당할 순

없는 노릇이었다. 급하다 보니 가장 손에 익은 장삼권이 튀어 나갔다.

거지노인은 미처 이르지도 않았건만 거대한 산악이 밀려오는 것만 같았다.

송겸은 장삼권 중 십삼초 유현환위를 펼쳐 손으로 빗겨 치고는 그 틈새를 따라 옆으로 빠져나왔다. 찰나의 순간이었지만 송겸은 머리로 한 가닥 의문이 관통하는 것을 놓치지 않았다.

무슨 이유인진 모르나 상대는 처음 밀려들던 그 기세와는 달리 충분히 빠져나갈 공간을 일부러 허용하기 위해 스스로 힘을 약화시킨 것 같았기 때문이다.

"후훗. 장삼권인 게냐?"

오른쪽 입가를 살짝 올리며 비웃은 후, 거지노인은 송겸을 향해 장세를 펼쳤다. 이번 건 좀 전과 달랐다. 거대한 산악 같은 기세도 없었고 그다지 빠르지도 않았다. 하지만 느린걸, 이라고 생각하기엔 그리 만만치도 않았다.

장삼권으로 십여 초를 근근히 버티던 송겸은 이대로는 안 되겠다 싶어 심은장으로 전환했다.

이때쯤 송겸은 섬환독공의 자생적 순환 원리에 따라 내공이 진일보한 상태였고, 아무 생각도 없는 인간처럼 행동하긴 했지만 틈나는 대로 부동연공법을 운용하였기에 과거 불곰과 싸울 때와는 사뭇 달라진 면모를 지니게 되었다.

장삼권을 펼칠 때와는 다른 묵직한 기운이 파공음을 내며 짓쳐들자 거지노인의 표정이 묘하게 틀어졌다.

그는 빠르게 공격했다가 도저히 그 방향으로는 공격이 불가능해 보이는 곳에서 손을 뻗어오는가 하면, 또 어떨 땐 갑자기 느린 동작에 웅장한 기운을 실어 펼치기도 했다.

송겸은 그에 따라 빠르게 나올 땐 빠르게, 예측불허는 나름대로 최선의 대응책으로, 느린 동작에는 내공력을 더해 맞섰다. 하지만 송겸은 몇 번 손을 마주하면서 모든 흐름은 거지노인의 뜻에 따라 움직여질 뿐이란 사실을 깨달아야 했다.

진정 원했다면 몇 번이고 제압당하고도 남았을 시간이었다.

송겸은 더 이상 의미없다고 생각하고 심은장을 크게 한 번 떨쳐 내고 뒤로 물러서며 말했다.

"더 이상 농락당하고 싶지 않습니다. 특별히 할 말씀이 있으시다면 저는 귀를 씻고 경청하겠습니다."

"흐흐흐. 그래, 좋다. 나도 이젠 끝내려 했으니까 말이야. 네 아버지의 존함을 알고 싶구나."

뜬금없는 소리가 아닐 수 없었다. 느닷없이 아버지타령은 무엔가.

'뭐야, 이 영감탱이. 고작 구걸하던 돈을 조금 훔쳐 달아났기로서니 아버지를 불러다 따질 생각인가?'

송겸이 더욱 황당한 건 그가 아버지 어머니는 물론이고 일가 형제 친척 중 어느 누구도 모른다는 점이었다. 그냥 잊고 지내는 것이 편했다. 자꾸 떠올리면 부모에 대한 원망과 자괴감만 생길 따름이었다.

왜 자신을 잃어버렸는지, 그리고 어떤 사유로 철부지 일곱 살가량의 아이로 기억을 잃은 채 버려지게 되었는지 답답하고 가슴만 아릴 뿐이다.

송겸은 외향적 기질을 극으로 끌어올려 부모님에 대한 부분은 마음속 깊은 곳에 봉인해 두고 지내왔다. 세상에서 가장 싫은 것이 있다면 그 봉인을 건드리는 자였다.

"아버지는 왜 찾습니까. 저 하나로는 부족하단 말씀입니까!"

송겸의 말투에는 분노마저 서려 있었다. 마혈에 아혈까지 찍혀 눈만 깜박이며 주시하던 추백과 조후로서도 송겸의 저런 진지함은 처음 보는 것이었다.

"아니, 이놈이 어디서 눈에 힘을 주고 난리야! 좋다. 말하기 싫으면 관둬라. 그럼 네 이름이 뭐냐?"

"겸입니다."

"성은?"

"송가입니다."

사실상 송겸의 성과 이름은 처음 거두어들인 보육원주가 자신의 성을 따라 지어준 이름이었다. 거지노인은 고개를 갸우뚱거리며 송겸을 유심히 바라봤다.

"거참, 괴이한 일이로군. 나는 너를 처음 보고 홍가 놈의 자식일 것이라 생각하고 깜짝 놀랐지. 한데 또 오늘 보니 염 늙은이의 무공을 쓰고 있더란 말씀이야. 그래서 뭐가 어떻게 된 것인지 헷갈려서 물어본 건데 네놈은 또 성이 송씨이니 이거 참……."

송겸은 무슨 말인지 정확히는 알 수 없었지만 분명 염 늙은이는 사부를 지칭하는 것이란 것을 알아차렸다. 더불어 이제껏 수십 초에 걸쳐 군이 손을 가볍게 쓴 것이 무공을 통해 사문을 알아내려 함임도 깨달았다.

무인의 뿌리를 캐는 가장 탁월한 방법은 역시 무공이다. 그보다 정확하게 답변해 주는 것은 없을 것이다.

거지노인의 말은 송겸보다 도리어 추백과 조후에게 충격으로 전해졌다. 둘은 송겸이 천하사괴 중 한 명인 독왕노괴의 제자임을 알고 있었던 터라 독왕노괴를 염 늙은이로 부르는 거지노인이 도대체 누구인지 머리에 쥐가 날 정도로 생각하느라 여념이 없었다.

그러던 중 느닷없이 조후의 얼굴이 창백하게 변했다. 그나마 강호물정에 밝은 조후였다. 독왕노괴를 두려워하지 않는 거지는 누구일까를 생각하자 의외로 떠오른 사람은 많지 않았다.

하늘의 일곱 별과 네 괴물!

그중 거지는?

조후는 머리가 하얗게 새는 기분으로 속으로 중얼거렸다.

'저 거지노인이 그럼… 종횡마걸이란 말인가!'

현 개방에는 네 명의 괴이한 인물로 유명했다. 이름하여 개방 사대 괴짜라 불리는 이들 중 단연 첫손에 꼽는 이가 바로 종횡마걸 표헌이었다. 현 방주인 황조와 팔장로 중 한 명인 강와, 그리고 황조의 제자인 오혁이 이름을 떨치고 있었지만 종횡마걸은 그야말로 전설이었다.

그가 괴이한 인간임은 정파의 일곱 별에 속하면서도 그의 별호에 '성(星)'이 들어가지 않고 '마(魔)'가 들어간 것만 보아도 알 수 있는 일이었다.

도대체 세상일을 벌레 쳐다보듯 한다는 종회마걸이 왜 송겸에게 시비를 걸고 있는지 조후로서는 이해할 수 없었다.

하긴 이해할 수 없는 일들이 어디 이번 한 번뿐이었던가. 문의 사명을 받들어 송겸과 연관되면서부터 조후는 비정상이며 비상식적인 일들이 너무도 태연자약하게 벌어지는 것을 지켜봐야 했다.

심지어 이런 생각마저 들었다.

'사람이 어느 정도 경지를 넘어서게 되면 이상하게 돌아버리는 것은 아닐까? 그렇기에 그 영향을 받은 제자라는 인간들도 초반부터 정상이

아니게 되는 것이고 말이야.'

조후의 상념은 종횡마걸 표헌의 말로 중단되었다.

"자, 그나저나 빚은 갚아야겠지?"

어떻게 손을 쓴 것인지도 알아차리지 못하고 송겸은 가슴으로부터 빠르게 온몸이 마비되는 것을 경악에 차 바라봐야만 했다.

"왜, 왜 그러세요?"

위기를 극복하기 위해서는 아무래도 사부를 팔아먹어야 할 것 같았다. 사부는 누구에게도 밝히지 말라고 했으나 이건 상대가 스스로 알아낸 것이고 또 이미 드러난 것이니 조금 이름을 판다고 해서 뜻을 어기는 것은 아닐 것이다.

"하하하, 다 알고 보면 아는 처지끼리 서로 돕고 살아야 하지 않겠습니까. 사부님과도 안면이 있으신 듯한데 나중에 사부님 대하시기 껄끄러우면 안 되잖습니까."

"흥, 어린놈이 잔꾀만 가득하구나. 세상 사람 모두가 독괴를 무서워해도 나 표가는 결코 그를 두려워하지 않는다. 물론 어디로 갔는지 모르는 홍가 놈하고 같이 오면 모를까. 후후후후."

표헌은 맛있는 요리를 앞에 두고 군침을 흘리듯 바라보다가 창밖을 향해 말했다.

"들어와라."

그러자 끙끙대는 소리와 함께 한 사람이 창을 넘어왔다. 그의 얼굴을 확인하자 송겸과 추백, 조후는 반갑기도 하고 걱정스럽기도 했다.

그는 기연을 얻겠노라고 절벽을 뛰어내리려던 신웅이었다.

반가움은 살아 있다는 것이었고, 걱정은 신웅의 표정이 그리 밝아 보이지 않은 까닭이었다.

'제길, 우리는 그때 살리려고 했던 것뿐이잖느냐. 네놈이 스스로 뛰어내려 놓고 이제 와서 복수 운운하면 곤란하단 말씀이야.'

송겸은 과장되게 반가운 인사를 건넸다.

"오호, 이거 누구신가. 그동안 잘 지냈지? 아니, 그때 왜 뛰어내리고 그랬어. 하긴 그 일 덕분에 세상에서 가장 위대한 스승을 모시게 되었으니 기분이 좋겠는걸. 뭐, 인사까지 할 거 없는데 수고스럽게 찾아온 거야?"

송겸이 너스레를 다 떨고 났을 때 신웅은 완전히 방 안으로 들어섰다.

추백과 조후는 신웅을 보고 불안에 떨었다. 송겸의 과장된 찬사는 솔직히 현재 신웅의 몰골과는 전혀 어울리지 않았기 때문이다.

송겸도 말을 해놓고 나서야 비로소 상황을 파악했다.

"고, 고생이 많았군, 자네. 하아아……."

신웅의 몰골은 말 그대로 거지 중의 상거지가 되어 있었다. 그들이 헤어진 지 수천 년이 지난 후에 만났고, 그동안 신웅이 단 한 번도 세수를 하지 않고 지냈으며, 옷을 빨아 입지 않았다면 아마 가능할 만한 몰골로 신웅이 등장한 것이다.

도대체 그동안 신웅에게 무슨 일이 일어났단 말인가.

천하의 영웅호걸을 꿈꿔왔던 신웅이었기에 지금 심정이 어떨지는 굳이 듣지 않아도 알 수 있을 것 같았다.

"오, 대단해! 걸인의 삶, 개방인의 삶은 얼마나 훌륭하고 멋진 길인가. 아무것도 가진 것이 없어 보이나 모든 것을 가진 자! 천하를 내 손 안에 두고 천하의 모든 것을 깔보는 눈길. 그 무엇이 걸인의 길에 비할 수 있겠나. 훌륭하네, 훌륭해. 내 자네를 처음 볼 때부터 알아봤지. 반드시 큰 인물이 될 것이라고 말이네. 하하하하!"

송겸의 멋진 찬사!

하지만 찬사가 이어질수록 신웅의 씩씩대는 콧바람은 거세져만 갔다.

추백과 조후는 송겸을 향해 제발 그 입 좀 닥치라고 소리치고 싶었지만 아혈마저 찍혀 이만 악물고 속만 부글거릴 따름이었다.

"자, 그럼 시작해라."

'시작? 뭘?'

송겸은 얼떨떨한 표정으로 눈동자를 굴렸고, 신웅은 이때만을 기다렸다는 듯 옆구리에 차고 있던 몽둥이를 꺼내 들고 송겸에게 달려들었다.

"이야야야얏~ 죽어라!"

파파팍파파팍.

송겸에겐 '허허, 이거 왜 이러나' 라는 말을 꺼낼 여유 따윈 눈곱만큼도 없었다.

"그래, 눈물나게 고맙다, 고마워. 지인~심으로 말이다!"

파파파파파팍.

송겸은 혈이 짚여 석상처럼 선 상태로 몽둥이찜질을 당했다.

'뭐, 그 정도 가지고 그러는가' 라고 말이라도 해주고 싶었지만 얼굴이고 가슴이고 다리고 할 것 없이 후려갈기는 통에 그저 입 닥치고 간간이 신음만 흘릴 뿐이었다.

송겸의 몰골이 도살된 소마냥 처참하게 망가지는 데는 많은 시간이 걸리지 않았다. 머리 왼쪽이 터졌고, 코피는 쉴 새 없이 콸콸 새어 나왔으며, 오른쪽 눈두덩은 퍼렇게 멍이 들었다.

그렇게 송겸이 피투성이가 되고 나서야 송겸에게 향하던 몽둥이는 목표물을 달리했다.

"자네도 고맙구만. 내 그냥 있을 수 없지 않겠나."

파파파파파팍.

두 번째로 추백이 맹렬히 구타당하는 것을 보며 조후는 사시나무 떨듯이 떨었다. 그는 곧 닥칠 환란에 대비해야 했다. 아혈이 찍힌 지금 마음을 전할 수 있는 방법은 오직 눈빛뿐!

당시 조후는 셋 중 그래도 가장 호의적이었다. 그때를 기억해 낼 수만 있다면 희망은 그리 멀리 있는 것은 아니었다.

추백을 박살 낸 후 신웅은 조후 앞에 섰다. 동시에 조후의 별빛으로 반짝이고 일렁이는 눈동자가 신웅에게 쏘아졌다.

간절한 염원이 담긴, 수천 수만의 언어보다 더 많은 것을 안고 있는 순수 결정체로의 눈빛. 조후의 감성적인 눈빛이 분노에 찬 신웅의 눈빛과 공간에서 만났다.

—우리에겐 밝은 미래가 있잖아.

—내일이면 세상은 또 그 찬란한 햇빛을 대지에 뿌리지.

—들판의 노니는 양 떼들을 봐. 마음이 따뜻해지는걸.

공간 속에서 조후의 눈빛은 정겹게 말을 걸고 있었다.

신웅이 지그시 눈을 감았다 뜨며 답했다.

"너 같은 놈이 더 싫어. 제일 싫다구~ 죽어라, 죽어~"

파파팍! 파파파팍!

조후는 채 일렁이는 눈빛을 거두지도 못한 채 바닥에 널브러져 몽둥이에 맞으면서 척, 착, 축, 하는 식의 몽둥이와 살과의 빠른 접촉을 실감했다.

잠시 후 시체처럼 나자빠진 세 사람은 바닥에 볼을 댄 채로 힘없이 까닥까닥 숨만 내쉬었다.

"수고했다. 하하하하. 마음에 들지 않는 놈들이 있을 땐 그렇게 과감하게 밟아주는 거야. 봐라, 저놈들 반성하는 기미가 역력하잖느냐."

종횡마걸 표헌은 제자가 큰 전쟁에서 적들을 뭉개고 돌아온 것을 기뻐했다.

그는 대견하게 바라보더니 큰 상패나 훈장을 하사하듯이 허리께 차고 있던 술 호리병을 건넸다.

"마셔라."

신웅은 때가 꼬질꼬질 묻어 있는 호리병을 들고 성질 사납게 입 안으로 털어 넣었다. 카아, 소리와 함께 죽엽청의 기운은 신웅의 몸으로 번졌고, 일순 시선이 호리병의 마개 부분에 닿았다.

땟구정물이 자르르 흐르는 것이 적나라하게 드러났다.

천하를 굽어보며 뭇 영웅호걸이라 불리는 이들로부터 존경받는 대협을 꿈꿔왔던 신웅의 눈에 보이지 않게 물기가 어렸다.

"크아악~"

바닥에 널브러져 눈만 끔벅끔벅대던 송겸 일행은 다시금 신웅의 분노에 찬 몽둥이찜질에 가격당했다. 그들은 모두 쫙 뻗은 채로 눈을 깜박거리다 신웅의 몽둥이가 몸에 닿을 때마다 육지에 내놓은 물고기처럼 팔딱거리며 반응했다.

신웅이 왜 이리 분노하는지 세 사람은 잘 알고 있었기에 굳이 변명하거나 이제 그만 하라고 말하지도 않았다.

물론 추백과 조후는 아혈까지 찍혀 아무 소리도 내지 못하는 게 당연했지만 송겸마저도 한 번씩 몽둥이가 지날 때 '찍' 소리만 간헐적으로 낼 뿐 '그래, 이해한다, 이해해. 이렇게 해서라도 마음이 풀린다면 얼마든지 때리렴' 정도의 마음가짐을 가지고 있는 듯 보였다.

"이제 그만 됐다. 그놈들 죽게 되면 아주 골치 아프게 되니까 물러서도록 해라."

종횡마걸 표헌이 멈추라고 말한 후에도 신웅은 다섯 대씩을 더 때린 후에 물러났다. 몸을 돌려 창가에 선 신웅은 처음 창을 넘어올 때보다는 많이 여유로운 표정이 되었다.

솔직히 표헌을 사부로 모시게 되었을 때 그는 가히 하늘을 나는 새가 된 것만 같았다. 그리고 송겸과 추백, 그리고 조후에게 얼마나 감사했는지 모른다.

진정한 감사는 삼 일 동안 신웅의 천하를 다스렸다. 그리고 나흘째 되던 날 감사함의 나라는 처참하게 멸망했다.

적군은 '거지 수업'이었다. 무공의 무 자도 거론하지 못하고 상거지 수업을 받으며 신웅은 진정 '새[鳥]'가 됐다. 그것으로 송겸 일행에게 보냈던 마음의 감사는 어느새 처절한 저주로 바뀌어져 갔다.

목욕? 말조차 사치다. 세수도 금지당한 판국에 목욕은 꿈이 되었다. 모름지기 거지는 거지다울 때 비로소 참된 거지가 된다는 괴상한 이론 앞에 신웅은 절망했다.

길바닥에서 잠을 자는 것은 특실에 묵는 것과 같았다. 거의 대부분 시궁창에서 밤을 보내거나 억지로 쓰레기장을 찾아다니며 숙박을 해결했다.

식사는 말할 것도 없이 구걸이었다. 그나마 세 끼를 꼬박 먹는다면 모를까 고작 하루 한 끼가 전부였다. 아이들 주먹만한 크기의 밥덩이가 하루 식사의 전부였고 배고파서 잠이 오지 않을 때는 죽엽청 한 잔을 마시고 고통을 잊어야 했다.

그렇다고 특식이 없는 것은 아니었다. 기름이 좔좔 흐르는 고깃국을 미친 듯이 먹고 난 뒤 스승 표헌이 짧게 말했다.

'어때, 맛있냐? 요즘 개들은 뒤지게 호강하드라.'

그 말과 함께 신웅은 골목 귀퉁이로 달려가 먹었던 특식에 고기가 몇 점이나 들어 있고, 어떤 재료들로 만들어진 것인지를 벽에 머리를 박은 채 일일이 확인하는 절차를 거쳐야 했다.

무공은 도대체 언제쯤 배울 수 있느냐고 물을 때면 언제나 무공의 무 자가 시작되기도 전에 주먹이 날아왔다. 얼마 후에 몽둥이가 선물로 주어졌을 때 신웅은 사부를 대신할 만한 존재를 떠올렸고, 목표는 송겸 일당으로 낙찰되었다.

다시 보게 되는 날, 반드시 몽둥이로 패 죽여 버리겠노라고 다짐하고 또 다짐했다. 사부는 무공을 전수해 주진 않았지만 신웅의 작은 소원을 들어준 셈이었다.

송겸 일당을 패버리고 나자 신웅은 그동안 사부에게 품었던 서운함이나 거지 생활의 서러움이 어느 정도 가시는 것만 같았다.

신웅은 후련한 기분으로 창가에서 맑은 공기를 마시고 있을 때, 표헌은 송겸 앞에 이르러 한참을 노려보았다.

송겸은 누운 채로 눈알을 굴리며 '이 영감탱이가 또 왜 이러나' 싶어 경계하는데 문득 전음이 들려오기 시작했다.

그건 '네놈에게 줄 선물이 있다'로 시작되어 '잘해보거라'로 끝을 맺었다. 전음이 끝났을 때 송겸은 놀라 벌떡 몸을 일으켰다. 어느새 혈이 해제되었다는 것도 인식하지 못할 정도로 놀란 음성으로 물었다.

"그게 정말입니까!"

"내가 너와 장난할 배분으로 보이느냐?"

"좋습니다. 말씀대로라면 사부님께는 이번 일을 함구토록 하겠습니다."

"그래 주면 좋지. 그 인간 좀 피곤하거든."

"후후후, 좋습니다. 한번 믿어보지요."

송겸은 피투성이가 되었지만 워낙 큰 것을 대가로 지불받자 도리어 기분이 좋아졌다. 사부와 배분을 나란히 하는 사람의 말이라면 어느 정도 신뢰해도 될 터.

고진감래(苦盡甘來)라 했던가. 옛말은 틀린 말이 없었다.

제4장 송겸, 탈복흉공을 얻다

"준비는?"
어둠 속에서 헌원문주 호거악이 말했다.
"한 치의 소홀함도 없이 만반의 태세를 갖추었습니다."
바늘구멍 하나조차 용납지 않겠다는 듯 총관이 답했다.
"좋다. 헌원문의 미래가 삼대흉공에 달려 있음을 잊지 말도록."
"존명!"
헌원문을 지탱하는 열 명의 고수들이 일제히 답했다.
"이틀 후, 이틀 후에 천하를 오시할 힘을 얻으리라. 으하하하!"
헌원문주 호거악은 광포한 웃음을 터뜨렸다.

*   *   *

밤이 되자 세상의 모든 것을 속속들이 다 들여다볼 심산으로 달이 환한 눈동자를 빛냈다. 밤이 되면 얼간이들이 낮에 세운 음모를 위해 소란스럽게 움직인다는 것을 달은 잘 알고 있었다.

그리고 이 밤, 달은 세 명의 얼간이들이 나름대로 기척을 숨긴다고 애쓰며 어디론가 빠르게 움직이는 것을 지켜보고 있었다.

얼간이들은 쥐도 새도 모르게 행동한다고 생각했지만 달이 볼 때는 웃기지도 않는 일이었다.

그중 우두머리 얼간이는 어둠을 따라 움직이며 설레는 마음을 진정하기 어려웠다. 아직 수중에 들어온 것은 아니었지만 말대로 이루어진다면 개인의 역사책에 '간절히 원하던 것을 가장 손쉽게 얻은 날'로 기록되어질 것이 분명했다.

종횡마걸의 제자가 된 신웅이, 다시 생각해 보니 조금 덜 때린 것 같다며 서른아홉 대를 더 때린다 해도, 왜 그리도 자비롭냐며 칭송을 아끼지 않을 자신이 있었다.

종횡마걸과 신웅이 다녀간 지 이틀이 지난 밤, 송겸은 추백과 조후를 이끌고 달님의 조롱 어린 눈길과 신웅이 안겨준 피멍을 간직한 채 은밀히, 하지만 빠르게 나아갔다.

비록 이틀 동안 교청은이 불쑥불쑥 찾아와 의심의 눈길을 숨기지도 않고 여러 가지를 탐문했지만 그것마저도 솔직히 대수롭게 여기지 않을 정도였다.

교청은은 의아한 시선으로 도대체 얼굴이 왜 그 모양이 되었냐고 물었지만 송겸은 임기응변술의 달인답게 감동의 언어로 답해주었다.

'의로운 길에는 언제나 희생이 따르게 마련인 법이지요.'

말을 하고 난 뒤 씁쓸한 웃음을 머금고 멍든 자리를 살짝 손으로 매

만지는 것도 결코 잊지 않았다.

그에 교청은은 미간을 찡그리며 그 의로운 일이라는 것이 무엇이었냐고 물었고, 송겸은 한 치의 머뭇거림도 없이 답변했다.

'사부님은 늘 이렇게 말씀하시곤 했지요. 제자야, 의로운 일을 행한 후에는 반드시 그 일을 잊어버려야 한다. 그것을 마음에 담아두는 자는 가장 어리석은 자가 되느니라, 라고 말입니다.'

어이가 없는 것은 교청은만이 아니었다. 추백과 조후는 몰래 입술을 깨물며 독왕이 사실은 '의로운 일을 하면 널 아예 죽여 버리겠다' 고 말했을 것이라 생각했다.

그 뒤로도 몇 번인가 까다로운 질문을 던졌지만 송겸은 오래전부터 답안을 준비한 사람처럼 옳은 말만 해 교청은이 할 말이 없도록 만들었다.

오늘은 어찌 된 일인지 전혀 모습을 드러내지 않아 도리어 궁금하기도 했지만, 인생의 대전환점을 맞이할 위대한 걸음에 초를 치지 않으려는 보이지 않는 배려일 것이라며 송겸은 멋대로 해석해 버렸다.

종횡마걸의 상세한 설명 덕분에 송겸 일행의 진행은 거침이 없었고, 곧 이어 중요한 지점에 도달했다.

비탈길을 따라 잡목이 우거진 곳에 진입하여 보니 전해준 그대로의 풍광이 드러났다.

"그곳은 밤나무들로 가득한 곳인데 유일하게 왼쪽 편으로 소나무 한 그루가 보일 것이다. 그 아래를 세밀히 살피게 되면 어렵지 않게 지하 통로를 발견할 수 있을 것이다."

"여기다."

어두운 밤이었지만 소나무를 찾는 것은 그리 어렵지 않았다. 지금 송겸과 추백의 눈은 햇불보다 밝았고, 광선(光線)이 나간다고 해도 전혀 이상할 것이 없는 눈빛을 하고 있었다. 마음만 먹는다면 우연히 떨어진 좁쌀 한 톨조차 찾아낼 수 있을 정도였다.

그중 조후는 주변을 둘러보며 상당히 불안한 눈빛을 하고 있었다. 솔직히 '다 때려치우고 싶어. 난 관두고 싶다고'라고 고함이라도 치고 싶은 심정이었다.

하지만 그에겐 선택권이 없었다.

"헉! 찾은 것 같습니다."

소나무 아래를 부지런히 살피던 추백이 말했다.

송겸이 벼락같이 이르러 둥그런 철판을 확인했다.

송겸과 추백은 서로 마주 보며 가볍게 손뼉을 마주치고 씨익, 웃고는 철판을 들어 올렸다.

묵직한 철판 아래는 지옥의 무저갱이 있다면 정녕 이럴 것이라는 생각이 드는 어둡고 칙칙한 광경이 드러났다.

햇불은 준비되었지만, 지금 이곳에 우리가 있노라 광고하고 싶진 않았다.

"조후."

송겸이 낮게 부르는 소리에 조후가 곁에 바싹 붙었다.

"행복한 땅으로 네가 먼저 내려가라."

조후는 금방이라도 울 것 같은 표정으로 흑암의 통로와 송겸을 번갈아 볼 뿐 말이 없었다.

"내가 밀어줄까?"

송겸이 도움을 자청하고 나서자 조후가 살짝 손을 들어 사양의 의사 표시를 하고 통로를 더듬어보고 조심스럽게 다리부터 내리며 무엇인가가 걸려주길 바랐다.

아래에서 괴물이 아가리를 쩍 벌리고 조후의 두 다리를 집어삼키려는 것만 같았다. 등골이 오싹해진 조후는 발을 굴리다가 안쪽으로 발에 걸리는 뭔가를 느꼈다.

'괴물의 턱인가?'

"수직으로 디딤대를 만들어놓은 것 같습니다."

조후가 핼쑥한 얼굴로 말하자 송겸이 장하다는 듯 고개를 끄덕였다.

조후를 시작으로 송겸이 뒤를 이었고 추백은 내려서기 전 철판을 덮는 것을 잊지 않았다. 그제야 송겸은 화섭자(火攝子)로 횃불을 밝혔다.

불빛에 드러난 통로는 견고해 보였고, 어른 키로도 허리를 굽히지 않고 걸을 만했기에 괴물의 몸속에 들어간다면 바로 이런 형태가 아닐까 싶었다.

"내가 앞장서겠다."

송겸이 횃불을 들고 성큼 걸음을 옮겼다. 앞에서 기다리고 있는 어둠을 하나둘 깨뜨리며 거의 일각(10분) 동안 보통 걸음으로 이동했고, 일각을 넘어서면서는 조금 더 빠른 걸음으로 전진했다.

송겸은 문득 발을 내려다보았다. 분명히 움직이고 있었고, 땅바닥도 발의 진행에 따라 뒤로 밀려가고 있었다.

앞에 있는 어둠을 물리치고 또 어둠을 뒤로한 채 똑같은 형태의 길을 반복해서 걷자 혹시 제자리걸음을 하고 있는 것은 아닌가 하는 착각이 들었기 때문이다.

송겸의 머리로 종횡마걸이 전해준 말이 떠올랐다.

"통로를 한참 걷다 길이 지긋지긋하게 느껴질 때가 되면 그때가 바로 목적지에 다 온 것이다."

'이 영감탱이야, 나는 이미 오래전에 지긋지긋한 상태였다구!'

속으로 욕을 퍼붓고 났을 때였다. 완만하게 꺾인 통로를 지나면서 저만치 앞에서 불빛이 보였다. 역시 영감쟁이를 다그친 보람이 있었다.

추백과 조후도 불빛을 보았지만 그들 중 누구도 입을 여는 사람은 없었다. 오히려 발소리를 더욱 죽이며 조심스럽게 나아갔다.

이윽고 불빛의 진원지에 가까이 이르자 통로의 너비와 높이는 세 배 정도 커졌고, 그곳을 휘어 돌아 들어가자 각각 사 장 길이의 정방형의 석실이 나왔다. 거기엔 사람들이 있었다.

송겸 일행은 입구에 우뚝 선 채 정면을 바라보았고, 석실의 가장 안쪽에 서로 바짝 붙어 있는 십여 명의 사람들도 송겸 일행을 바라봤다.

십여 명 중에는 이제 겨우 십여 세 정도 되었을 아이들도 있었고 백발이 성성한 노인도 있었다.

잠시 시간이 멈춘 듯, 두 무리는 서로를 바라보았다. 먼저 침묵을 깬 것은 송겸이었다.

"꿀꺽!"

침묵을 깬 것치고는 그다지 멋없는 소리였지만 지금 이 순간에는 나름대로 어울리는 소리라 할 수 있었다. 모든 것이 종횡마걸이 말한 대로였다. 이제 남은 건 단 하나, 가장 중요한 일이기도 했다.

"물건을 받으러 왔소이다."

꿀꺽의 민망함을 애써 만회하려고 송겸은 굳센 어조로 말했다.

그리곤 속으로, 과연 이들이 순순히 내어줄 것인지, 만약 내어주지 않는다면 어린아이들도 있는데 어떻게 빼앗을 것인지에 대해 생각했다.

잠시 아무 반응이 없자 송겸이 다시 말했다.

"이미 말이 오갔다고 들었소. 우리는 나쁜 사람이 아니……."

송겸은 말을 맺지 못했다.

"그대가 송 공자입니까?"

무리 중에서 오십 대 초반으로 보이는 남자가 불쑥 나서며 말했다. 그는 미소를 짓고 있지 않음에도 절로 얼굴에서 온화함을 풍기는 인상을 지니고 있었다.

"그렇소."

사내는 송겸에게 다가가 소맷자락에서 한 권의 서책을 꺼내 건넸다.

"탈복흉공입니다."

송겸은 떨리는 손길로, 하지만 결코 약하지 않은 손길로 비급을 받았다. 눈은 타올랐고 땀구멍은 1.5배 확대되었으며 심장은 평소의 세 배 정도로 거칠게 피를 몸 전체에 순환시키고 있었다.

비급의 겉표지에는 아무것도 기록되어 있지 않았고, 전반적으로 칙칙한 느낌이었다. 하지만 그런 점이 도리어 송겸의 마음에 쏙 들었다.

만약 비급이 깔끔했다면 은근히 부담을 느꼈을 것이다. 비급의 칙칙함은 송겸의 마음과 일치했고, 그로 인해 송겸은 비급과 하나가 되는 일체감까지 맛봤다.

추백과 조후는 송겸의 어깨 너머로 경이로운 듯 바라보았다.

송겸이 미세하게 손을 떨며 책장을 펼쳤다. 빼곡한 글자들은 이미 송겸의 눈에 들어온 순간 꿈틀거리며 황금과 보석으로 변했고, 이윽고 여인들의 눈부신 나신으로 변해 신비한 춤을 추기 시작했다.

'오! 내 생애 이런 기쁨을 맞이하게 될 줄이야……'

송겸이 황홀경에 빠져 환상의 세계에서 허우적거리고 있을 때였다.

"형님! 이제 증인들을 쓸어버려야겠죠?"

추백의 전음이었다.

송겸은 흠칫하며 추백을 바라봤다. 추백이 작게 고개를 끄덕여 보이며, 언제라도 신호만 보내라는 뜻을 보였다. 송겸은 고개를 돌려 상대편에 선 가족들을 바라봤다.

이제 막 피어나는 어린아이들과 연로한 노인, 그리고 연약한 부녀자들이 긴장한 낯빛을 풀지 않고 있었다.

송겸은 진정한 사파인의 길을 잊지 않고 있었다. 어떻게 잊을 수 있겠는가. 얼마나 맞으면서 배웠는데.

저절로 미간이 움찔거렸고 기분이 서서히 언짢아지기 시작했다. 무공을 모르는 평범한 사람들을 건드리는 것은 수치 중의 수치이며 스스로를 모욕하는 일이었다.

송겸은 추백을 향해 천천히 몸을 돌렸다. 기분이 나쁘다면 굳이 참아야 할 필요는 없다.

'나쁜 녀석, 함께 지낸 시간 동안 깨달은 것이 고작 이 정도란 말이냐.'

참지 않을 생각이었다.

그때, 한소리가 송겸의 마음 한 귀퉁이에서 울렸다.

'크크크. 이봐, 좀 솔직해질 수 없어? 네가 화난 것은 사실 그것 때문이 아니잖아.'

마음의 소리였다.

'닥쳐!'

송겸이 다그치며 마음에서 들려오는 소리를 목 졸랐다.

'나를 없애겠다고? 하하, 나를 너무 웃기려고 애쓰지 마. 그렇게 하지 않아도 충분히 웃기니까 말이야.'

만약 마음의 소리가 배꼽이 있다면 지금쯤 배꼽을 잡고 있을 것 같았다.

'한 번만 더 지껄인다면 그땐 가만두지 않겠어!'

송겸은 식은땀까지 흘렸다.

'봐, 넌 지금 식은땀을 흘리고 있잖아. 좋게 인정하는 게 어때? 네가 진짜 화가 난 것은…….'

'닥치라니까!'

하지만 마음의 소리를 막을 순 없었다.

'흐흐, 아마도 너는 전음을 못한다지?'

그 순간, 송겸은 분노의 외침과 함께 추백에게 달려들어 멱살을 잡은 채로 그대로 벽에 밀어 붙였다.

"진정한 사파는 연약한 자를 건드리지 않는다. 명.심.해.라."

하지만 그보다 더 큰 소리로 하고 싶었던 말이 무엇인지 마음의 소리는 잘 알고 있었다.

'내 앞에서 전음을 사용하면 가만두지 않겠다. 명.심.해.라.'

추백은 놀란 눈으로 그저 고개만 끄덕거렸고, 조후를 비롯한 모두는 이 갑작스런 광경에 몸을 움찔했다.

"알았으면 됐다. 앞으로 다시는 그런 소리 마라."

"네……."

송겸의 진중한 목소리에 추백이 조심스럽게 답한 후, 진정 마음으로 감탄했다.

'내가 형님으로 모신 것은 내 인생에 있어 가장 현명한 선택이었다.'

능히 한 시대에 그림자를 드리울 만한 사파인이란 생각에 절로 고개가 숙여졌다.

진정 이 분노의 핵심이, 전음을 할 줄 모르는 무능력자의 열등감의 폭발이라는 것을 모르는 자의 감탄치고는 너무 거창했다.

송겸은 전음에 대한 씁쓸한 심정은 나중에 사부를 만나 '도대체 전음을 가르쳐 주지 않는 이유가 무엇입니까? 제자가 망신당하는 것이 진정 사부님의 기쁨입니까' 라고 강력하게 항의하기로 하고, 지금은 탈복흉공에 전심전력하기로 했다.

당장은 몇 가지 의문을 해소할 필요가 있었다.

"그대는 누구이며 왜 흉공을 내게 순순히 건네는 것이오?"

느닷없는 발작을 보며 긴장했던 사내는 서서히 본래의 안색을 찾아가며 말했다.

"나는 가백이라고 하오. 그리고 저기 뒤쪽으로는 가화장원의 가족들이오. 흉공에 대한 건……."

가백은 잠시 말을 멈춰 송겸이 들고 있는 탈복흉공의 비급을 바라보다 다시 말을 이었다.

"우리들에게 아무런 쓸모가 없기 때문이오."

송겸은 드러내지 않고 비웃었다.

'흥, 그러니까 그대는 정인군자라는 거군. 과연 그럴까? 혹시 부인이 무서워서 그러는 건 아니고?'

나름대로는 순수한 사람이라 말하고 싶은 것일지 몰라도 그건 어쭙잖은 결벽증에 불과하다고 생각했다. 마음에 품은 생각이 공기 중에 퍼졌음인가, 갑자기 분위기가 어색해졌다.

　그때 다시 가백이 말했다.

　"내가 잘못 본 것이 아니라면 쓸모가 없는 건 그쪽에게도 마찬가지일 게요."

　송겸은 흠칫해서 물었다.

　"무슨 말이오? 그럼 이것이 가짜라는 것이오?"

　가백이 고개를 가로저었다.

　"진짜인지 가짜인지는 내 능력으로 감별할 수 없으나 어떤 기재라도 결코 익히지 못할 것이오."

　긴장으로 굳어졌던 송겸의 낯빛이 풀어졌다.

　'고작 그거였나? 어렵다는 거? 웃기지 마, 나는 무슨 짓을 해서라도 반드시 익히고 말 테니까.'

　"능력에 관한 것이라면 그대가 염려할 일이 아닌 것 같소만."

　가백은 송겸에게 다가갔다.

　"여기를 보는 것이 좋겠구려."

　가백이 송겸의 손에 들린 탈복흉공의 비급을 잡으려 하자 송겸이 얼른 등 뒤로 숨겼다.

　"무슨 짓이오?"

　"아니, 되받겠다는 것이 아니라 보여줄 부분이 있어서 그러하오."

　그의 눈에서 진심을 읽고 송겸은 비급을 내밀었다. 하지만 손을 전부 뗀 건 아니었다.

　가백은 거침없이 책장을 넘기더니 한곳을 가리켜 보였다.

"여기를 읽어보시오."

송겸은 여전히 보석처럼 빛나는 글귀에 눈길을 주었다.

가백이 손으로 짚어준 곳으로부터 천천히 읽어 내려가던 송겸의 얼굴에는 점점 표정이 사라져 가고 있었다.

다시 한 번 읽고, 또 읽고, 앞쪽을 넘겨 읽고, 그 다음 장도 읽었다.

그리고 한순간 송겸은 꼭 움켜쥐고 있던 비급을 힘없이 떨어뜨렸다. 하늘이 무너져 내리고 땅이 갈라진다 해도 결코 놓치지 않을 비급이 아닌가.

손을 벗어난 탈복흉공이 떨어지는 광경은 시간이 천천히 흐르는 것 같이 까마득하게 느껴졌다. 비급이, 떨어져 내리면서 왜 나를 절벽 아래로 미느냐고 말하며 송겸을 올려다보는 것 같았다.

송겸은 머리가 텅 비고, 다시 텅 빈 공간이 하얘지고 있는 것을 멍하니 지켜봤다. 조작된 흔적은 찾을 수 없었다. 정녕, 정녕 한바탕 봄꿈이었단 말인가.

무슨 일인가 싶어 추백과 조후가 비급을 주워 들고 살폈다.

곧 이어 송겸이 보였던 반응이 두 사람에게 나타나더니, 결국 황당함과 참담함이 뒤범벅된 얼굴이 되어버렸다.

'어떻게… 이럴 수가……'

그때 털썩 하는 소리가 났다.

송겸이 다리가 풀리면서 무너져 내린 것이다.

제5장 흉궁 속에 감춰진 비밀

사두마차 한 대가 여유롭게 어둠을 헤치고 나갔다.

특별한 장식이나 표식은 보이지 않는 단조로운 모양이었지만, 워낙 단조로워 그 자체가 곧 특색이 되는 마차였다.

경쾌한 박자로 말굽을 울리며 나아가던 마차가 멈춘 것은 황은장원의 거대한 대문 앞에 이르러서였다.

아무도 맞이하는 사람은 보이지 않았지만 사십 대 중년 마부는 소리 내어 사람을 부르지 않았다.

그냥 숨을 고르고 있노라면 자동으로 문이 열리도록 되어 있거나 주문을 외워야 문이 열리는 것이라 어쩌면 속으로는 요란스럽게 주문을 읊고 있는지 모를 일이지만, 일단 겉으로 보기엔 말은 고사하고 어떤 움직임도 없었다.

고작 숨을 십여 번 정도 고를 즈음, 황은장원의 거대한 문이 스르륵

열렸다. 거대한 문이 통째로 열린 사이로 마차가 들어섰다.

황은장원의 대문이 통째로 열리는 일은 매우 드문 일이었다. 부근에 사는 사람들조차 일 년에 한두 번 목격했을 따름이었다.

황은장원을 출입하는 사람들은 커다란 대문의 우측 아래쪽에 자리한 사람 두세 명이 나란히 들어갈 만한 곳을 이용했다.

마차가 장원의 뜰에 이르러 멈추자, 마차 뒤쪽으로 장검을 멘 십여 명의 흑의인들이 날랜 몸짓으로 마차를 에워싸듯 호위했다.

어떤 이상 징후도 보이지 않았다.

그제야 잿빛 장포를 걸친 중년인이 내려섰다. 잿빛 장포의 중년인은 호위를 받으며 내전으로 들어섰고, 호위들은 입구를 바람 한 점도 빠져나가게 하지 않겠다는 기세로 우뚝 섰다.

그 광경은 장원의 동쪽 담 너머 떡갈나무 위에 거주하고 있는 종달새의 눈에 잡혔고, 종달새는 그 광경을 바라보고 있는 것이 자신만이 아니라는 것을 알고 있었다.

모종의 인물은 어둠이 임하는 순간 둥지 아래 또 다른 둥지를 틀고 지켜보고 있었다. 그러거나 말거나 종달새는 이제 세상에 난 지 열흘밖에 안 된 새끼들을 날개로 따스하게 보듬었다.

떡갈나무의 그림자에 둥지를 튼 포윤은 잿빛 장포의 중년인이 들어선 내전을 뚫을 듯 응시하고 있었다.

그는 결코 내전 안을 투시할 수 있는 능력이 없었지만 마치 투시할 수 있는 사람처럼 머리 속으로 내부 광경을 그려보고 있었다.

내전의 문이 열리고 간단한 인사가 오간다.

차(茶)를 내오지는 않을 것이다.

묵직한 침묵이 흐른다.

그리고 이어 중요한 몇 마디 말을 서로 건네며 약속을 확인한다.

이제부터가 중요했다.

포윤은 떡갈나무의 그늘에 숨어 천천히 숫자를 헤아리기 시작했다.

내전에서 다시 비밀스러운 장소로 이동해 '흉공(兇功)'을 가져올 것을 감안하면 적어도 서른 번 정도는 헤아릴 필요가 있었다. 흉공이 탁자에 놓일 때까지 움직여선 안 된다.

'하나, 둘, 셋, 넷……'

서른 번이 채워지면 그는 신호를 보낼 것이고, 저만치 뒤쪽 풀숲에 몸을 웅크리고 있는 은영대원들은 용수철처럼 튀어 올라 황은장원을 검의 장막으로 가두어 버릴 것이다.

그가 막 스물까지 헤아렸을 때, 그는 공기를 가르는 한소리를 들었다. 익숙한 소리와 느낌이었다.

'청매? 그렇다면……'

그가 의문을 떠올리며 왼손을 수평으로 구부려 들자 꼬리 깃이 푸른 매 한 마리가 팔에 내려앉았다.

떡갈나무에 보금자리를 튼 종달새 어미가 급작스러운 매의 출현에 기겁하여 내는 소리에 황은장원의 내전 입구를 지키고 선 열 명의 호위들의 시선이 떡갈나무 쪽으로 향했다.

하지만 그 이상의 반응은 없었다.

호흡까지 멈추었던 포윤이 매의 발에 매인 쪽지를 펼쳐 보고 속으로 침음성을 흘렸다.

속임수. 가화장원으로.

내용은 간단했지만 알아듣고도 남았다.

신주표국이 취합한 정보에 의하면 황은장원은 다섯 개의 가능성 중 하나였다. 헌원문은 나름대로 혼란을 조장해 흉공 탈취 세력들을 분산시키려 한 것이다. 어쩌면 여러 가지 다른 혼란 장치가 있을지도 모른다.

하지만 지금 포윤이 취할 행동은 오직 한 가지, 가화장원으로 향하는 것뿐이었다.

그는 빠른 손놀림으로 쪽지의 오른쪽 상단 귀퉁이를 잘라내고, 다시 청매의 다리에 묶어 날려 보냈다.

은밀히, 하지만 결코 느리다고 할 수 없는 동작으로 그는 은영대가 은신한 장소로 몸을 날려 수풀을 스치듯 지나 달려갔다.

대원들에게 굳이 다른 말을 할 필요는 없었다. 일곱 가지 변수 중 하나로, 이미 어떤 의미를 지닌 행동인지 대원들은 잘 알고 있었다.

포윤과 은영대가 가화장원을 향해 쏜살같이 날아갔다.

하지만 가화장원을 향한 신형들은 비단 신주표국의 은영대만은 아니었다. 흉공을 얻고자 모든 정보력을 동원했던 여러 조직들이 혼란에 빠졌다가 여러 경로를 통해 진실을 파악하고 가화장원으로 쏟아져 갔다.

이미 가화장원은 혼란과 칼 그림자와 욕망으로 뒤덮였다.

각자가 뿜어내는 살기와 욕망이 뒤범벅되어 숨을 쉬는 것조차 곤란할 지경이었다.

남궁호를 위시한 수호맹의 고수들은 분연히 맞서고 있었지만 흉공의 소유욕에 눈이 뒤집힌 이들을 상대하는 것은 결코 간단치 않았다.

하지만 그렇다고 현격히 곤란한 처지에 빠진 것도 아니었다.

아직 어느 누구도 피 흘릴 만큼 부상을 입은 것 같진 않았다. 그러나 그들은 하나같이 마음으로 피를 토하고 있었다. 그 충격은 마음을 통째로 흔들어놓고 있었다.

그건 있을 수 없는 일이었고, 결코 있어선 안 되는 일이었으며, 다시는 겪고 싶지 않은 일이기도 했다.

강호인들은 주루에서 술을 마시며 어제의 동지가 오늘의 적이 되는 일은 강호에 흔한 일이라고 떠들지만, 그건 어디까지나 자신들과는 거리가 먼 이야기라고 생각했었다.

그런데 바로 그런 일이 지금 눈앞에 펼쳐지고 있었다.

어제까지 흉공의 유출을 막고자 마음을 모았던 독고세가는 이제 적이 되어 칼을 내밀길 망설이지 않고 있다. 사람의 눈이 어쩔 수 없이 눈앞에 있는 것을 봐야 한다는 점은 수호맹 고수들에게 있어 정녕 슬픔이었다.

복면을 하고 있기에 그의 표정을 직접 볼 수 없었지만 아직 젊디젊은 독고흠이 세가의 무리들과 뒤엉켜 흉공을 위해 혼신의 힘을 기울이는 모습은 본능에 충실한 맹수와 다를 바 없었다.

그런 의미에서 가화장원에는 맹수들이 넘쳐 났다. 포악한 호랑이와 날카로운 이빨을 거침없이 드러내는 이리 떼들과 몸이 빠른 독수리 등, 그들은 짐승의 모습을 감추고 겉에 복면을 뒤집어쓰고 본색을 감추고 있었다.

이 와중에 수호맹인들로서 그나마 다행스러운 점은, 이들이 서로를 물어뜯는 입장이라 수호맹이 모두를 상대할 필요는 없다는 점이었다.

가화장원은 바깥뜰과 지붕, 할 것 없이 혼란스러웠다.

그 와중에 내전으로 접근하는 것은 결코 쉬운 일이 아니었다.

하지만 완벽히 통제된 상황은 아니었는지라 야천의 살검대주 오령은 은밀하게 스며들었다.

그가 받은 임무는 비급을 찾는 것. 물론 그 가능성은 희박했지만 시도할 가치는 충분했다.

불이 밝혀지지 않은 내전은 어둠에 묻혔으나 살검대주 오령은 빠르게 어둠을 제압하고 주위를 둘러보았다. 하나둘 사물의 형체가 드러나자 그는 조심히, 하지만 결코 느리지 않게 하나씩 살피기 시작했다.

그가 막 내전 안의 내전으로 들어설 때 문득 입구 쪽으로부터 미약한 소리가 들려왔다.

필시 같은 목적으로 들어온 자일 것이리라. 오령은 침입자를 죽여야 할 자로 마음에 설정하고 살기를 죽였다. 죽이기 위해선 죽이고자 하는 마음을 버려야 한다는 점을 그는 잘 알고 있었다.

잠시 어둠이 익숙해질 때까지를 기다리던 상대가 한 걸음씩 다가오는 것이 느껴졌다. 방금 전 오령이 했던 행동과 비슷했다.

일 장(3.3미터) 안에 들어서는 순간, 상대는 염라대왕의 초대장을 받아 든 자신의 모습을 볼 수 있을 것이리라.

평범하게 하나씩 뒤져 가는 기적으로 보아 아직 상대는 자신을 발견하지 못한 것이 분명했다. 초대장은 이제 거의 머리 위까지 떨어진 상태였다.

소리없이 한 모금의 호흡으로 진기를 흡입한 오령은 일거에 상대의 머리를 바스러뜨릴 준비를 끝냈다.

'잘 가게, 친구.'

오령이 신형을 날렸다. 아니, 정확히 말하자면 그의 마음이 그렇게 명령을 내린 바로 그 순간이었다.

쉭, 하는 소리가 들리기 무섭게 오령의 이마에는 전혀 신체의 일부라고 보기 어려운 무언가가 쑥 박혔다.

대뇌를 관통한 한 자루의 비수가 그의 모든 생명의 기능을 차단하고 신경을 일거에 끊어버렸다.

오령은 눈을 부릅뜨지도 못한 채 그대로 허물어졌다.

안타깝게도 상대는 그보다 고수였고, 그의 기척은 오래전에 노출된 상태였다.

모로 쓰러진 오령에게 다가와 숨이 끊어진 것을 확인한 적인회의 고수 석문원은 차갑게 웃어준 후 흉공의 흔적을 뒤져 갔다.

가화장원은 낙양에서 열 손가락에 꼽히는 장원답게 규모가 상당했다.

이백여 명이 혈투를 벌일 만한 바깥 공간에 못지않게 내부 또한 그리 단순하지 않았다.

가화장원의 다섯 개 전각 중 네 번째로 큰 곳이었지만 그마저도 내전 안의 내전으로, 다시 거기에서 작은 통로를 지나 또 다른 내전으로 이어졌다.

그는 서둘러 여기저기를 살피며 어느덧 가장 끝 쪽에 자리한 내전에 들게 되었다. 혹시 암중에 눈을 번뜩이고 있을 침입자를 경계하는 것을 잊지 않고 벽의 은밀한 곳, 뭔가 숨겨놓기 좋을 만한 곳을 찾아 나갔다.

한순간 왼쪽 귀퉁이에서 바스락거리는 소리가 났다. 눈을 돌릴 틈도 없이 그의 손이 비도를 움켜쥐었다.

야옹~

울음소리에 이어 귀퉁이로부터 사사삭 소리를 내며 이동하는 고양이를 본 후 거의 손을 벗어날 뻔했던 비도를 갈무리했다. 굳이 고양이에게 비도를 선물할 필요는 없었다.

석문원은 고양이가 있던 곳으로 다가가 세밀하게 벽을 살폈다.

어쩐지 고양이가 무언가를 암시하고 있는 것 같아 모종의 기대로 가슴이 부풀었다.

고양이는 밖으로 나가지 않고 겁도 없이 마구 이곳저곳을 이동해 석문원은 심기가 조금 거슬렸지만 괜히 조급증을 낼 필요는 없다고 생각했다.

바스락. 바스락.

그와 함께 석문원은 예사롭지 않게 보이는 벽의 한쪽 틈을 찾아냈다. 그의 짐작이 맞는다면 이건 필시 비밀 통로였다.

여전히 고양이의 바스락거리는 소리가 귀에 거슬렸지만 어떤 의미에서 고양이에게 고맙다는 인사를 해야 할 정도였기에 그 정도는 참아야 한다고 생각했다.

'자, 됐다. 비밀 통로라 이거로군. 흉공이여, 기다려라.'

그는 그 앞에서 허리춤에 손을 올려놓고 통쾌하게 웃는 시늉을 했다. 소리를 내진 않았지만 그의 모습은 그가 얼마나 기뻐하고 있는지를 여실히 보여주고 있었다.

입을 벌리고 소리를 내지 않고 한참을 웃던 석문원이 바짝 다가섰을 때였다.

쾅!

벼락이 정면에서 그대로 석문원을 덮쳤다. 분명 벼락이 치는 소리와는 달랐지만 솔직히 벼락 외엔 달리 설명할 길이 없는 광경이었다.

찾았노라고 그리도 기뻐하던 비밀문이 통째로 덮치며 그대로 석문원을 깔고 뭉개 버린 것이다. 그리도 사랑스럽던 비밀문이 또 그렇게 황당하게 덮쳐 올지 몰랐기에 석문원은 그대로 깔려 죽음을 맞이하고 말았다.

문이 통째로 넘어지면서 뽀얗게 먼지가 피어올랐다.

그리고 서서히 먼지가 가라앉으면서 송겸과 추백, 그리고 조후의 모습이 드러났다.

그중 조후는 햇불을 들고 있어 그들이 나타나자 어둠이 흩어지며 사방이 밝아졌고, 고양이는 사삭, 소리를 내며 멀리 달아났다.

비밀 통로의 문은 견고한 편이었지만, 완전히 밀폐된 벽은 아니었기 때문에 세 사람이 일제히 내지른 발길에 견디지 못하고 넘어간 것이었다.

그 바람에 석문원은 제대로 비명도 질러보지 못하고 죽고 말았지만, 그 사실을 송겸 등이 알 길은 없었다. 물론 알았다고 해도 지금의 상황에서 달라질 것은 없겠지만.

석문원이 죽게 된 이유를 몇 가지로 분석해 보자면, 근본적으로는 그의 운명이 이곳에서 깔려 죽도록 되어 있기 때문일 테고, 인간적인 측면에서 바라보자면 고양이의 바스락거리는 소리로 인해 미처 비밀문 뒤쪽의 미세한 소리를 감지하지 못한 것이라 할 수 있었다.

그는 고양이로 인해 비밀문을 발견하게 되어 너무 기쁜 나머지 주의를 소홀히 했다.

바로 그 순간이 염라대왕이 초청장을 막 발송하던 때였다.

석문원은 어떻게 이리도 빨리 초청장이 날아올 수 있는가에 의아해했지만 그건 천계의 시간과 지상계의 시간 간의 차이점을 모르기 때문에 생긴 의문일 뿐이었다.

어쨌든 석문원의 죽음은 사람이 기쁜 일을 맞이했다고 해서 무작정 좋아해서는 안 되며, 현란한 색상의 독버섯 뒤에 웅크린 치명적인 죽음의 그림자를 간과하지 말아야 함을 보여준 셈이었다.

그럼 송겸은 어찌하여 이곳에 이르게 되었는가.

원래 송겸은 흉공의 비급 뒤쪽에 기록된, 생각하기도 싫은 무공의 후유증을 읽고 영혼이 빠져나갈 것만 같은 충격에 빠졌었다.

앞날의 희망이 물거품이 되자 절망적인 상태에서 잠시 강호를 떠날까도 생각할 정도였다.

그럼에도 송겸이 가화장원의 내전으로 통하는 비밀문에 이르게 된 것은 순전히 조후의 충고 때문이었다.

'이번 기회에 교 낭자에게 확실히 증명해 보이는 것이 어떻겠습니까?'

큰 것 하나를 잃었지만 작은 것이라도 건져?

송겸은 쓰게 웃었지만, 흉공을 이용해 교청은의 마음에서 의구심이라는 괴물을 쫓아내는 것도 그리 나쁘진 않겠다고 생각했다.

이미 이때 가화장주는 가화장 내부는 흉공을 얻으려는 무리들로 혼란지경이 되어 있을 것이라고 알려준 상태였기에, 수호맹 사람들도 함께 있으리라는 것을 짐작하기는 어려운 일이 아니었다.

그렇다고 해서 송겸이 처음부터 비밀문을 박살 내며 등장할 생각을 한 것은 아니었다.

만약 가화장 사람들이 비밀 통로에 숨어들면서 손쉽게 열 수 있는 기관 장치를 망가뜨리지만 않았더라도 석문원이 비명횡사하는 일은 없었을 것이다.

송겸에게 그것은 어쩔 수 없는 선택이었지만 그로 인해 석문원의 강맹하고 날카로운 공격을 받지 않게 된 건 행운이기도 했다.

바깥의 격전이 얼마나 치열한지 내부에서도 생생하게 들을 수 있을 만큼 소리는 요란했고, 사나운 기세가 그대로 피부로 전달되어졌다.

그뿐인가. 내전을 지나면서 홍건한 핏물과 함께 비수를 이마에 꽂은 채 죽어 있는 복면인의 시체를 보게 된 건 그다지 유쾌한 일이 아니었다.

진한 피 냄새에 송겸은 이맛살을 찌푸리고 내전의 문을 열어젖혔다.

눈앞에 펼쳐진 광경은 상상 이상이었다.

뜰은 물론이고 전각의 지붕들, 그리고 곳곳에 자리한 나무들을 오가며 서로를 죽이지 못해 안달이 난 인간들이 살기(殺氣)를 마구 뿌려대고 있었다.

그저 멍하니 지켜보고 있는 송겸과 추백, 조후는 같은 공간에 있으면서도 어쩐지 저들과는 서로 다른 세계로 구분되어 있는 것만 같았다.

그건 마치 거센 바람에 구름들이 빠르게 이동하는 중에 하나의 구름만은 그대로 멈춘 채 그저 떠 있는 것만 같은 풍경이었다.

송겸은 두루 살피며 교청은의 위치를 찾았다.

수호맹 사람들을 찾는 것은 그다지 어려운 일이 아니었다. 복면을 하지 않고 있는 이들은 그리 많지 않았고, 그런 수호맹의 무리 중에 교청은이 있었다.

송겸은 이미 상황을 종료시킬 수 있다는 자신감이 있었기에 서너 걸음 내딛고 크게 외쳤다.

"모두 멈추시오!"

마음먹고 내공을 실어 외친 까닭에 음성은 또렷했다.

하지만 그럼에도 흉공에 눈과 귀가 먼 이들을 멈추게 할 순 없었다.

더 정확히 말하자면 그들은 들었으나 스스로 듣지 못하는 자들과 같이 행동했다. 그건 마치 달아나는 도둑에게 '거기 서라, 서지 않으면 요절내겠다' 라고 말하는 것과 별반 다를 바가 없어서 도무지 현실감이 없게 들린 것이라 할 수 있었다.

세상 그 어떤 도둑도 달음질을 멈추란다고 곱고 다소곳하게 자세를 가다듬고 기다려 주진 않는다. 송겸의 말은 뭘 몰라도 한참 모르는 철없는 소리에 불과했다.

여전히 치열한 격전을 벌이는 그들에게 어떤 메아리조차 돌아오지 않자 송겸은 이를 악물고 다시 크게 외쳤다.

"내게 탈복흉공의 비급이 있소! 모두 멈추지 않으면 이 자리에서 비급을 태워 버리겠소!"

그리고선 조후가 들고 있던 횃불을 잡아 들었다.

이번에는 효과가 단박에 나타났다. 그들이 격렬하게 싸우고 있던 이유가 흉공의 비급에 있었으니 그건 너무도 당연한 현상이었다.

서너 수가 더 교환되어지며 싸우던 손길은 점점 잦아들었다.

흩어져서 싸우던 이들은 같은 조직원들끼리 한데 뭉치며 사방을 경계했다. 약 삼사십 명의 무리는 여덟 조각으로 구분 지어 한데 모였고, 그들 중 두 무리만이 복면을 쓰지 않은 채였다. 나머지 여섯은 각기 복면을 둘렀는데 검은 복면이 네 무리, 나머지는 잿빛 복면과 붉은 복면을 뒤집어쓴 상태였다.

비록 검은 복면의 무리가 네 곳이나 되었지만 이마 부분에 나름의 기호를 두어 서로를 구분 지었기에 서로를 알아보는 데는 크게 어려움이 없었다.

그들은 주위의 급작스러운 공격을 대비하면서 서서히 송겸 쪽으로 접근했다.

송겸이 단호하게 외쳤다.

"여기 내 손에 들린 것은 탈복흉공이오! 모두 그 자리에 앉으시오. 내 말을 따르지 않는다면 망설이지 않고 태워 버리겠소!"

송겸의 목소리는 여전히 자신감에 차 있었지만, 상황은 생각했던 것과는 다른 방향으로 흘러갔다. 그들은 곱게 앉아 있기는커녕 점점 송겸 가까이로 좁혀들고 있는 형국이어서 송겸으로선 갑자기 당황스러워지고 말았다.

"뭣들 하는 거요! 다들 거기 앉아 있으라니까. 이봐, 멈춰!"

압박이 더해오자 송겸은 횃불을 비급에 바싹 붙였고, 그제야 조여들던 움직임이 멈췄다.

그들 중 수호맹의 무리 속에서 교청은이 작게 남궁호에게 물었다.

"우리가 방어벽이 되어주어야 하지 않을까요?"

"아니오. 지금 섣부르게 움직이면 다시 난전이 될 가능성이 큽니다."

남궁호의 말을 듣고 보니 그럴듯했다. 교청은은 고개를 끄덕이며 다시 송겸을 주시했다.

수호맹은 탈복흉공의 거래 장소가 가화장원임을 알고 때를 맞춰온 것이었으나 어찌 된 일인지 그 사실은 많은 이들에게 알려진 듯 격전이 벌어졌다.

한데 지금은 얼간이에게 흉공의 비급이 쥐어져 있으니 도무지 알다가도 모를 일이었다. 게다가 비급을 들고 겁도 없이 소리치고 있는 모습은 도무지 이해할 수 없는 모습이었다.

"네가 가지고 있는 것이 진정 탈복흉공이란 말이냐?"

가장자리 쪽에 있던 검붉은 복면의 무리 중 한 명이 물었다.

"그렇소."

송겸은 비웃음을 머금고서 말을 이었다.

"탈복흉공을 굳이 얻으려 하지 않는 것이 좋을 것 같소만."

"그게 무슨 소리냐."

혹시 순식간에 흉공을 없애 버릴까 싶어 갑자기 긴장이 증폭되었다.

"여기 모인 거의 모두가 탈복흉공을 통해 뭔가 희한한 짓을 하려고 생각했겠지? 흐흐흐흐… 여자들 옷이나 벗기고 그 뒤에서 낄낄거리며 웃겠다? 크크, 지나가던 개가 웃을 일이지. 귀를 열고 똑똑히 들으시오."

일순 침묵이 공간을 점했다.

"탈복흉공을 익힌 자는……."

익힌 자는?

"그 후유증으로 고, 고자가 되고 마오. 푸, 푸하하하!"

송겸은 모두가 받을 충격을 생각하며 끝내 웃음을 터뜨리고 말았다. 얼마나 허탈할 것인가. 아까 자신이 받았던 그 충격을 이 모든 사람이 고스란히 받는다고 생각하니 통쾌하기까지 했다.

어디 맛이 어떠냐 이놈들아, 아무리 옷을 다 벗겨놓아도 고자가 되면 무슨 소용이란 말이냐. 그건 차라리 지옥의 고통과 다를 바가 없지 않겠느냐 말이다.

잠시 허리를 꺾으며 웃는 송겸의 옆구리를 추백이 쿡, 찔렀다.

정신을 수습하고 무리를 바라보니 그들은 숨조차 쉬지 않고 지켜보고 있을 따름이었다.

'충격이 너무 컸나? 탄식과 한탄이 여기저기서 터져 나오고 집으로 가야 하는 것 아닌가? 아, 그렇군.'

송겸은 직접 눈으로 보지 않았기 때문일 것이라 생각했다. 어떻게 말만 믿을 수 있겠는가.

잠시 어깨를 으쓱해 보이면서 송겸은 입을 열었다.

"뭐, 내가 지금 농담을 하고 있다고 생각할지도 모르겠군. 자, 그럼 좋아 내가 직접…… 엇!"

어둠을 뚫고 두 줄기 빛이 쏘아졌다.

하나는 송겸을 향했고 하나는 횃불을 향했다.

절체절명의 순간 다른 누군가의 도움을 구할 상황이 아니었다.

비도 중 하나는 정확히 횃불의 상단을 뚫고 지나가 횃불이 잘라지며 불붙은 쪽이 바닥에 떨어졌고, 본능적으로 몸을 움츠린 송겸에게 비도가 어깨 쪽을 스치듯 지나갔다.

그것이 전부는 아니었다.

비도의 그림자에 숨어 한 인영이 송겸의 손에 들린 흉공을 빼앗아갔다. 재빠른 솜씨는 흉공이 아니라 송겸의 목을 취했다고 해도 아무렇지도 않을 솜씨였다.

그는 다시 회색 복면의 무리 속으로 뛰어들었고 그들은 일제히 사주 경계를 펼치며 방어 태세를 취했다.

복면의 인영이 뇌까렸다.

"모두 서툰 짓을 하지 않는 것이 좋을 거요. 삼매진화로 불타는 흉공을 보고 싶지 않다면 말이오."

그때 스쳐 지나간 어깨 쪽으로 피를 흘리면서 송겸이 욕을 쏟아냈다.

"이봐, 이게 무슨 짓이야! 그렇게 갖고 싶으면 좋게 달라고 할 것이지 누가 그 딴 것을 탐낸다고 칼을 던지고 지랄이야! 앞으로 평생 고자로 살아라, 이 미친놈아!"

그 광경을 지켜보며 교청은은 달려가 송겸의 뒤통수라도 한 대 갈겨 주고 싶었다.

'저런 바보. 지금 무슨 소릴 하는 거야.'

그녀로서는 어처구니가 없었다. 이곳에는 탈복흉공을 이용해 여자 옷을 벗겨보겠다는 생각한 사람은 한 명도 없었다. 오로지 그쪽으로만 생각하는 발상 자체가 한심스럽고 무엇보다 수상쩍었다.

막 사그라지려던 의구심이 다시 솟구쳐 올랐다.

'이상해, 과거의 그놈과 같은 느낌이야.'

그때 잿빛 복면인 중 앞쪽에 있던 이가 입을 열었다.

"그것만 가지고 무엇을 하겠다는 것인지 모르겠군."

그렇다. 송겸 등은 까마득히 모르고 있었지만 이들이 정작 바라는 것은 탈복흉공이 아니라 세 흉공이 하나가 되어 이루어낼 거대한 신공이었다. 그러니 당연히 송겸의 고자 운운하는 말은 쓸데없는 소리에 불과한 것이었다.

"그거야 이제 다시 시작해 보는 것이 좋겠지. 분명 이곳에 또 다른 흉공이 있을 테니까. 그렇지 않소?"

그 말은 곧 새로운 격전을 알리는 신호였다.

다시 일촉즉발의 팽팽한 긴장이 고조되었다.

"이제 그만두는 것이 좋지 않을까."

이 음성은 틀림없이 한 사람이 낸 음성이었지만 가화장원에 몸을 담고 있는 모든 사람들은 바로 곁에서 누군가가 자기에게만 귀에 대고 속삭이는 것처럼 들었다.

　막 몸을 날리려던 이들은 흠칫 놀라 곁을 돌아보았다. 하지만 목소리의 주인을 찾을 순 없었다. 그들은 귀신에게라도 홀릴 듯 불안하게 두리번거렸다.

　"이봐, 어딜 보는 게야. 여기야."

　이번에는 속삭임이 아니었다. 또렷이 울리는 음성은 한곳에서 비롯되었다. 모두의 시선이 중앙 전각의 지붕 위로 향했다.

　거기에는 여기저기 기운 흔적이 역력한 옷차림의 노인이 서 있었고, 곧 이어 소리없이 가화장을 빙 둘러 높다란 곳마다 약 오십여 명의 궁수가 활시위를 겨누며 등장했다.

　그 등장은 매우 매끄러울 뿐 아니라 마치 한 덩어리로 연결된 듯 스윽, 나타나 평상시라면 찬사라도 보내줄 수 있었겠지만 지금은 도리어 위압감이 느껴졌다.

　그들의 가슴 부위로는 '신궁(神弓)'이라는 글자가 새겨져 있어 대번에 그들이 신궁문 사람들이라는 것을 알 수 있었다.

　신궁문의 궁수들이 출현했다는 것만으로 가화장원의 분위기는 무겁게 가라앉았다.

　달빛에 번뜩이는 것으로 보아 활은 철궁이 분명했다. 그렇다면 신형을 날려 몸을 빼내기엔 철궁에서 벗어난 화살이 너무도 빠를 것이 분명했다.

　그때 무리 중에 한 목소리가 떨림을 안고 새어 나왔다.

　"서, 설마 종횡마걸?"

　그가 설마, 라고 내뱉은 음성은 너무 떨린 나머지 그 어떤 강조보다 더욱 강한 확신으로 주위로 전달되었다. 종횡마걸이라는 별호가 무리들에게 선사한 놀람은 결코 가볍지 않았다.

그들 대부분의 얼굴은 거의 사색이 되다시피 했다. 그나마 복면이 그런 두려움에 찬 모습을 감춰주었다는 것은 불행 중 다행이었다.

그들은 종횡마걸이 일곱 개의 별 중 하나에 속한 인물이라는 것을 잘 알고 있었다. 하지만 그 이상의 것도 알고 있었는 바, 그것은 곧 그가 일곱 별에 속했다고 해도 실은 네 괴물 쪽에 더 가까운 인물이라는 점이었다.

대부분의 강호인들은 여섯 개의 별과 다섯 괴물이라고 하는 것이 옳다고 생각하고 있었다.

그만큼 그는 정파의 대고수이면서도 단호함과 냉철함, 거기에 종잡을 수 없는 괴팍함까지 두루 갖춘 인물이었다.

이제껏 강호에 모습을 드러내지 않고 있던 종횡마걸의 등장은 모두의 사기를 꺾어놓기에 충분했다. 쉽게 말해 상황은 끝난 것이다. 게다가 신궁문의 고수들이 눈 하나 깜박이지 않고 활시위를 당긴 채 주시하고 있지 않은가.

흉공을 취함에 있어 어떤 위험이 도사리고 있을 것이라고는 예상했고 능히 그것을 감당할 생각도 있었지만, 종횡마걸은 감당이라는 말을 사용하기 벅찬 존재였다.

한편 송겸은 종횡마걸을 분노의 눈길로 바라보며 중얼거렸다.

'거지면서도 미쳤고, 거기에 늙기까지 한 흉악무도한 노인네 같으니…… 도대체 이 무슨 해괴한 짓이란 말인가. 선물? 에라, 늙은 생강 같으니.'

종횡마걸 표헌은 지붕 위에서 몸을 날려 가뿐히 착지했다.

그 광경은 평범한 동작이었지만, 또한 결코 평범하지 않았다.

뛰어내리는 것은 누구나 가능한 것이지만 종횡마걸이 몸을 날려 땅에 착지하기까지의 속도는 일반적인 속도의 삼 분의 이 정도 느려서 그 자체로 신묘함을 느끼게 하기에 충분했다. 그가 신속하게 내려왔다면 이처럼 놀라지는 않았을 것이다.

그렇지 않아도 잔뜩 주눅이 들어 있던 무리들은 더욱 큰 위압감을 느꼈다.

종횡마걸은 송겸 쪽으로 천천히 걸어갔다. 그가 태연하게 걸음을 옮기는 중에 어느 누구도 함부로 움직이는 자가 없었다.

그때 송겸이 비틀린 표정으로 말했다.

"정말 그러실 수 있습니까? 까마득한 후배를 속이고 기분이 아주 좋아 보이시는군요."

송겸의 말투는 버르장머리없음으로 중무장한 상태였다.

가화장원의 분위기는 무겁게 가라앉은 상태였고, 신궁문의 고수들은 한시도 눈을 돌리지 않고 있어 송겸의 그와 같은 발언은 전혀 다른 세상을 보는 것 같아 가히 충격적이라 할 수 있었다.

솔직히 종횡마걸에게 그런 식으로 말을 걸 수 있는 사람은 단연코 이 자리에 없었기에 황당함은 말로 표현하기 힘들었다. 그러나 놀라움은 그것이 전부가 아니었다.

"이놈아, 내가 뭘? 네놈이 흉공으로 밭을 일구든 열매를 따든 나하고 무슨 상관이냐. 내가 일일이 떠 먹여주기라도 해야 한단 말이냐. 아주 웃긴 녀석일세."

"정말 끝까지 그러실 겁니까?"

"확, 이걸."

험악한 인상을 쓰자 그제야 송겸이 입을 다물었다. 하지만 여전히 표정은 불만이 가득했다.

잠깐의 대화였지만 두 사람의 대화는 거의 시정잡배를 방불케 해, 순간적으로 시장판에서 늙은 거지와 철없는 젊은이가 말싸움을 하는 것으로 보였다.

그러나 곧 종횡마걸이 보여준 마지막의 험한 인상은 꽤나 무서워 송겸은 물론이고 다른 모든 이들도 결코 이곳이 시장판이 아니라는 것을 바로 깨달았다.

그 광경을 누구보다 의아하게 생각한 사람은 교청은이었다.

그녀는 종횡마걸과 신궁문의 등장에 뛸 듯이 기뻐하긴 했지만 송겸이 겁도 없이 칠성 중 한 명인 종횡마걸에게 터무니없이 막말을 해대는 것이 도무지 이해가 되지 않았다.

아주 멍청한 건지 아니면 그만큼 대단한 건지 둘 중 하나일 텐데 그녀는 대체적으로 아주 멍청한 것일 거라고 생각했다. 제아무리 대단해도 사람이란 기본 예의라는 것이 있기 때문이었다.

그러면서도 한편으로는 왜 종횡마걸이 얼간이에게 편하게 대하는지, 또 흉공을 건넸는지는 수수께끼 같은 일이라고 생각했다.

종횡마걸은 송겸의 뒤통수를 툭툭 치고는 지붕 쪽을 향해 손을 들어 보였다. 그 순간, 쉬잉, 소리와 함께 무언가가 공간을 꿰뚫고 쏘아지며 빈터에 박혔다.

누구도 서로 의견을 나누지 않았지만 그것이 신궁문 철궁의 위력이라는 것을 모르는 사람은 없었다.

화살이 날아가는 것을 제대로 파악조차 하기 힘들었고, 화살은 땅에 박혀 종적조차 찾을 수 없는 상태였다.

이미 소리부터 일반적인 화살에서 나오는 소리가 아니었다. 모두의 등골이 오싹해졌다.

"꼬챙이에 몸이 꿰뚫리지 않으려면 그냥 편하게 내 말을 듣는 게 좋을 게야. 뭐, 몇 명은 빠져나갈 수도 있겠지. 그땐 나도 놀고 있진 않을 테니 그건 상상에 맡기도록 하지."

사방으로 빠져나가지 못할 성벽을 높게 쳐놓고 생각마저 철저히 봉쇄한 종횡마걸이 말을 이었다.

"자, 일단 여기는 너무 거추장스러우니 각 무리의 수장들은 안으로 들어가서 이야기하도록 하지."

그렇게 말하고 종횡마걸은 성큼거리며 중앙 내전으로 들어갔다.

옅은 침음성이 한두 곳에서 흘러나왔고, 보이지 않는 밧줄에 연결되기라도 한 듯 무리의 수장들이 종횡마걸의 뒤를 따랐다.

수호맹 무리 중 대표로는 남궁호가 걸음을 옮겼고, 하나둘 안으로 들어가자 송겸이 두리번거리며 입술을 옴짝거리더니 내전으로 걸음을 옮겼다.

그 모습을 보며 교청은은 하마터면 웃음을 터뜨릴 뻔했다.

'자기가 무슨 대표라고 따라 들어가나. 웃기지도 않는군. 얼간이 같으니.'

수장들이 모두 내전으로 들자 바깥 풍경은 어색한 침묵이 흘렀고,

어떤 상태로 대기하고 있어야 할지 몰라 모두들 어정쩡한 자세로 서 있을 뿐이었다.

내전 안에는 둥그런 탁자가 놓여 있었는데 종횡마걸은 어느새 자리에 앉아 하나둘 자리에 앉는 것을 지켜봤다. 마지막으로 송겸이 자리에 앉자 종횡마걸이 입을 열었다.

"보자기를 뒤집어쓰고 있는 모습이 그다지 보기 좋진 않군. 뭐가 그

리 감출 게 많다고 얼굴들을 숨기고 있는 게야. 얼굴에 자신이 없다면 아예 바깥출입을 말든지 해야지 무슨 꼴들인지. 자, 복면은 이제 벗는 게 좋겠군."

복면인들은 잠시 머뭇거렸다.

"나는 시체의 복면을 벗기는 것엔 취미가 없다. 하지만 상황이 정 그럴 수밖에 없다면 그것도 마다하진 않아."

종횡마걸이 대수롭지 않게 시체 운운하자 그제야 모두들 복면을 벗었다. 하나둘 면면이 드러났고, 그들은 서로를 보며 흠칫 놀라움을 나타냈다.

왼쪽부터 독고세가의 가주 독고림, 신주표국의 국주 주훈양, 야천의 천주 방경, 석가방주 석운천, 검막의 막주 소분극, 적인회주 부윤학 등의 모습이 드러났다.

그들 중에 헌원문주 호거악과 수호맹의 남궁호는 원래부터 복면을 하지 않은 상태였다.

"이거 반가운 얼굴들이 많구먼."

종횡마걸 표헌이 결코 반갑지 않다는 투로 말하자, 역시 반가울 리 없는 이들의 얼굴이 살짝 찌그러졌다.

"음, 모두 의아할 테니 간단히 지금 상황을 설명해 주는 것이 좋겠군. 사실 나는 운이 좀 나쁜 편에 속했다. 개방에서 어떤 놈이 우연찮게 탈복흉공을 얻은 게야. 근데 어이없게도 그 녀석은 흉공을 몰래 숨겨두지 않고 곱게 방주 녀석에게 갖다 바친 것이 아니겠어? 야망이라고는 눈곱만큼도 없는 아주 한심한 놈이랄 수 있지. 그러다 보니 결국 내 손에까지 오게 되었는데, 아, 물론 나도 탈복에는 상당히 관심이 많긴 하지. 근데 허허, 그게 조금 문제가 있더란 말씀이야."

거기까지 말하자 송겸이 씁쓸하게 입맛을 다셨다.

'영감탱이, 다 알고 있었으면서……'

종횡마걸의 말은 계속 이어졌다.

"그 문제란 게 아무리 봐도 비급에는 탈복흥공다운 구석이 전혀 없더란 말씀이야. 뭔가 괴상한 말들이 잔뜩 기록되어 있긴 했는데 그건 무공도 아니고 그렇다고 도를 닦는 비법이 적혀 있는 것도 아니었단 거지. 또 아무리 해석하려 해도 도저히 말이 안 되기 때문에 해석도 불가능이더구먼. 문득 이런 생각이 드는 게야. 나의 머리가 가고 나의 시대도 이제 갔구나라고 말이지."

종횡마걸은 아무렇지 않게 이야기했지만 좌중은 숨을 죽인 채 경청했다. 세상에 종횡마걸이 이해할 수 없는 비급이 있을 리가 만무했고, 그렇기에 무언가 다른 뜻이 숨겨져 있을 것이란 것을 알 수 있었기 때문이다.

"그러다 우연히도 그 내용이 무엇인지 알아차리고 말았지. 참, 기가 막히더군."

그때 송겸이 불쑥 물었다.

"또 다른 것이 있었습니까? 어서 말씀해 보십시오."

송겸의 눈빛과 말투는 흡사 마을 어귀의 할아버지에게 옛날이야기의 다음 차례를 채근하는 듯 보였다.

종횡마걸을 제외한 모든 이들은 도대체 어린 녀석이 왜 버릇없이 불쑥불쑥 나서고, 또 그것을 종횡마걸이 탓하지 않는지 이상하게 여겼다. 그보다 먼저는 이 자리에 왜 앉아 있는지가 불가사의하다고 생각했다.

"하하하하, 놀라지 말도록. 그것은 사서삼경의 사서 중 하나인 '중용(中庸:유교의 고전으로 공자의 손자 자사의 저서, 내용은 성선설을 중심으로 천인합일(天人合一) 사상을 명백히 하고 있다'을 거꾸로 써놓고, 거기에다 또 여러 방향으로 흩어놓은 것이었던 거야. 세상 어디에서든 마음만 먹으면 얻을 수 있는 중용을 차지하겠다고 그대들이 난리를 쳤단 말이지. 내 말이 무슨 뜻인지 알겠어? 통쾌하게 한 방 먹은 거지. 멋지게 조롱당하고 만 거야."

종횡마걸이라는 인물은 충분히 신뢰할 만했지만 비급에 '중용'이 기록되어 있다는 것을 수긍하는 것은 결코 쉬운 일이 아니었다. 흉공의 비급을 위해 온 힘을 기울였던 이들의 얼굴에는 불신의 기색이 흐릿하게 떠올랐다.

"그래서 나는 궁금해졌지. 그렇다면 무겁흉공과 아교흉공도 세상에 나왔을 것이고, 과연 거기에는 또 어떤 조롱이 담겨 있을까 하고 말이야."

그는 좌중의 미심쩍어하는 기색을 읽고 다시 말을 이었다.

"자, 그럼 이 자리에서 확인해 보도록 하지. 흉공을 모두 꺼내보도록."

종횡마걸이 '흉공을 모두 꺼내보도록'이라는 말을 할 때는 전과 달리 강렬한 위압감이 뿜어져 나와 내전 안의 공기는 순식간에 싸늘하게 변했다.

음성 하나, 동작 하나로 분위기를 바꿀 수 있는 사람은 많았으나 종횡마걸의 경우는 차원을 달리한다고 봐야 했다.

야천의 천주 방경이 방금 전에 송겸에게 빼앗은 탈복흉공을 품에서 꺼내놓았다. 그러자 송겸이 잊고 있었던 것이 떠올랐다는 듯 바로 으르렁거렸다.

"이봐, 당신! 아까는 좋게 달라고 할 것이지 왜 칼을 던지고 지랄이야, 당신 죽고 싶어!"

야천주 방경은 그답지 않게 흠칫했다.

그건 송겸의 협박 때문이 아니라 싸늘하게 식어진 분위기가 무슨 대수냐는 듯 너무도 태연하게 말을 했기 때문에, 상반된 두 기운의 경계에서 잠깐 혼란스러웠기 때문이다.

이런 식의 말은 아무것도 아닌 것처럼 보일 수도 있지만 실은 결코 간단한 재주라 할 수 없는 것이었다.

방경은 흠칫했던 모습을 순간적으로 거둬들이고 살짝 눈살을 찌푸렸다. 그건 다른 이들도 마찬가지여서 약간 황당하다는 듯 송겸을 바라봤다.

야천의 천주 방경의 나이는 오십 대 중반이었고, 그의 무공 또한 결코 낮지 않아 이제 갓 약관을 넘보는 젊은이가 함부로 대할 수 있는 사람이 아니었기 때문이다.

하지만 사실, 관계를 엄밀히 따지자면 송겸은 독왕노괴의 직계 수제자이므로 배분으로만 보면 송겸이 높아도 한참 높은 입장이랄 수 있었다.

종횡마걸도 밝은 목소리로 송겸의 편을 들었다.

"크크, 그렇지. 고자가 되고 싶으면 곱게 달라면 되는 거야. 고자가 되는 데 칼까지 들이밀 필요는 없지."

종횡마걸의 지원에 송겸이 어깨를 으쓱하며 말했다.

"이번에는 내가 참겠지만, 앞으로는 그런 일이 없도록 합시다."

그 말에는 종횡마걸조차 기가 막힌지 허허, 하고 송겸을 바라봤다. 야천주 방경은 웃지도 울지도 못하는 표정이 되고 말았다.

야천주의 뒤를 이어 신주표국과 적인회에서 힘겹게 비급 하나씩을 내놓았다. 탁자 위에는 삼대흉공이 모였다.

세 흉공을 합쳐야 비로소 절세신공이 된다는 것을 알고 있는 이들의 마음이 순간 탐욕으로 일렁였다.

"욕심은 내 말을 들은 후에 내도 충분하다."

종횡마걸의 음성은 뜻뿐 아니라 그 안에 정갈한 기운을 싣고 있어 좌중의 일렁이는 욕망을 일시에 잠재웠다.

세 흉공의 비급들은 동일하게 겉에 아무 글자도, 어떤 장식도 없었다. 종횡마걸은 비급들의 첫 장을 펼쳤다.

모두의 시선이 집중되었고, 잠시 후 모두의 얼굴엔 곤혹스러움이 떠올랐다. 표정에 변화가 없는 사람은 헌원문주 호거악과 남궁호, 송겸뿐이었고, 나머지는 못 볼 것을 본 사람들처럼 얼굴이 창백해지고 말았다.

"이런, 모두 똑같군요."

충격으로 아무 말도 꺼내지 못하고 있는 사람들을 대신해서 송겸이 어이없다는 듯이 중얼거렸다.

그랬다.

세 권의 비급은 각기 이름을 달리하고 있었지만 글자 하나 틀리지 않고 똑같았다. 그 다음 장과 또 그 다음 장도 마찬가지였다. 무언가 대단한 비밀이 기록되어 있을 것이라고 생각했던 신공을 향한 꿈은 사막의 신기루처럼 부서져 내렸다.

문파의 번영과 혹은 개인의 성취를 위해 여기까지 쫓아왔던 이들은 참담함을 금할 길이 없었다. 비급 뒤에 숨은 그 어떤 자에 의해 완벽히 조롱당하고 만 것이다.

"중요한 건 이제부터다."

종횡마걸의 눈에서 결코 예사롭지 않은 신광이 흘러나왔다.

그는 비급들의 마지막 장을 펼치며 말했다.

"탈복흉공이 중용을 옮겨놓은 것이란 점뿐이었다면 어쩌면 나는 이번 일에 관여하지는 않았을 것이다. 하지만 나를 움직일 수밖에 없게 만든 것이 탈복흉공엔 있었다. 그건 비급의 마지막 장에 적힌, 전혀 다른 하나의 글 때문이었다."

그는 아교흉공과 무겁흉공의 뒷장을 펼쳤고, 한참을 본 후 옅은 침음성을 흘렸다.

"탈복흉공에는 '다시 시작된다' 라고 적혀 있었다. 나는 이것이 혹시 무언가를 암시하는 것이고 또 다른 흉공을 통해 온전한 문장을 볼 수 있지 않을까 생각했었다. 한데… 역시 내가 우려했던 바대로군."

그 부분에 대해서는 신주표국주와 적인회주도 알고 있는 부분이었다. 그들은 각기 아교흉공과 무겁흉공을 얻었지만 종횡마걸처럼 전혀 무슨 뜻인지 종잡지 못했고, 단지 뒤에 핏자국이 마른 듯 검붉게 기록된 글자를 보았었다.

아교흉공에는 '모든 일이' 라고 적혀 있었고, 무겁흉공에는 '과거를 잊지 않고' 라는 글자가 기록되어져 있었다.

그들은 당시에는 전혀 이해하지 못했지만 이제 세 비급을 나란히 놓고 살피게 되자 비로소 온전한 문장을 확인할 수 있었다.

모든 일이 과거를 잊지 않고 다시 시작된다.

그 문장을 확인하고 나자 좌중은 무거운 침묵 속으로 빠져들었다.

결코 떠올리고 싶지 않은 한 인간이 떠올랐기 때문이다. 그는 결코 삼대흉공과 떼려야 뗄 수 없는 존재였다.

"서, 설마 그가?"

헌원문주 호거악의 말에 종횡마걸이 단호히 잘라 말했다.

"그는 끝났다. 결코 다시 나타날 수 없어."

종횡마걸이 발하는 노(怒)는 주변의 공기마저 질식시킬 정도였다.

'그'의 존재를 모르는 사람은 이 자리에서 오직 송겸뿐이었기 때문에 나머지 사람들은 종횡마걸의 분노를 어느 정도 이해할 수 있었다. 송겸은 도대체 '그'가 누구인지 궁금했지만 이때는 도저히 물을 용기가 나지 않았다.

"다시 말하지만 그는 아니다."

약간의 침묵 후 종횡마걸이 말했다.

"흉공의 세 비급에는 중용이 거꾸로, 그것도 여러 갈래로 흩어진 채 기록되어 있다. 왜 중용인지를 생각해 볼 필요가 있다. 중용은 성선설을 근간으로 하고 있으니 이는 역으로 모든 사람이 악하다는 것을, 또한 악하게 만들겠다는 뜻을 담고 있는 셈이다. 바로 지금 너희들과 같은 상황을 말하는 것이다. 신공에 눈이 어두워져 서로를 향해 칼을 겨눌 수밖에 없게 하고, 배반하고, 욕망에 종이 되도록 만들고자 하는 것이다. 가짜 비급을 배포한 자는 반드시 잡아들일 것이지만 이렇듯 간단히 농락당한다면 제2, 제3의 조롱을 당하지 않는다는 것을 어찌 확신할 수 있겠느냐."

잠시 엄숙한 분위기가 흘렀다.

물론 그들이 세 흉공을 얻고자 한 데는 각자 사연이 있었다. 많은 희생이 따르더라도 반드시 손에 넣어야 한다고 생각했었다.

하지만 엄밀히 그 사연을 따져 보자면 그건 이유라고 할 수 없는 것들이란 것을 그들 스스로가 누구보다 잘 알고 있었다.

"'그'와 같이 세상을 향해 무조건적인 피를 요구하는 자가 있을 수 있다. 또 아직 힘이 없어 그렇게 되기를 바라고만 있는지도 모른다. 중요한 것은 무(武)를 추구하는 무림인이라면 오랜 수련으로 자아(自我)를 들여다보고 그 안에서 깨달음을 얻어야 한다는 것이다. 무엇이든 쉽게 얻는다면 또 마땅히 쉽게 버려질 수밖에 없다는 것을 명심하라. 만약 그 이치를 잊지 않는 자라면 차츰 힘이 깃드는 것을 느낄 수 있을 것이다. 내가 이번 일에 개입한 것은 모든 일이 과거처럼 반복되어서는 결코 안 된다는 것을 알려주기 위해서다. 그 모든 지난 일을 반복하는 것은 바로 지금 그대들의 모습이 아닌가."

종횡마걸은 모두의 마음에 새겨지길 바라는 뜻으로 잠시 시간의 여백을 둔 후 다시 입을 열었다.

"자, 이제 모든 것을 정리할 때가 온 것 같군. 오늘이 있기까지 흉공으로 인해 죄없는 사람의 피가 강호에 뿌려졌다. 어떤 피든 거기에는 대가가 따르기 마련이고 마땅히 그 대가를 치러야 한다. 모두들 간단히 말로 끝낼 문제가 아니라는 것쯤은 각오하고 있겠지?"

어느 정도 예상은 하고 있었지만 막상 대가에 대한 언급을 듣게 되는 것은 누구에게라도 괴로운 일이었다.

팔 하나를 요구할 수도 있었고 무공을 폐할지도 몰랐다. 아니면 생명을 앗은 자들의 곱절에 해당하는 수하들의 목을 내놓아야 할지도 모른다.

차라리 힘을 다해 기습을 하는 것이 나은지, 이대로 따라야 하는지 혼란스러웠다. 공격을 한다고 했을 경우에도 그 어떤 장담도 하기 힘들었다.

그저 처분을 따르는 편이 피해는 적을 것이 분명했다. 이미 종횡마걸은 치밀한 함정을 파놓고 모두를 한곳으로 끌어들였고, 모든 상황을 장악하고 있었기 때문이다. 갈등과 혼란을 겪고 있는 이들의 망상을 종횡마걸이 깨뜨렸다.

"모두들 모르고 있겠지만 헌원문은 나의 뜻을 따라 이곳까지 이르게 되었다. 호거악의 도움이 없었다면 흉공에 사로잡힌 그대들을 한데 모으긴 힘들었을 것이다."

그 말을 듣고 수호맹의 남궁호가 속으로 탄식했다.

'그렇게 된 것이었구나! 가짜를 두고 거짓 정보들을 흘려보낸 것이었어. 역시 내가 생각하고 있던 헌원문주답군.'

남궁호는 헌원문에 대한 이야기를 듣게 되자 비로소 몇 가지 의문을 풀 수 있었다. 왜 수호맹주가 더 역량있는 고수들을 이번 일에 파견하지 않았는지부터, 구파일방의 사람들이 전혀 개입되지 않았는가 하는 부분들이었다.

헌원문주 호거악이 지도급 수하들을 모아놓고 공공연히 야심 찬 발언을 한 것도 그들 중 변절자가 있음을 알고 일부러 계획을 누설한 것이었다.

종횡마걸의 말이 이어졌다.

"그 외 적인회와 석가방, 야천, 신주표국, 검막은 오늘부터 오 년간 봉문토록 한다. 그대들은 문을 걸어 잠그고 내면을 들여다보도록 하라. 만약 섣부른 마음으로 움직임이 보인다면 그땐 영원히 세상의 빛을 보지 못하도록 나 표헌의 이름으로 약속하겠다."

지목받은 이들은 모두 고개를 떨궜다. 더 큰 것을 요구했다 해도 어쩔 수 없이 따라야 했을 것이다. 봉문이 결코 가벼운 건 아니라 해도 시안에 비하자면 가벼운 대가임이 분명했다.

하지만 그들은 곧 이번 일이 어쩌면 아직 다 끝나지 않은 것인지도 모른다고 생각했다. 무겁게 짓누르는 모종의 무언가가 종횡마걸로 이런 결정을 내리게 했을 것이라는 것.

그것은 틀림없이 '그'와 관련된 것이리라는 생각을 떨쳐 버릴 수 없었다.

제6장 칠성사과, 그리고 단천자

구름이 바람에게 속삭였다.

빠르군.

바람이 힘겹게 답했다.

내 친구들이 하나둘 뒤로 처지고 있네. 나도 오래 버티긴 힘들 것 같으이.

구름과 바람을 따돌리며 종횡마걸 표헌은 살처럼 신형을 쏘아갔다. 그는 삼대흉공이 '그'와 아무 연관이 없노라고 단언했지만 정작 스스로는 그 말을 믿지 못했다.

새로 거둔 신웅을 대제자인 개방 방주 황조에게 보내놓은 지금, 그의 발길은 신기묘성 헌비에게로 향하고 있었다.

'모든 일이 과거와 같이 다시 시작된다.'

과거가 다시 나타나서는 안 된다. 아니, 결코 다시 나타날 수는 없다. 그럼에도 자꾸 불안이 철통같은 마음의 방어벽을 뚫고 스멀스멀 기어 나왔다.

한순간 그의 기억이 과거로 향했다.

*   *   *

정확히 그의 이름이 무엇인지는 알려지지 않았다. 또한 그의 나이가 어느 정도인지도 아는 자가 없었다.

어쩌면 그는 사람이 아닐지도 모른다. 아니, 사람이었지만 어느 순간에 사람이 아니게 된 것인지도 몰랐다.

그의 호는 '단천자(斷天子)'로, 그가 세상에 나타난 것은 삼대흉공이 출현하면서였다. 그의 제자로 알려진 세 사람이 각기 흉공을 통해 끔찍한 만행을 저질렀고, 그 결과 그들도 끔찍한 최후를 맞이했다.

삼대흉공이 세상에서 사라진 후 단천자도 홀연히 자취를 감췄다.

그런 그가 모습을 드러낸 것은 그 후 백 년이 훌쩍 지난 뒤였다.

강호는 어느덧 삼대흉공과 단천자라는 이름을 까마득히 잊고 있었다.

지금으로부터는 이십 년 전.

한 마을이 통째로 사라졌다. 말 그대로 개미새끼 한 마리 남지 않을 정도가 되어 생명을 찾아볼 수 없었다. 그러나 전답과 가옥, 가재도구들은 어떤 흐트러짐도 없었다.

특이한 점이 있다면 천여 명에 이른 마을 사람들의 눈이 모두 뽑혀져 나갔다는 것이었다.

강호는 이 혈겁에 경악했고, 온갖 추측이 난무했다.

살인자가 죽은 자들의 동공에 남은 그의 모습을 지우기 위해서 눈을 뽑은 것이 아니겠냐고 말하는 이도 있었고, 사악한 술법을 연성하기 위해 안구를 먹어치운 것일지도 모른다는 말도 나왔다.

그 일이 있은 후 한 달여가 지났을 때 이번에는 오백여 명 정도가 모여 사는 마을 사람들이 남녀노소를 불문하고 죽임을 당했다.

주검에 안구는 그대로 남아 있었지만 이번에는 심장이 모두 파헤쳐진 상태였다. 심지어 갓난아기의 심장마저 도려내진 참혹한 광경은 악마의 출현이라고 말해도 부족함이 없을 정도였다.

두 번째 학살 때에는 기적적인 생존자가 있었다. 여든 살이 넘은 노파는 엄청난 충격에 사로잡혀 미쳐 있었고, 그녀는 두려움에 가득 찬 눈으로 해골처럼 생긴 노인이 드문드문 자란 백발을 휘날리며 사람들의 심장을 꺼냈노라며 실성해 외쳐 댔다.

두어 달이 지난 후 세 번째 학살이 펼쳐졌다.

죽은 자들은 정혈을 빨린 듯 시커멓고 비쩍 마른 나무토막처럼 처참한 주검이 되어 강호를 놀라게 했다.

단천자는 이처럼 거창하게 등장했지만 이 불가사의한 일이 단천자가 저지른 일이란 것은 아무도 눈치 채지 못했다.

생명이 사라진 그곳에는 그를 증명하는 어떤 증거도 나오지 않았기 때문이다.

그 후로도 강호는 몇몇 참혹한 학살을 만나게 되었다. 그러다 비로소 단천자의 행적이 드러난 것은 그가 칠성 중 한 명인 단심의성 능수를 찾아가면서였다.

단심의성(丹心醫星) 능수(凌修)는 신의(神醫)로 불려질 만큼 빼어난 의원이자 절세의 고수였다.

그가 단천자에게 정확히 몇 수 만에 당했는지는 알 수 없었다. 하지만 그의 몸이 짓뭉개지고 심장이 파헤쳐진 채 쓰러진 곳은 거의 폐허가 되다시피 했기에 그 싸움이 얼마나 격렬했는지 짐작되고도 남음이 있었다.

단심의성 능수는 전대의 강호를 호령하던 천지상인(天地上人)의 둘째 제자였다. 천지상인은 칠성사괴(七星四怪)의 윗세대인 오현삼마(五炫三魔) 중 오현에 속한 인물이었다.

천지상인은 첫째 제자로 건곤도성(乾坤刀星) 함허(陷虛)를, 둘째 제자로 단심의성 능수를 남겨두었고, 그들은 사부의 뒤를 이어 현 세대에 칠성의 반열에 올랐다.

그러한 단심의성이었기에 그는 결코 죽을 수 없는 자였다. 하늘이 부르지 않는 이상 그가 누군가에 의해 죽는다는 것은 꿈속에서나 가능한 일이라 할 수 있었다.

하지만 그는 죽었고, 그를 죽인 자가 단천자라는 것은 그곳으로부터 삼백여 장(1킬로미터) 안에 숨 쉬고 있던 모든 생명체에게 전해졌다.

분명 단심의성 능수는 상대를 어찌할 수 없는 상황에 이르자 마지막 남은 힘을 쏟아내며 적의 존재를 알렸던 것이다.

그가 토해낸 최후의 경고는 외마디 비명처럼 온 산야를 울렸다. 당시 그 소리를 들었던 이들은 마른하늘에 날벼락이 친 것으로 여겼지만 또 그만큼이나 또렷이 '단.천.자'라는 말을 들을 수 있었다.

그 일로 강호는 단천자의 존재를 알게 되었지만, 단천자라는 이름에 놀라기 전에 단심의성이 누군가에게 죽임을 당했다는 것이 더 큰 충격이었다.

그리고 잠시 후 모두는 단천자에 대한 생각에 몸을 떨었다.

단천자라는 존재가 삼대흉공과 연결되어 있기에 강호인들은 그가 아직까지 살아 있을 순 없다고 생각했고, 분명 단천자가 남긴 전인일 것이라고 생각하는 이도 있었다.

또 어떤 이는 말하길, 사괴 중 누군가가 칠성 중 한 명을 제거한 것이라고 했지만 그것은 곧 터무니없는 것으로 드러났다.

단심의성이 죽은 지 한 달이 채 못 돼 사괴 중 한 명인 구혼마괴(究魂魔怪) 동방비(東旁飛)가 수하들과 함께 목숨을 잃었기 때문이다.

두 사람의 죽음이 몰고 온 충격은 가공할 만한 것이었다.

칠성 중 한 명을 죽이는 것은 어쩌면 가능한 일일지 모르지만, 한 달도 못 되어 사괴 중 한 명을 죽인다는 것은 있을 수 없는 일이었다.

무림인 중 어느 누구도 단심의성을 죽여놓고 그 또한 아무런 피해를 입지 않을 사람은 없었다. 그의 목숨을 취했노라면 상대는 적어도 최소 수개월의 요양이 필요할 것이기 때문이다. 사람이라면 마땅히 그러한 것이 정상이었다.

칠성사괴 중 두 명이 목숨을 잃자 단심의성의 사형인 건곤도성 함허는 남은 칠성사괴를 한자리에 초대했다.

그들은 그때껏 단 한 번도 함께 한자리에 모인 적이 없었고, 생이 다하는 날까지 그런 날이 오리라고는 생각지도 못했었다. 하지만 그 어느 누구도 건곤도성의 초대를 거부하지 않았다. 심지어 건곤도성 함허와 건곤일척의 승부를 겨루었던 무령노괴 곡진까지.

단지 성숙노괴 홍자생만이 폐관수련으로 참석하지 못했을 뿐이었다.

칠성(七星)이라 불리는 신기묘성(神技妙星) 헌비(軒秘), 건곤도성 함허, 자의검성(紫衣劍星) 신첩(申捷), 빙안미성(氷顔美星) 주혜(朱慧), 종횡마걸 표헌, 무상성승(無上聖僧) 굉정(宏晶)이 자리했고, 사괴(四怪)인 독왕노괴 염도와 무령노괴 곡진이 참석했다.

그들이 나눈 말은 적었지만, 마음은 쉽게 하나로 연결되었다.

그들은 인간의 상식 범주를 벗어나 있었기에 단천자에 대해 바로 인식했다. 그가 다달은 지점은 하늘 바깥의 하늘에 닿아 있을 것이라고, 아니, 더 정확히 말하자면 지옥보다 더 깊은 지옥쯤.

단심의성과 구혼마괴의 죽음으로 이미 단천자의 목표가 칠성사괴라는 것이 드러난 까닭에 단천자와 칠성사괴와는 얼마 지나지 않아 대결의 장에 이르렀다.

단천자의 모습을 처음으로 확인한 칠성사괴는 자신들의 눈을 의심하지 않을 수 없었다. 놀랍게도 그의 모습은 그곳에 자리한 칠성사괴 어느 누구보다도 선풍도골의 위풍이었고, 심지어는 자애로운 모습으로까지 비춰졌기 때문이다.

학살에서 유일하게 생존한 노파의 증언을 토대로 모두는 단천자의 모습을 해골처럼 비쩍 마른 몸에 백발이 드문드문 어지럽게 흘날리는 모습일 것이라고 생각했었던 것이다.

하지만 칠성사괴는 곧바로 그의 내면에 깃든 사악함을 알아보았다.

고상함과 자애로움, 그리고 경건함으로 견고한 막을 형성하고 있었지만 그 이면에 터질 듯한 사악함이 미세하게 외피를 뚫고 외부로 흘러나온 것을 본 것이다.

그 사악함은 격전이 벌어지게 되었을 때, 거리낌없이 사방으로 뻗어나왔다. 단천자는 혈광(血光)을 흩뿌리고 아수라의 미소를 지으며 칠성사괴를 몰아붙였다.

팔 대 일의 싸움이었지만 상황은 결단코 칠성사괴에게 유리하지 않았다. 가히 경천동지할 만한 대결이 끝 간 데 없이 펼쳐졌고, 하루를 지나는 사이 자의검성 신첩이 죽음을 맞았다.

이틀째가 되는 날에는 무상성승 굉정의 오른팔이 뜯겨져 나갔다.

제대로 남은 자는 이제 여섯.

하지만 단천자는 결코 서두르지 않았다.

도리어 첫째 날 자의검성 신첩을 죽인 후에는 유리한 입장임에도 불구하고 잠시 몸을 빼 칠성사괴에게 숨을 돌릴 수 있게 했고, 무상성승 굉정의 오른팔을 뜯어낸 후에도 스스로 만족스러운지 그 팔을 들고 어디론가 사라졌다가 다시 나타나 공격했다.

그런 모습은 흡사 고양이가 잡아놓은 쥐를 앞발로 이리저리 굴리는 것 같았고, 칠성사괴를 당황스럽게 만들기에 충분했다.

셋째 날이 되어 무령노괴 곡진이 가슴에 검붉은 기운이 서린 장력을 맞아 더 이상 몸을 움직일 수 없게 되었을 때 남은 이들은 죽음을 예감했다.

기력은 소진되어 가고, 산악을 쪼갤 만한 공격도 단천자를 어찌하지 못했다. 그러나 다행스럽게도 하늘은 칠성사괴의 편에 서 있었다.

그들의 마음에 자리한 근심은 폐관을 마친 성숙노괴의 개입으로 산산이 부서졌고, 단천자는 새로운 곤경을 맞이했다.

성숙노괴 홍자생은 독왕노괴와 무령노괴조차 보지 못한 새로운 신공으로 단천자에게 맞섰고, 어찌 된 일인지 단천자는 천적의 무공을 만난 듯 허둥대기 시작했다.

성숙노괴 홍자생은 극도로 힘을 끌어낼 경우 눈동자가 자줏빛으로 변하며 빛을 발하는 자안신광을 타고났다. 그를 아는 자들은 그것이 대대로 내려오는 유전이라는 것을 잘 알고 있었다.

성숙노괴가 신광을 빛내며 폐관을 통해 얻은 단혼진기로 몰아붙였고 남은 사성과 일괴가 보조하듯 단천자를 공격하자 단천자는 궁지에 몰렸고, 끝내 죽음을 맞이했다.

나흘에 걸친 대혈전으로 비록 단천자를 처단했지만 무령노괴는 가슴이 짓뭉개졌고, 건곤도성은 한쪽 눈의 시력을 잃었으며, 종횡마걸의 옆구리는 인두로 지진 듯한 자국이 선명하게 남았다.

하지만 그것으로 모든 게 끝난 것은 아니었다.

그들은 이내 단천자가 죽었지만 또 죽지 않았다는 것을 깨달았던 것이다. 진정한 단천자라 할 수 있는 악의 정화, 주먹만한 붉은 결정체가 단천자의 가슴을 뚫고 나온 것이다.

성숙노괴는 단혼진기로 혈광을 뿌리는 악의 정화를 봉쇄했고 그것을 소멸시킬 수 없다는 것을 알게 되자 당혹스러움을 금치 못했다.

이후, 남은 칠성사괴는 건곤도성 함허가 간직하고 있던 천보묵갑에 혈광을 넣어 봉쇄하고, 신기묘성 헌비의 거처인 학운곡 지하 암벽 속에 가둬두었다.

그뿐인가. 그 주변으로는 신기묘성이 창안한 절세의 진법인 마령봉쇄진(魔靈封鎖陣)이 펼쳐졌다. 그 무엇이라도 빠져나올 수 없는 암흑의 세계가 단천자에게 임한 것이다.

*   *   *

상념을 빠져나온 종횡마걸은 성숙노괴 홍자생을 떠올렸다.

그는 어느 날 사라졌다고 했다. 아니, 좀 더 구체적으로 이해하자면 세상을 등졌다고 봐야 했다.

틀에 얽매이지 않은 그의 사고는 끝없는 무공의 정진을 이루어 진정 칠성사괴 중 단연 으뜸에 올라섰지만 이제 그는 존재하지 않았다.

성숙노괴를 떠올리자 다시 한 사람이 떠올랐다.

송겸이라고 했다. 자안신광을 지닌 녀석. 하지만 어떻게 된 일인지 본인은 그 사실을 모르고 있는 것 같아 보였다.

'독괴에게 무슨 생각이 있겠지.'

그는 신형을 한껏 뽑아 올리며 혼자 중얼거렸다.

"단천자, 너는 결코 빠져나올 수 없다. 절대로."

그는 스스로에게 최면을 걸듯 중얼거리며 거침없이 나아갔다.

제7장 의로운 자의 길

"햐～ 성숙노괴는 아주 대단하구나."

송겸은 손으로 허벅지를 내려치며 찬사를 터뜨렸다.

종횡마걸은 그 자리에서 비급의 이면에 담긴 내용에 대해 모두 함구할 것을 엄히 명했지만, 송겸은 그런 소릴랑 언덕 위의 누렁이가 짖는다는 듯 무시하고 추백과 조후에게 전했다.

송겸으로서는 도대체 '그'가 누구를 칭하는지 궁금해 죽을 지경이었고, 대략적인 내용을 알고 있는 조후가 단천자와 칠성사괴에 얽힌 이야기를 알려주었다.

물론 조후가 알고 있는 내용은 한계가 있어 자세하지도 않았을 뿐아니라 단천자가 죽음을 맞이한 것으로만 알고 있었다. 그것은 강호의 대부분의 무림인들도 마찬가지여서 어느 누구도 단천자의 악의 정화가 가둬진 상태라는 것을 알진 못했다.

"그렇다고 할 수 있죠."

맞장구를 치면서 조후는 속으로 한숨을 내쉬었다.

'도대체 이 인간은 모르고 있는 것이 왜 이리도 많아. 어떻게 독왕노괴의 제자이면서 전혀 강호 사정을 모를 수가 있단 말인가.'

그런 조후의 생각은 추백을 향해서도 동일해서 그동안 무엇을 하고 지냈는지 의심스러울 지경이었다.

그때 추백이 송겸을 보며 부러움이 듬뿍 담긴 표정으로 말했다.

"그나저나 형님은 좋으시겠습니다. 무림의 태산북두이신 독왕노군님의 제자이시니 말입니다."

추백은 사파의 인물답게 독왕노괴를 독왕노군으로 고쳐 불렀다.

송겸이 어깨를 으쓱하며 말했다.

"하하, 뭐 그게 그리 대단한 것이냐. 하하하."

겸손한 척했지만 그것이 겸손을 가장한 기고만장이라는 것은 누구나 알 수 있을 만한 말과 표정이었다.

이미 종횡마걸이 나타나면서 송겸의 내력은 드러난 상태였기에 겨우 이제야 으스댈 수 있다는 것이 조금은 못마땅했지만 그래도 기분이 좋은 송겸이었다.

그리곤 이내 사부의 엄명을 떠올리고 말을 덧붙였다.

"하지만 다른 누구에게도 나의 내력을 말해서는 안 된다."

"그럼요, 그 문제라면 아무 염려 하지 마십시오. 그나저나 형님, 허리에 차고 계신 부채가 독왕마군께서 사용하시는 독문병기입니까? 한 번 구경이라도……."

추백이 은근히 말을 건네자 송겸의 얼굴이 대번에 굳어졌다.

괜히 자랑한답시고 부채를 펼쳤다가는 개망신으로 이어질 것은 불을 보듯 뻔한 일이었다. 몸을 날리는 여우 한 마리가 화사하게 웃고 있는 모습은 세상 누구에게도 보여줄 수 없는 비밀 중의 비밀이었다.

송겸은 얼른 부채를 움켜쥐고 굳은 표정으로 말했다.

"삶과 죽음이 오가는 치열한 격전 없이 무기를 꺼내는 것은 바른 도리가 아니다. 절제된 마음이야말로 진정한 무인의 마음가짐이라는 것을 잊었단 말이냐!"

추백과 조후는 순간 쾡한 표정으로 송겸을 바라봤다.

이 무슨 정파의 협객 같은 일성이란 말인가. 도대체 언제부터 그랬다고.

송겸의 확 깨는 말로 분위기가 가라앉자 모두는 몇 마디 잡담을 나누다 각기 침상에 몸을 뉘었다.

밤은 깊어 어느덧 인시 초(寅時初:새벽 3시 정도)가 넘고 있었다.

삼대흉공과 관련된 모든 일이 해결되고 객방에 든 지금, 일행의 마음은 그 어느 때보다 가볍고 상쾌했다.

특히 송겸과 조후의 마음이 더욱 그러했는데, 송겸은 아름답지만 사나운 교청은의 의심의 눈길과 추격을 완전히 떨쳐 버렸다는 기쁨이었고, 조후는 송겸과 교청은 사이의 갈등이 해소되어 비로소 사명을 완수했다는 데 흡족해했다.

조후는 내일이나 모레 사이에 슬쩍 몸을 뺄 생각을 하고 있었다.

그건 그다지 어려운 일이 아니다.

이제까지 살펴본 송겸과 추백은 조후가 사라졌다고 해서 '조 장로가 보이지 않는구나. 좋지 않은 일은 벌어지지 않아야 할 텐데. 자, 어서 찾아보도록 하자' 같은 말을 할 사람들이 아니었기 때문이다.

걱정은 고사하고, 조직을 무단이탈한 자를 찾아 엄벌을 내리지도 않을 것이다.

그러기엔 두 사람의 조직에 대한 애정은 전무하다고 해도 과언이 아니었다. 아니, 솔직히 말해서 이건 조직이 아니라 그저 모임일 뿐이었다.

이런저런 행복감에 객방 안은 푸근했다. 모두는 편안한 마음에 달콤한 꿈까지 곁들여 잠에 빠져들었다. 하지만 그들은 상상도 못한 재앙이 아침 햇살과 함께 기다리고 있을 줄은 꿈에도 생각지 못했다.

이른 아침이 되어 재앙의 그림자는 객방 문 앞에 이르렀다.

똑똑똑.

경쾌하게 울리는 소리에 조심성 많은 조후가 침상에서 몸을 일으켰다.

'아침부터 누구야.'

송겸과 추백을 보니 세상모르게 잠에 빠져 있었다.

큰 사건을 치른 후의 긴장감에서 벗어난 까닭에 마음이 풀린 상태란 점은 인정할 수 있었지만 확연한 인기척에도 신경을 절단하고 잠들어 있는 모습에는 절로 한숨이 나왔다.

'저러다 칼 맞기 십상이지, 암!'

똑똑똑.

다시 문을 두드리는 소리가 났고 조후가 속으로 중얼거렸다.

'이뵈, 조금만 기다리라구. 나가고 있잖아.'

만약 점소이나 주인장이 쓸데없는 내용으로 잠을 깨운 것이라면 제대로 한마디 해줄 요량이었다.

부스스한 머리와 꺼칠한 얼굴로 조후가 문을 열었다.

"꼭두새벽부터 누군게요?"

문이 열리고 눈앞에 드러난 것은 놀랍게도 교청은이었다.

"제가 단잠을 깨운 건가요?"

새초롬하게 말하는 교청은을 보며 조후는 워낙 예상 밖이라 당황스러움에 어찌할 바를 몰랐다.

"어, 교, 교, 교 낭자께서 이른 아침부터 무슨 일이십니까?"

교청은은 한쪽 입가를 살짝 올리며 피식 웃고는 말했다.

"어제 신비회의 활약을 직접 본 후 감동을 받아서 떠나기 전에 인사나 할까 하고 찾아왔습니다만, 설마 아직까지 잠에 취해 있는 건가요?"

조후는 당황스런 순간에도 교청은의 미소가 매우 아름답다고 생각했다. 그는 살짝 얼굴을 붉히고 다시 더듬거리며 말했다.

"아, 그, 그럴 리가요. 저, 저만 늦잠을 잤을 뿐 두 분 다 아침 햇살이 떠오르는 것을 지켜보고 계셨답니다."

"다행이군요. 그럼 잠깐 실례 좀 할까요?"

그 말에 조후가 마구 두 손을 흔들었다.

"아, 아니, 잠시만요. 제가 좀 칠칠맞지 못해서 조금 정리라도 해야 하니 잠깐만 기다려 주십시오."

"좋아요. 물론 잠시 동안이겠죠?"

"그럼요."

문을 닫은 후 조후는 문에 등을 기댄 채 숨을 크게 들이키며 생각을 정리했다.

'도대체 왜 온 것일까? 뭘 어쩌겠다고. 아, 그래! 빨리 깨워야 해.'

조후는 서둘러 송겸과 추백을 깨우기 시작했다.

"부회주 형님, 어서 일어나십시오. 교 낭자가 왔습니다. 추 형님, 어서 일어나세요. 교 낭자가 찾아왔다니까요."

조후는 두 사람을 깨우는가 하면 서둘러 주변의 흐트러진 것들을 정리하며 요란을 떨었다.

교청은 무슨 수작을 벌이는지 문에 귀를 대고 들어보려 했지만 굳이 그렇게 할 필요도 없을 만큼 내부의 소란스러움은 고스란히 귓가로 들려왔다.

우당탕탕 소리는 물론이고, 어서 일어나라고 채근하는 소리에 이어 귀찮게 하지 말라는 말이 들렸고, 이어 꽈광 소리가 났다. 아마도 발로 걷어찬 것이 틀림없었다.

직접 보지 않아도 훤히 그 광경이 머리에 그려지자 교청은 웃음을 참지 못해 손으로 입을 막고 웃었다.

발에 한번 걷어 채인 조후가 벌떡 일어나 다시 소식을 전하자 그제야 송겸과 추백이 놀란 눈이 되어 몸을 일으켰다.

"뭐라고? 교 낭자가 왔다구?"

"무슨 일로 온 건데?"

"그거야 모르죠. 밖에서 기다리고 있으니 어서 옷을 갖춰 입으세요."

이번에는 더 요란한 소리가 나며 옷을 입는다, 머리를 매만진다 난리가 났다.

"어제 떠놓은 물 어디 있어? 어딨냐구?"

송겸은 대강 고양이가 세수하듯 머리와 얼굴에 물을 묻혀 급하게 가다듬었다.

똑똑똑.

다시 문 두드리는 소리가 나자 최후의 점검을 마친 송겸과 추백이 탁자에 얌전히 앉았다. 마치 오래전부터 그렇게 앉아 있었던 사람들처럼 여유가 한껏 배어났다.

조후가 문을 열자 교청은이 들어섰다.

그녀의 눈에, 창가에서 들어오는 햇살에 뿌연 먼지가 어지럽게 사방으로 비산하는 광경이 비쳤다. 얼마나 요란법석을 떨며 난리를 쳤는지 이리저리 날리는 먼지가 잘 말해 주고 있었다.

그 가운데 태연을 가장한 송겸이 정중한 어조로 말했다.

"자리에 앉으시지요."

교청은이 송겸의 맞은편 자리에 앉으면서 답했다.

"고맙군요."

"하하, 별말씀을. 손님을 맞이하는 일은 언제나 기쁜 일이죠."

"그런데 새는 날아간 모양이죠?"

교청은이 옅은 조롱기를 띠고 손가락으로 송겸의 머리를 가리키며 말하자, 송겸이 눈동자를 위로 올려보다가 얼른 손으로 머리를 만져 보았다. 가운데가 짓뭉개지고 주변이 뻗쳐 있어 새의 둥지가 틀림없었다.

송겸은 급속히 달아오르려는 안색을 불굴의 의지로 차단하며 비전의 절학을 펼쳐 냈다.

"하하, 워낙 큰일을 치르다 보니 경황이 없었군요. 게다가 저는 아무리 아름다운 분이 온다 해도 저 자신을 억지로 꾸미거나 하는 것을 매우 싫어한답니다. 자연 그대로의 솔직한 모습이야말로 가장 보기 좋은 모습이지요."

지금의 말은 임기응변술이란 이름보다는 '철면피공'이라고 불러야 적당할 만큼 뻔뻔스런 말이 아닐 수 없어, 추백과 조후는 얼굴색 하나

변하지 않고 말하는 송겸을 경이롭게 바라보는 한편 그들이라도 송겸을 대신해서 민망함을 드러내야만 할 것 같은 생각에 살짝 얼굴을 붉혔다.

"아, 어제는 저도 상당히 놀랐답니다. 저런 것이 바로 신비회구나라는 생각이 들었었죠."

교청은의 말에 송겸이 웃음을 머금고 말했다.

"하하, 과찬의 말씀이십니다. 저희는 단지 해야 할 일을 한 것뿐이죠. 강호에는 수많은 빛과 그림자가 있고 선과 악이 존재하지만, 저희들은 빛이면서도 그림자와 같이 움직입니다. 결코 누구에게 보이기 위함이 아니었으니 너무 치켜세우지 마십시오."

천하제일의 대협다운 말투는 거리낌이나 막힘도 없이 흘러나왔다.

"그래서 저도 결정했답니다."

송겸은 속으로 쾌재를 불렀다.

'그대도 우리처럼 열심히 살아보겠다는 것? 그럼 그건 그대 마음대로 하라구. 대신 가볍게 날 잊어줘. 나는 그대와 가끔 꿈속에서 만나는 것으로 만족하는 사람이니까 말이야.'

조후도 그녀의 작별 인사를 기분 좋게 기다렸다. 이제 집에 돌아갈 수 있다. 부모님, 조금만 참으세요. 이 조후가 갑니다.

"그래, 어떤 마음을 가진 겝니까?"

"신비회의 일원이 되었으면 해요."

"하하, 그거 좋… 그, 그게 무슨 말이오? 신비회의 일원이 되다니?!"

송겸과 조후는 물론이고 직접적인 이해관계가 없는 추백마저도 놀라움을 금치 못했다. 아마 입에 물이라도 머금고 있었다면 세 사람은 교청은에게 물분수를 뿜어내고 말았을 것이다.

놀라는 기색을 무시한 채 교청은이 말했다.

"무슨 문제라도 있나요?"

"아니, 뭐 문제랄 것은 없소만… 워낙 급작스런 말이라. 게다가 저희가 가는 길은 워낙 험하고 거칠어서 천상의 선녀와 같이 곱디고운 교 낭자 같은 분에겐 어울리지 않는 길이라 할 수 있죠."

송겸은 정작 선녀 대신 마녀라는 말을 하고 싶었지만 끝끝내 의지를 굴복시키고 마음에 쏙 들 정도의 말을 뱉어냈다.

"호호호, 듣고 보니 다 맞는 말이긴 합니다만. 호호호호."

어지간해서는 호호호라는 웃음소리를 내지 않은 교청은이었지만 그녀도 여자인 것만은 분명했다. 웃기기도 하고 또 선녀 운운하는 말에 괜히 기분이 좋아지는 것은 어쩔 수 없었다.

그녀는 흉공 사건을 통해 송겸에 대한 의심이 많이 풀리긴 했지만 여전히 미심쩍은 부분이 많아 이번에는 직접 동행하며 살펴보기로 마음먹은 터였다.

그녀가 마음을 굳히게 된 계기는 다름 아닌 사마세가의 고수 연도강이 발견되고, 그가 흐릿한 의식 속에서 괴상한 세 젊은이들에 대해 이야기를 했기 때문이었다. 흉공에 얽힌 세 젊은이라면 이들이 가장 유력했다.

게다가 수호맹의 사명은 모두 끝이 나 해산하기로 정한 상태였다. 그녀는 결심을 굳힌 다음에는 제갈추와 함께할까도 생각했지만 이제껏 이리저리 끌고 다닌 것만도 충분히 미안했기에 혼자 나서기로 한 것이었다.

"신비회의 일이 힘든 것은 충분히 예상하고 있으니 염려하지 않으셔도 될 듯싶군요. 게다가 그런 말은 어쩐지 저를 무시하는 것으로 들리는데, 진정 그런 뜻인가요?"

"무, 무시하다뇨? 하하, 무슨 말씀을……."

송겸은 거칠게 손을 내젓고 머리까지 흔들었다. 절대 그렇지 않다는 것이 절실히 묻어나는 행동이었다. 그러다 도저히 어쩔 수 없다는 듯 길게 한숨을 내쉬고 말했다.

"음, 이건 극비 사항이라 말씀드리지 않으려고 했습니다만… 잠깐 귀 좀……."

교청은이 귀를 들이미는 시늉을 하자 송겸이 몸을 일으켜 교청은의 귀에 속삭였다.

"우리는 모두 함께 움직이는 것을 원칙으로 하기에… 객방을 잡더라도 한곳에서 잠을 자야 한답니다. 그러니까 그게… 아무래도 남녀유별이라……."

비장의 한 수, 여자로서 가장 꺼려할 약점을 파고들었다.

교청은은 안색이 살짝 굳어지는가 싶더니 어느새 본래대로 돌아와 쾌활하게 말했다.

"강호의 무림인들에게는 그런 것쯤은 별문제될 것이 없다고 보는데요."

송겸은 할 말을 잃고 멍하니 그녀를 바라보았다.

모든 방어선이 무너지고, 수천 수만의 적들이 벌 떼처럼 몰려드는 것이 보였다. 정녕 그들을 막아낼 길은 보이지 않았다. 패배를 인정해야 할 때가 된 것이다.

그때 추백이 탁자를 내려치며 분연히 자리에서 일어났다.

"절대 안 됩니다!"

교청은은 눈을 부라리는 추백을 흘깃 보며 작게 중얼거렸다.

"흥, 신비회라고 특별히 다른 줄 알았더니 그렇지도 않군요."

"말이 너무 심한 거 아니오?"

추백이 당장 싸움을 벌일 기세라 그녀도 눈에 불을 켰다.

"도대체 뭐가 문제인 거죠?"

송겸은 속으로 추백을 향해 성원을 아끼지 않았다.

'그래, 잘한다! 너밖에 없다. 계속 밀어붙여!'

추백이 울화통을 터뜨리며 함성을 내지르듯 외쳤다.

"좋소! 그럼 함께 가도록 합시다, 우리가 얼마나 대단한지 보여줄 테니."

순간 송겸과 조후의 얼굴은 열심히 도끼질을 하다 그만 도끼 날에 발등이 찍힌 사람의 표정이 되고 말았다. 이 무슨 해괴망측한 일이란 말인가.

'저런 쳐 죽일 놈! 네놈이 감히 등에 칼을 꽂아!'

추백의 전격적인 선언으로 모든 상황은 종료되고 말았다.

대충 물리기엔 추백의 외침이 너무도 강렬했고, 송겸도 더 이상 다른 방어 기제를 가동할 여력이 남아 있지 않았다. 그저 틈을 내서 추백을 밟아버려야겠다는 생각만 할 뿐이었다.

"신비회는 아주 호쾌하군요."

교청은이 화사하게 웃었다.

송겸은 머리에서 쥐가 난다는 것이 무엇을 의미하는지 절실하게 깨닫고 있었다. 잠들기 전까지만 해도 세상은 아름다웠고 희망으로 가득했다.

마치 구름 위에 두둥실 떠 있는 것만 같아서 그 무엇도 부러울 것이 없었건만 지금은 구름 바닥이 찢어져 그 아래로 하염없이 추락하고 있었다.

도대체 신비회가 무엇이란 말인가.

후흑을 빼버린 신비회란 송겸에게 있어 지옥 그 자체였다.

무슨 의로운 일을 해야 그녀의 마음을 감동시킬 수 있을 것인가. 의로운 일을 해야 한다는 것만으로 송겸은 머리에 금이 갈 지경이었다.

그런 심정은 조후도 마찬가지였다. 이젠 모든 것이 끝났다 싶을 때, 더 거대한 수렁에 빠진 셈이라 밧줄이라도 옆에 있다면 목을 매달아버리고 싶을 지경이었다.

강호란 험할 뿐 아니라 상상할 수도 없는 기괴한 일이 벌어진다곤 해도 이건 해도 해도 너무했다.

송겸에게 순결을 잃은(지금까지도 조후는 송겸의 말을 곧이곧대로 믿고 있었다) 그 마음이야 십분 이해하지만, 그렇다고 동행을 결심한다는 것은 상식 밖의 일이었다.

그녀의 집착이 너무 거세다 보니 도리어 속으로는 송겸을 좋아하고 있는 것은 아닌가 의심스러울 정도였다.

한편 추백은 멋지게 일을 저지르고 속으로 스스로를 칭찬하고 있었다. 송겸과 조후는 추백이 홧김에 내뱉은 것으로 생각하고 있었지만 그건 천만에 말씀이었다.

추백은 이미 교청은을 '형수님'으로 인식하고 있었기에 존경하는 형님과 형수님을 이어주는 다리가 되려 했다.

비록 이 일로 고통받을지도 모르지만 그 정도는 중매자로서 감당해야 할 고난의 무게라고까지 생각했다. 언젠가는 고마워할 것이라는 생각과 함께.

결국 추백의 열렬한 성원에 교청은은 신비회에 합류하게 되었고, 송겸과 조후는 당장이라도 관 속에 몸을 누이고 싶은 상태가 되었다.

추백은 또 조후에게 염장을 지르는 것도 잊지 않았다.

"우리가 힘써 도와주도록 하자. 두 분이 잘 맺어지도록 말이다. 사실 남녀가 하나가 되었는데 그건 이미 남남이 아니라는 말이잖느냐."

조후는 아랫입술을 지그시 깨물고 울지도 웃지도 못하는 표정으로 추백을 바라봤다.

양무는 무릎을 꿇고 귀를 파고드는 짜증나는 연설을 경청했다. 아니, 처음에는 물론 경청이었지만 지금은 짜증이 우러나고 있는 중이었다.

양무가 이 지경에 처한 것은 늦은 밤 몰래 담장을 넘으려다 걸린 뒤부터였다.

도둑 경력 오 년째인 그는 도둑질하다 걸린 것이 이번이 처음이었을 뿐 아니라 이런 식으로 연설을 듣는 것도 처음이었다.

그는 붙들려 두어 대 맞긴 했지만, 새파랗게 젊은 녀석이 호통 치고 연설하는 것을 듣고 있자니 차라리 몇 대 더 맞는 것이 나을 지경이었다.

연설은 끝날 듯 끝날 듯하면서 벌써 일 식경(30분)을 넘어가고 있었는데, 도둑질로 피해를 입은 사람들의 심리 상태와 그들의 슬픔에 대한 이야기가 어느덧 끝날 무렵 이젠 사람의 도리에 대한 내용으로 이어지는 중이었다.

늙은이라면 나이 들어 입심만 세졌다고 말할 수도 있겠지만 젊은 놈이 제 힘만 믿고 사람을 볶아대는 것은 참을 수 없는 고통이었다.

"사람이 살아가는 길은 두 가지가 있다. 하나는 영혼을 팔 것인가이고 또 하나는 영혼을 간직할 것인가이다. 왜 나의 이익을 위해 다른 이의 가슴에 못을 박느냐 말이냐. 무슨 권한으로? 네가 이 세상을 짓기라도 했단 말이냐? 사람을 네가 창조하기라도 한 게냐? 진정 사람이 살아가는 길에는 몇 가지 필수적으로 갖춰야 할 마음가짐이 있는 것이다. 그 첫째로……."

연설자 송겸은 한도 끝도 없이 말을 토해냈다. 도대체 어디서 그 많은 말들을 주워들었는지 착한 자의 길을 끝없는 바다와 같이 펼쳐 냈다.

어느덧 곁에 서 지켜보던 추백은 약간 떨어진 곳에서 지겨운 듯 하품을 찍찍 해대고 있었고, 조후는 그 뒤쪽에서 쭈그리고 앉아 나뭇가지로 땅에 낙서를 하고 있었다.

교청은도 사정은 다르지 않아, 처음에는 송겸이 도둑을 잡아 무릎 꿇린 후 연설을 시작할 때만 해도 구구절절 옳은 소리라며 고개를 끄덕였으나, 지금은 도대체 무슨 말을 하는지 귀에 들어오지도 않았으며, 도대체 언제쯤 끝날 것인지 괜히 화가 날 지경이었다.

하지만 정작 도둑과 추백, 조후, 그리고 교청은보다 더 답답한 사람은 송겸이었다.

송겸은 지금 도둑을 향해 말하고 있었지만 사실은 교청은에게 보이기 위함이었기에 자신이 알고 있는 모든 것을 동원해 도둑을 훈계했고, 그로 인해 속이 느글거려 미칠 것만 같았다.

그래도 교청은이 합류한 후 첫 번째 신비회의 임무였기에 무언가 그럴듯한 것을 보여주어야 한다는 심리적 압박감에 송겸은 쉴 새 없이 떠들고 있었고, 이 모든 것은 그 자리에 있는 모두를 괴롭게 했다.

의를 행하는 신비회.

세상의 빛이 되는 신비회.

선한 일이라면 어떤 일이든지 달려가는 신비회.

이러한 거창한 신조를 내걸어 교청은에게 설명한 탓에 송겸의 모든 눈과 귀는 의로운 일과 선한 일을 찾는 데 주력했다. 여기에는 추백과 조후의 적극적인 지지가 함께했고, 첫 번째 희생양으로 걸려든 것이 바로 양무였다.

"…남자는 마땅히 가정을 위해 자신의 한 몸을 불사를 각오가 되어 있어야 한다. 땀을 흘리되 가치있는 땀으로 돈을 손에 넣어야지, 어찌 다른 이의 피와 땀을 훔쳐 나의 이익이 되게 한단 말이냐. 너는 손과 발, 그리고 이목구비가 어디 한 군데 잘못되지 않았고, 세상에는 얼마나 많은 할 일이 있더냐. 옛말에 이르기를……."

다시 과거의 아름다운 이야기를 꺼낼 때에 이르게 되었을 때는 근반 시진(약 1시간)이 흘러가는 상황이라 양무는 꿇어앉은 무릎에 감각이 없어진 상태였다. 하지만 그것보다 더욱 참을 수 없는 것은 더 이상 듣고 있을 수 없다는 것이었다.

"그만, 그만~"

갑자기 양무가 악을 지르자 한참 이야기를 하던 송겸이 화들짝 놀라 쳐다봤다.

"뭐, 뭐냐. 너 왜 그래?"

양무가 악다구니를 썼다.

"알겠습니다, 알았다구요! 이제 도둑질은 하지 않을 테니 제발 그만 말씀하십시오! 더 말하면 진짜 이 자리에서 죽어버리겠습니다! 제발 아무 말도 하지 말란 말입니다!!"

미친 듯이 절규하는 양무의 모습을 보며 추백과 조후 교청은 그 심정을 십분 이해하고도 남음이 있었다. 어쩌면 양무가 폭주하지 않았다면 그들 중 한 명이 그와 같이 소리를 질렀을지도 모를 일이었다.

"허허, 이놈 보게나. 그러니까 내 말은 옛날에 하북성에 살고 있던……."

그러나 송겸의 말은 이어지지 못했다.

"제발 그만 하라니까, 이 썩을 놈아!! 차라리 날 패라! 차라리 매를 맞고 말겠어! 그 입 좀 제발 닥치지 못하겠어!!"

양무는 차라리 죽는 것이 낫겠다고 생각한 듯 보였다. 참아야 하는 한계선을 돌파해 버리고 만 것이다.

"어쭈, 이게 그냥……."

송겸이 손을 들어 치려 하자 가만히 교청은이 끼어들었다.

"흠흠. 뭐, 이 정도면 충분히 알아들었을 것 같군요."

그녀는 지금 이 순간만큼은 도둑의 편이고 싶었다. 사실 여건만 허락된다면 도둑에게 고맙다는 인사말을 건네고 싶을 정도였다.

"뭐, 그 정도로 해두시죠."

잠시 하품을 멈추고 추백까지 거들자 나서자 송겸은 고개를 끄덕이고 마무리 발언을 했다.

"좋다. 이제 가보이라. 앞으로 일 년간 우리 조직에서 너를 은밀히 지켜볼 것이다. 만일 그 안에 또 불의한 짓을 저지른다면 그때는 오늘처럼 쉽게 넘어가지는 않을 것임을 명심하라. 과거에도 그런 녀석이 있었는데 아마 강소성이었지."

거기까지 말하던 송겸은 순간 살기가 전해오자 얼른 주변을 살폈다. 교청은이 노려보고 있는 것이 보였다. 한마디만 더 하면 칼을 뽑아 들 기세였다.

그제야 송겸이 결론을 지었다.

"좋다. 가봐."

양무는 힘겹게 무릎을 펴고 몸을 일으켰지만 곧바로 중심을 잡지 못해 비틀거렸다. 무릎 아래로 피가 통하지 않아 전혀 감각이 없었다. 발밑이 둥글게 되어버린 것처럼 느껴져 몸이 기우뚱거렸다.

하지만 머뭇거리고 싶은 마음은 추호도 없었다. 또 송겸이 무슨 말을 해버릴지 모르기 때문이다.

"네. 정말 바르게 살겠습니다. 절 믿으십시오."

절뚝거리며 양무가 등을 보이며 물러가는 것을 보고 송겸이 혀를 찼다.

"끌끌, 세상이 어찌 되려는지……."

그리곤 일행을 둘러보며 말했다.

"그렇지 않은가, 다들?"

하지만 거기에 대답하는 사람은 아무도 없었다.

여전히 추백은 하품을 하고 있었고, 조후는 땅에 뭔가를 끄적거렸으며, 교청은은 달을 바라보며 울분을 삭이고 있었다.

"오늘은 힘든 하루였어. 올바른 세상은 언제쯤 찾아올까!"

제8장 헌신

거의 보름이 지나는 동안 좀도둑 여덟 명과 강도 세 명을 잡아 그들을 격렬히 감화시킨 송겸 일행은 어느 산길을 걷고 있었다.

원래의 여정은 추백이 원했던 곳인 동쪽으로 진행해야 했지만, 지금의 방향은 동북쪽을 향하고 있었다.

교청은 목적한 장소가 있냐고 물었지만 송겸은 '중원 천지에 악이 서린 곳이라면 그곳이 곧 우리의 목적지'라고 명쾌하게 말해 주었고, 그렇게 정처없는 의로운 길이 이어졌다.

산길을 따라 걸으면서도 일행은 눈을 번뜩이며 의로운 일을 찾아 헤맸다. 송겸의 눈에 비친 교청은 아직도 만족하지 않은 것처럼 보였고, 그렇기에 송겸은 뭔가 더 확실한 것을 보여주어야 한다는 강박관념에 사로잡혔다.

활활 타오르는 불 같은 눈으로 건수만을 기다리던 송겸에게 기쁨이 그득한 한소리가 들려왔다.

"으아악! 사, 살려주세요!"

뾰족한 여인의 비명 소리였다.

송겸의 눈가에 기쁨이 어렸다. 이제껏 비명 소리가 이렇게 반갑고 고맙고 기쁠 줄은 몰랐다.

일행은 날듯이 소리가 난 곳으로 향했다. 그곳에는 이제 갓 이십 대를 맞이한 듯한 처녀가 오른쪽 다리를 움켜쥐고 있었고, 등에 붉은빛을 띤 뱀이 스스슥, 소리와 함께 풀숲으로 사라지고 있는 것이 보였다.

송겸은 본능적으로 뱀을 향해 돌을 던져 머리를 부서뜨렸고, 그사이 추백이 여인에게 달려가 그녀의 다리를 붙들고 뱀의 독을 빨아냈다.

여인은 생전 처음 대하는 젊은 사내가 다리에 입을 가져다 댔지만 지금 한가하게 수줍어하거나 쑥스럽다는 듯 다리를 뺄 수 없다는 것을 잘 알고 있었기에 가만히 얼굴을 붉히고 시선을 다른 곳으로 향했다.

당장 독이 퍼지는 날엔 목숨이 위태로운 상태이기에 교청은이나 조후는 부디 독이 온전히 빠져나오기만을 바랐지만, 송겸은 다른 색깔의 안타까움으로 입술을 깨물었다.

'이런 제길, 내가 왜 뱀을 잡으려고 했을까. 저 새하얀 다리를 보라구, 저 다리를. 아후, 진짜 미치겠네.'

교청은과 조후의 안타까움과 송겸의 안타까움 사이에는 하늘과 땅의 차이만큼이나 큰 격차와 수준 차가 있었다.

'아! 부, 부럽다. 게다가 얼굴도 예쁘잖아. 아, 미친다, 미쳐.'

송겸은 당장이라도 달려들어 추백을 밀치고 자신이 대신하고 싶은 마음이 간절했지만, 교청은 때문에 차마 경거망동할 수 없어 속만 새카맣게 타 들어갔다.

수십 회 독을 빨아내고 뱉고를 반복한 추백은 더 이상 독이 나오지 않자 그제야 입을 떼고 품에서 환약 하나를 꺼내 여인에게 건넸다. 환약은 가문의 비전으로 제조된 구비환(求秘丸)이었다.

기력을 급격히 회복시킬 뿐 아니라 내상에도 탁월한 효과를 보이는 것으로 가볍게 쓸 수 없는 것이지만, 현재 교청은의 합류로 송겸과 잘 되기를 바라는 마음이었기에 망설임없이 건넨 것이었다.

"이것을 복용하게 되면 미약하게 남은 독기를 온전히 제거할 수 있을 것입니다. 우린 나쁜 사람이, 험험. 아니니 믿고 드십시오."

추백은 늘 자신이 나쁜 놈이라고 생각했고, 또 그렇게 되어야 한다고 생각한 족속인지라 일말의 양심을 느껴 헛기침 두 방으로 면피하고 말을 마무리 지었다.

여인은 환약을 복용하고 자리에서 일어나 머리를 숙여 감사를 표했다. 그녀는 아랫마을에 거주하는데, 나물을 캐러 왔다가 그만 봉변을 당했다고 설명하고는 고맙다는 인사를 몇 번이고 반복했다.

더불어 요즘 이곳에 뱀이 자주 출몰해 마을 어르신들 중에서도 죽거나 크게 곤욕을 치른 분이 여럿 있었다는 말도 해주었다.

"여러분들이 아니었다면 하마터면 부모님께 불경을 끼칠 뻔했습니다. 이 은혜를 어찌 보답해야 될는지요. 바쁘시지 않다면 집으로 모시고 식사라도 대접해 드리고 싶습니다만……."

그때 송겸이 한 걸음 나서며 인자한 미소를 머금고 말했다.

"어려움에 처한 사람을 돕는 일은 그 어떤 대가를 바람이 아니시요. 의로운 일을 행하는 것은 오로지 그렇게 하지 않으면 견딜 수 없기 때문입니다. 소저의 마음을 저희는 가슴에 담아두는 것으로 만족하겠습니다."

너무나도 멋진 말에 여인은 다시금 깊게 허리를 숙여 인사를 건넸다.

"진정으로 감사드립니다. 하늘의 큰 복을 받으시길 빌어드릴게요."

"하하하, 어서 집으로 내려가십시오. 이 한 가지만 명심하십시오. 세상은 아직도 따뜻한 곳이라는 것을 말입니다. 하하하."

여인이 탄복하는 표정을 짓고 조금은 절룩거리면서 멀어지는 것을 가만히 지켜보다 완전히 시야에서 사라지자, 송겸은 추백에게 엄한 목소리로 꾸중했다.

"힘든 일일수록 높은 직분에 앉은 자가 솔선수범해야 하는 법이다. 너는 조직의 큰 틀을 해치려는 게냐. 앞으로 이런 일은 내게 맡기도록 해라."

송겸의 의중이 어디에 있는지 잘 알고 있는 추백과 조후는 뻔히 무슨 뜻인지 핵심을 이해하고 있었지만, 교청은은 엉뚱하게도 송겸의 말에 엄지를 들어 보였다.

"역시 부회주님다우시군요. 서로 어려운 일을 자청하려 하는 그 마음에 감동하지 않을 수 없네요."

"하하, 너무나 당연한 것을 가지고 무슨 감동까지……."

송겸이 약간 겸연쩍은 기색으로 하는 말에 교청은이 말했다.

"그런데 이건 저의 기우인지 모르지만 설마 곱디고운 여인이었기에 아쉬워한 것은 아니겠지요?"

송겸은 본색이 탄로나자 얼어붙은 호수 위를 걷다가 한순간 얼음이 와장창 깨지며 물로 빠져드는 기분이 들었지만 내색하지 않고 답했다.

"허허. 이거 섭섭합니다. 저를 어찌 보고……."

"아니라면 됐죠 뭐."

"저는 누구에게라도 늘 공평합니다. 여건과 형편에 따라 행동이 바뀌는 사람을 제일 혐오하는 사람이외다."

송겸이 쐐기를 박듯 말했다.

"호호, 그러실 것으로 믿어요."

일행은 다시 걸음을 옮겼고, 거의 반 시진 정도를 걸었을 때였다.

"으음……."

신음 소리는 미약했지만 일행의 청력으로 충분히 감지할 수 있는 크기였다. 송겸이 속으로 쾌재를 부르며 날듯이 달려갔고 일행이 바로 뒤를 따랐다.

"헉!"

송겸은 비명의 현장을 접하고 짧게 경악성을 터뜨렸다. 추백과 조후의 반응도 마찬가지였다.

그때 교청은이 빠르게 외쳤다.

"뱀이 어깨 쪽을 문 듯하니 빨리 조치를 취해야겠습니다!"

송겸은 입술을 깨물며 비통에 잠겼다.

뱀에 물려 고통스러워하는 이는 예순 살은 훌쩍 넘겼을 것으로 보이는 노파였다. 얼굴에는 검버섯이 사방에 피어 있고, 머리는 백발이었으나 그것마저도 많이 남아 있지 않은 상태였다.

앞니 두 개가 모조리 빠진 노파는 신음을 내뱉으며 살려달라고 희미하게 외치는 중이었다.

반 시진 전에 큰소리를 쳤던 송겸의 눈에 뿌옇게 이슬이 맺혔다. 머뭇거릴 여유는 없었다. 그래서 죽고 싶었다.

송겸은 눈물을 뿌리며 노파에게 달려들었다.

"조금만 참으십시오~"

무수한 화살과 창과 칼이 난무하는 적진을 향해 죽음을 각오하고 뛰어드는 장수의 심정으로 송겸은 노파에게 나아갔다.

송겸은 눈물을 삼키며 노파에게 달려들어 어깨 쪽 옷깃을 내리고 독을 빨아내려 했다. 그런데 그게 좀 문제가 있었다. 고개를 이리저리 돌려도 독을 빨아낼 위치가 애매하기 그지없었던 것이다.

가장 좋은 각도는 노파의 몸 위에 포갠 채 그 위에서 껴안듯이 어깨 쪽에 입을 대고 빨아내는 것이 최상의 자세였다. 그래야만 한다는 현실이 다시 한 번 송겸을 미치게 만들었다.

어쩔 수 없는 상황이란 것을 인식한 송겸은 굵은 눈물을 흘리며 노파의 몸 위에서 어깨에 입을 대고 독을 빨아냈다.

"쯔읍, 퉤~ 쯔읍, 퉤에~"

만약 송겸이 사부 염도로부터 섬환독공의 운용법을 배웠다면 굳이 이런 식의 치료를 하진 않았을 것이다. 상황이 여유롭다면야 처방을 하여 치료할 수 있겠으나 지금은 그럴 여유가 없었다.

연신 독을 빨아내느라 혼신의 힘을 다하는 광경을 보며 추백과 조후는 반듯하게 기립한 자세 그대로 부들부들 몸을 떨면서 눈물을 떨궜다.

진정 부회주의 헌신과 사랑, 신분의 고하나 존귀와 천함을 구분하지 않고 나아가는 아름다운 정신 세계… 따위 때문이 결코 아니었다.

솔직히 말하자면 지금 기분은 미친 듯이 사방을 데굴거리며 웃고 싶었으나 터져 나오려는 웃음을 참아내느라 온 힘을 다 기울이고 있는 중이었다.

절대 웃어서는 안 된다는 다짐 아래 주먹을 불끈 쥐고 참아내느라 몸은 부들부들 떨렸고, 두 눈에서는 눈물이 방울방울 맺히고 있는 상태였다.

그것은 교청은도 비슷했다. 그녀는 결코 이 상황이 웃어선 안 되는 것이란 것을 알고 있었지만, 또한 결코 웃지 않을 수 없는 상황이라 차마 크게 웃지는 못하고 두 손으로 입을 틀어막고 웃음소리가 삐져 나오지 않게 하려고 발버둥 쳤다.

어느새 독을 다 빨아낸 송겸은 뺨에 흐르는 눈물을 닦아내며 가만히 중얼거렸다.

"아, 오늘 우리가 두 사람을 살린 거야. 흑흑흑… 나는 너무도 기쁘다."

송겸의 중얼거림에 추백과 조후는 더욱더 몸을 거세게 떨어야만 했다.

부들부들…….

제9장 달빛 아래서

송겸은 한 사람의 생명을 살려 생명의 은인이 되었지만 그 어떤 뿌듯함이나 기쁨도 느낄 수가 없었다.

물론 불쌍한 노인네가 살게 된 것은 다행스러운 일이었지만, 그 일로 인해 송겸은 서서히 죽어갔다.

노파는 극구 사양함에도 불구하고, 송겸 일행에게 보답해야만 한다고 말했다.

송겸은 이 사건을 되도록이면 빨리 잊고자 길을 떠나려 했지만 교청은이 호의를 받아들여야 할 때를 아는 것도 의인의 모습이 아니겠냐며 거들고 나서자 어쩔 수 없이 노파의 집에서 하루를 보내기로 했다.

노파의 인도로 집에 들어가게 되었을 때, 남편 되는 노인은 사정을 전해 듣고 연신 훌륭한 젊은이들이라며 입에 침이 마르도록 칭찬을 아끼지 않았고 진심으로 고마워했다. 하지만 그런 감사와 칭찬이 이어질

수록 송겸의 낯은 먹빛으로 물들어갈 따름이었다.

송겸은 밤이 깊어졌음에도 통 잠을 이룰 수 없어, 노파의 집에서 이십여 장 떨어진 곳까지 걸어나와 앉기에 적당한 넓은 바위에 걸터앉아 상념에 잠겼다.

괴상한 사부를 만나 이제껏 고생도 많았고 숱한 위험도 감수했지만, 차라리 그 시절이 그리워질 정도로 지금의 마음은 답답하고 심란했다.

고난이나 장애가 문제가 아니라 도저히 성향에 맞지 않는 말과 행동을 해야만 한다는 데서 오는 참기 힘든 괴리감 때문이었다.

'하아, 처량한 내 신세라니… 이게 무슨 해괴한 짓이란 말인가.'

앞날이 구만리같은 젊음의 희망은 온데간데없고, 눈앞에는 끝을 알 수 없는 어두운 동굴만이 기다리고 있을 뿐이었다.

'보고 싶네요. 사부, 그리고 불곰 너마저도…….'

속이 새까맣게 타 들어가며 신세 한탄을 하고 있으려니 문득 뒤쪽에서 인기척이 느껴졌다. 바람결을 타고 오는 향긋한 냄새에 고개를 돌려보니 '마녀' 가 다가서고 있었다.

"잠이 오질 않나보죠?"

송겸은 얼른 얼굴에 깃든 우울함을 지우려 했지만 거의 심적인 주화입마 상태로 그것도 뜻대로 되지 않았다. 아무 말이 없는 송겸 옆에 약간의 간격을 두고 교청은이 앉았다.

교청은이 슬쩍 송겸의 얼굴을 보니 송겸의 눈동자엔 물기가 차 있고 깊은 슬픔이 어려 있었다.

"무슨 걱정이라도 있나요?"

다시 침묵으로 답한 송겸이 크게 한숨을 내쉬었다.

"휴우……."

한숨 소리에 땅이 움푹 팰 것만 같아 교청은이 의아한 시선으로 바라봤다.

"아무리……."

송겸이 한마디를 건네고 여운을 남기자 교청은이 채근했다.

"말씀하세요."

송겸은 고개를 돌려 교청은을 바라보며 입을 열었다.

"아무리 내가 노력하고 희생해도 세상은 너무 넓고 사람은 많아, 그들을 다 돌아볼 수 없군요. 그것만 생각하면 마음이, 마음이 미어지는 것 같습니다. 그리고 이런 생각을 하게 되죠. 나는 얼마나 보잘것없는 사람인가, 나는 얼마나 나약한 존재인가 하고 말이죠."

교청은은 순간 낮에 보여주었던 그 헌신적인(?) 독 빨기를 떠올렸고, 하마터면 숨이 꺾이며 웃음을 터뜨릴 뻔했지만 겨우 참아내고 송겸의 말에 감동을 받은 듯이 말했다.

"작은 물이 모여 강을 이루고 끝내는 바다를 이루지 않나요? 그런 것처럼 작은 의로움이 모이고 모여 이 세상을 바꿀 수 있을 터이니 너무 상심하지 마세요."

"교 낭자, 고맙소. 교 낭자 같은 분이 있어 희망을 버릴 수 없나봅니다. 우리 앞으로도 더욱더 노력하는 사람들이 됩시다. 세상에서 악이 멸하는 그 순간까지 멈추지 말고 달려갑시다."

교청은이 힘차게 고개를 끄덕였고, 송겸의 영혼은 더욱더 깊은 수렁으로 빠져들었다.

"그래야지요. 저는 부회주님만 믿겠어요."

이번에는 송겸이 고개를 끄덕여 주고는 앞을 바라봤다. 답답했다. 아니, 콱 죽어버리고 싶었다.

두 사람은 한동안 말없이 앞만 바라보았다. 그 모습을 다시 달님이 한심하다는 듯 내려다보았다. 달님은 어떤 간섭도 하지 않았지만 두 사람이 속으로 무슨 말을 중얼거리고 있는지 듣고 있었기 때문이다.

'이 마녀야! 어서 들어가 잠이나 자셔. 이 시간만이라도 날 그냥 내버려 둬, 제발!'

'흥, 내가 속을 줄 알고? 내가 그렇게 만만해 보였다면 그건 착각이야. 그대의 가면을 꼭 벗겨내고 말 테다!'

심하게는 욕설과 저주까지 퍼부어가며 한동안 속으로 중얼거리던 두 사람은 한줄기 바람이 스치고 지나가자 서로의 얼굴을 바라보았다. 그리고는 정다운 미소를 교환했다.

'어서 들어가래두?'

"밤바람이 차군요."

'어서 가면을 벗어, 이놈아!'

"그러게요. 저는 이만 들어가 볼게요. 안 들어가실 건가요?"

'잘 생각했어.'

"하하, 먼저 들어가시구려."

'그래, 밤새 얼어 죽어라.'

"그럼 전 이만."

'어서 꺼져 버려~'

"하하, 네."

두 사람은 환하게 웃으며 인사를 나누었고, 교청은이 점점 멀어지는 것을 보며 송겸은 다시 암흑의 세계로 돌아왔다.

'안 되겠어. 너무 오래 지속되면 병이 나고 말 거야. 뭔가 결정적인 것이 필요해! 온 마음을 사로잡아 그녀가 집으로 얌전히 돌아가게 만

들어야만 해, 반드시!'

　송겸이 달을 바라보며 가만히 물었다.

　"그렇죠, 달님?"

　달님이 가만히 대답했다.

　'집어쳐.'

제10장 가정의 행복

당장에라도 비가 쏟아질 것 같은 흐린 날씨 속에 삼십 대 후반의 한 여인이 흘러가는 강물을 바라보며 서글프게 흐느끼고 있었다.

그녀는 오래전부터 울고 있었는지 눈이 벌겋게 부어올라 있었다. 뿐만 아니라 오른쪽에 시퍼런 멍 자국이 나 있었다.

그녀는 몇 번이고 앉았다 일어서길 반복했는데, 그 모습은 멀리서 보노라면 강물에 들어갈 것인지 아닌지를 망설이는 것처럼 보였다.

늦은 오후에 흐린 날씨 탓인지 주변은 스산하게만 느껴졌다.

그녀의 이름은 장소혜. 이곳에 이른 것은 늘 폭력을 휘두르는 남편 때문이었다.

점심을 막 넘겼을 무렵, 사소한 일로 말다툼을 벌인 두 사람은 곧 신경질적으로 서로를 헐뜯다가 끝내 남편이 화를 견디지 못해 휘두른 주먹에 얼굴을 맞았고, 그녀는 차라리 날 죽이라며 대들었다.

연약한 여인이라는 이유만으로 맞고 산다는 것은 비참한 일이었다.

죽는 것이 낫겠다 싶다가도 자식들의 얼굴이 눈에 선하게 떠오르면 어느새 그런 마음은 사라지고 그저 한숨만 나올 뿐이었다.

장소혜는 흘러가는 강물을 하염없이 바라보다 흐르는 물살에 잠시 어지러움을 느끼고 몸을 휘청거렸다.

바로 그때였다.

어디선가 단말마와 같은 외침이 들려왔다.

"안 됩니다! 멈추시오~"

저만치서 한 사내가 앞장서서 달려오고 그 뒤로 세 사람이 빠른 속도로 달려오는 것이 보였다.

그 기세가 워낙 강렬하고 폭발적이라 장소혜는 엉거주춤 선 자세를 유지한 채 어찌해야 할 바를 몰랐다.

거의 삼 장여(약 10미터)를 남겨둔 상태에서 앞장서 달려온 사내가 몸을 날렸다.

"죽으면 안 됩니다~"

몸을 붕 띄워 수평을 유지하고 두 손을 쭉 뻗은 채로 여인에게 향했다.

"어, 어, 어……."

어떻게 피해 볼 도리가 없이 사내가 여인의 허리를 잡자 장소혜는 사내와 함께 강물 속으로 빠지고 말았다.

"까아악~ 사람 살려~"

허리를 잡힌 채 물속으로 밀려 들어간 장소혜는 물이 코로 입으로 들어오자 살려달라며 난리도 아니었다.

"아, 미친놈아! 날 그만 놔주란 말이다! 살려줘~ 어푸, 어푸."

사내는 가까스로 몸을 일으켜 여인을 강변에 올려놓았다.

달려든 사내는 다름 아닌 송겸이었다.

멀리서 걸어오며 여인을 주시하다 그녀의 몸이 위태롭게 보이자 정의의 화신이자 의로운 용사인 송겸이 주저없이 달려든 것이었다.

"이제 됐습니다. 어찌 그리 어리석은 짓을… 크아악!"

송겸은 이야기를 하다 말고 비명을 내질렀다. 물에 빠진 생쥐 꼴이 된 장소혜가 화를 참지 못하고 송겸의 머리카락을 양손으로 잡고 흔들어 버렸기 때문이다.

"이 미친놈아, 왜 멀쩡한 사람을 물속에 처넣고 난리냐! 이 살인자, 파렴치한 놈! 너 같은 놈 때문에 나라가 이 모양 이 꼴이 아니더냐 말이다!"

정의를 수호하는 자를 자처한 터였기에 머리끄덩이를 잡혔어도 거칠게 뿌리칠 수 없는 것이 송겸에겐 슬픔이었다.

"아야. 아야. 그러니까 이거 놓고 이야기를 하셔야. 아앗!"

교청은 팔짱을 끼고 어이없다는 듯이 쳐다보고 있었고, 추백과 조후는 안절부절못하며 손을 놓고 이야기하시면 안 되겠냐고 연신 말렸다.

"네놈들도 다 똑같아! 이놈이 하지 않으면 네놈들이 달려들었을 것이 아니냐. 내가 비록 미모가 빼어나기로서니 이런 핑계로 내 허리를 붙들고 싶었더란 말이냐! 고얀 놈들. 눈으로만 아름다운 것을 쫓지 말고 마음으로 아름다움을 쫓아야 진정한 사람이 되는 것이다!"

것이다, 까지 말하며 여인은 머리털을 잡고 있던 손을 사납게 뿌리쳐 버렸다.

쑤욱.

기묘한 음향이었다.

소리가 끝난 자리, 여인의 손아귀에는 한 움큼 송겸의 머리카락이 잡혀져 있었다. 송겸은 잠시 울지도 웃지도 못하는 표정이 되어 여인의 손에 들린 사랑스런 머리카락을 바라봤다.

그동안 함께 지낸 시간들은 잊지 않으마. 머리카락들아, 안녕!

잠시 마음 깊이 작별을 나눈 후 송겸이 금세 진지한 표정이 되어 입을 열었다.

"우리는 신비회 사람들입니다. 강호의 어려움을 보고 결코 그냥 지나치는 법이 없지요. 저쪽 강가에서 보고 있자니 혹시나 무슨 고민으로 강으로 뛰어들려는 것은 아닌가 싶어 급히 달려온 것입니다. 오해해서 도리어 곤란을 끼쳤다면 진심으로 사과드립니다."

송겸은 광명정대라는 것은 바로 이런 것을 말한다는 듯 빠져 버린 머리카락에 대해서는 전혀 언급하지 않고 공손히 머리를 숙였다.

"우린 이만 실례하겠습니다."

송겸이 앞서고 일행이 뒤를 따라 약 스무 걸음 정도 걸었을까.

그 뒷모습을 물끄러미 바라보던 장소혜는 입을 벌려 무슨 말인가를 꺼내려다 닫고 다시 입을 벌리다가 닫기를 반복했다.

'용기를 내.'

그녀의 마음이 응원을 보냈다.

"잠깐만요!"

송겸과 일행이 뒤돌아보자 그녀가 다시 말했다.

"저… 무슨 문제라도 해결해 주는 건가요?"

"네?"

송겸이 의아한 듯 반문하다 금세 활짝 웃었다.

"그럼요."

돌아온 송겸 일행에게 장소혜는 차근차근 자신의 아픈 사연에 대해 말하기 시작했다.

처음 '남편은'으로 시작된 말은 하나하나 이어지면서 모두의 고개를 끄덕이게 하기에 충분했고, 특히 교청은은 그 상황이 연상되어 마음이 아려오기도 했다.

그녀의 남편은 아름다워지려 함은 여자의 본능임에도 조금만 가꾸면, '요즘 화장하고 다니네? 뭐 좋은 일 있어?'라고 따지고 들었다.

그 말에 시큰둥하게 답하면 남편은 도리어 화를 내면서 큰 소리로 소란을 피우기 일쑤였다.

또한 삶의 푸념으로 아무 생각 없이 한두 마디를 던지면 '그놈의 여편네 잔소리 좀 그만 해! 내가 나가서 돈 벌어다 주는 것으로 살면서 쥐 죽은 듯이 살 것이지 웬 한숨이야, 한숨은!'이라고 큰소리쳤다.

그러다 조용히 하라고 해서 또 아무 말이 없이 있으면 '왜 대답이 없어? 내 말이 말 같지 않아?'라고 구박했다.

그 모든 상황 때마다 자꾸만 말을 덧붙이고 또 덧붙여 상황이 점점 부풀어 결국은 폭력에까지 이르는 것이 다반사였다.

한 사람의 인격체로서 여인은 많은 것을 바라지 않았다. 그저 한 인간으로서, 또는 집안의 내조자와 어머니로서의 자리에 서고 싶을 뿐이었다.

남편은 다른 여자들은 모두 순종적으로 남편을 섬기는데 하릴없이 집에서 노니 느는 건 망상이요 허영뿐이라고 다그치기만 했다.

그런 가운데 더 마음을 아프게 하는 것은 폭력을 휘둘러도 꼭 보이지 않는 곳만 골라서 때린다는 점이었다. 손이나 얼굴, 목 등은 사람들이 쉽게 알아볼 수 있기에 때리지 않고, 허벅지나 배 부위 등을 주로 가격했다.

그건 곧 자신도 폭력이 나쁘다는 것과 다른 사람들이 손가락질할 것임을 잘 알고 있다는 뜻이었다. 사람들이 있는 곳에서는 과도하게 화내거나 폭력을 행사하지 않아 사람들은 그저 무난한 가정으로 여겼는데 도리어 그것이 그녀를 더욱 슬프게 만들었다.

물론 드러나게 맞는 것도 결코 좋은 일은 아니었다. 오른쪽 눈두덩이 퍼렇게 된 바로 오늘처럼.

저녁이 되자 기어이 폭우가 쏟아져 내렸다.

처마 밑에서 비를 피하며 조후가 입을 열었다.

"지금이라도 말려야 하지 않을까요?"

조후의 시선이 닿는 곳에는 송겸이 한 가옥 앞에서 무릎을 꿇은 채로 쏟아지는 비를 고스란히 맞고 있었다.

가옥은 장소혜의 집으로, 송겸이 가정의 평화를 반드시 찾아주고 말겠다고 호언장담한 뒤에 무릎 꿇은 자세를 유지하고 있는 중이었다.

조후와 추백이 극구 만류하고 장소혜조차도 너무 무모하다며 말려봤지만 송겸의 고집을 꺾지 못했다. 송겸이 고집을 피운 것은 무엇보다도 교청은이 조금은 시큰둥하게 쳐다본 것이 결정적이었다.

벌써 무릎을 꿇고 있은 지 일 식경(30분)이 지나고 있었는데, 문제라면 일각도 지나지 않아 장대비가 쏟아졌다는 것이었다.

가정의 평화를 이뤄낸다는 뜻은 좋았지만, 비까지 쏟아지는 판국에 무릎을 꿇고 있는 모습은 너무나 처절해 보였다.

"말린다고 그만둘 형님이 아니잖느냐."

추백도 장대비로 인해 말리고는 싶었지만 일으켜 세울 자신은 없었다. 분명 교청은이라면 가능할지도 모른다는 생각에 교청은을 향해 시선을 줘봤지만 교청은은 시선을 의식했을 텐데도 그저 차갑게 송겸을 노려볼 뿐이었다.

추백의 마음속에 교청은은 '영원한 형수님' 이었기 때문에 강요할 수도 없는 노릇이었다.

그때였다.

"무슨 일이 있더라도 나를 내버려 두어라! 결코 만류해서는 안 된다!"

송겸이 단호하게 외치는 소리였다.

그건 거의 절규에 가까워 도리어 '제발 나 좀 어떻게 해줘~' 라는 말로 들렸지만, 교청은은 얼른 일행에게 말했다.

"창피하구려. 자, 우린 이쪽으로 숨읍시다."

일행이 좀 더 뒤쪽으로 물러서자, 다시 송겸이 크게 외쳤다.

"어떤 일이 있더라도 나를 내버려 두어라! 그것만이 이 사람들을 위하는 길이 될 것이다!"

송겸의 결사적인 외침의 내면에 듬뿍 담긴 안타까움을 교청은은 조용히 무시하고 한 발 더 뒤로 물러섰다.

아무런 반응도 없자 송겸은 비가 쏟아지는 중에도 식은땀을 흘렸다. 솔직히 비만 내리지 않아도 후회는 없었을 것이다.

하지만 폭우에 이런 모습은 아무리 생각해도 꽝이었다. 무엇이든 지나치면 모자람만 못하다고 했듯이 이건 지나쳐도 한참 지나친 상황이었다.

지금이라도 없었던 것으로 하고 털털 털고 일어서고 싶었지만 스스로 뜻을 굽히고 몸을 일으키기는 차마 민망스러워 그리할 수 없었다. 그래서 제발 만류해 달라는 뜻으로 외쳐 봤지만 돌아오는 건 가슴을 후비는 침묵뿐이었다.

뭐, 한두 번 정도는 거절할 생각이고, 세 번째 정도라야 못 이기는 척하며 일어설 생각이었지만 지금은 한 번이라도 덥석 일어서고 싶을 정도였다.

'저… 것… 들 진짜 안 움직이네…….'

송겸은 이대로 밀고 나갈 수밖에 없다는 생각에 고개를 푹 숙였다.

이왕 이렇게 된 이상 아무에게도 설명하지 않았던 비책을 펼쳐 낼 생각이었다.

만약 계획대로라면 가정의 행복 따위는 아주 우습게 이루어질 것이 분명했다.

그때 고개를 숙이고 있던 송겸의 귓가로 한 음성이 꽂혔다.

"이 사람 누구야?"

낯선 음성, 약 사십 대 중반의 남자 목소리였다.

"글쎄, 처음 보는 얼굴인데… 혹시 돈이라도 받으러 온 걸까?"

"예끼, 이 친구야. 돈 문제라면 되려 꾸러 온 사람이겠지."

"아니야. 요샌 특이한 사람이 여럿이거든. 저렇게 해서 돈도 받아내고 그런다더군."

"허허, 그럼 완전히 미친놈일세."

사십 대 중반의 두 사내에 의해 송겸은 간단히 미친놈이 되었다.

그들의 등장은 시작에 불과했다. 처음 비가 쏟아질 때만 해도 허겁지겁 비를 피해 집으로 들어갔던 사람들이 지금은 하나둘 우산을 받쳐 들고 주위로 모여들고 있었던 것이다.

그들은 괴이한 생명체를 보듯 송겸을 보고는 자기들끼리 소곤거렸다. 하지만 그 소리는 송겸이 충분히 들을 만한 것이어서 솔직히 소곤거리는 것이라고 할 수 없는 음성이었다.

사십 대 중년인들의 말에 이어 송겸의 염장에 꼬챙이를 박아 넣은 이는 이제 겨우 일곱 살이나 되었을 남자 아이였다.

"엄마, 이 아저씨 여기서 뭐 하는 거야? 구걸하는 거지야?"

비장함으로 뭉친 송겸의 머리에서 보이지 않게 하얀 김이 피어올랐다.

'아. 저. 씨?'

거지라는 말보다 아저씨라는 말이 더 아팠다. 아무리 비를 맞고 얼굴을 숙이고 있다고 해도 아저씨는 너무했다.

이제 막 자라난 파릇파릇한 새싹 같은 '청년'이 아닌가 말이다.

"어른한테 그게 무슨 말버릇이니. 자, 어서 가자."

엄마의 책망하는 소리에 송겸은 그나마 위로를 받았다.

방금까지 끓어오르던 분노가 눈 녹듯이 사그라지고 마음이 따뜻해졌다.

'그래, 세상의 모든 엄마들은 저리도 따뜻한 마음을 가진 게야.'

엄마의 채근에 걸음을 옮기는 모자(母子)의 발걸음 소리에 이어 한 음성이 송겸의 귓구멍을 뚫어버렸다.

"운아, 너는 커서 저런 사람이 돼선 안 된다. 알겠지?"

"네, 엄마. 전 절대 저 어른처럼 불쌍하게 살지 않겠어요."

"암. 그래야 착하지."

따뜻한 엄마의 마음은 일순 도끼 날로 변했고, 송겸의 등짝을 찍어버렸다. 말로 형용하기 힘든 고통이 온몸으로 퍼졌다. 죄라면 송겸의 귀가 밝은 것이 죄리라.

'그래, 이 우매한 인생들아, 실컷 비웃어라. 나는 가정의 행복을 위해 헌신하고 있는 것뿐이다. 어찌 봉황의 뜻을 참새가 알겠느냐. 나는 보란 듯이 이 가정을 원상복구시켜 놓고 말 테다!'

굳게 다짐하며 마음을 다지던 송겸의 마음의 벽 사이로 작은 균열이 났다.

'제길, 무슨 가정의 행복이야. 다 때려쳐~'

거칠게 숨을 몰아쉬며 송겸은 다시금 교청은을 떠올렸다.

'안 돼, 참아보자. 이번 일에 나의 전부를 걸겠다. 이 세상에 가정의 행복만큼 중요한 것이 없다는 것을 그녀도 잘 알고 있지 않겠는가. 그녀는 필시 감동하고 말 거야. 조금만 더 힘을 내자, 겸아!'

주위에 모여든 사람들이 각기 무슨 일이냐는 듯 중얼거리는 소리가 연신 들렸지만 그때부터 송겸은 한 귀로 듣고 한 귀로 열심히 흘려냈다.

그러던 중 기다리던 사람이 나타났다.

"젊은 사람이 왜 비를 맞고 있는 게야? 내가 좀 도와줘야겠구먼."

늙수그레한 노인의 음성은 빗줄기를 뚫고 내려온 한줄기 서광이었다. 드디어 올 것이 온 것이다.

"그래, 우리가 도와주도록 함세. 이렇게 하고 있어야만 하는 사정이 있는 것이겠지."

"아무렴. 나이 든 사람이 나서야지."

세 명의 노인은 각기 한마디씩을 던지고는 거침없이 집 안으로 들어갔다. 분명 평소 잘 알고 지내는 사이임에 틀림없었다.

일각 정도가 지났을까.

문이 거세게 열리는 소리가 나자 송겸은 슬쩍 고개를 들어 바라봤다. 성난 표정의 중년 남자의 얼굴이 보였다. 그 뒤로는 주르르 세 노인이 따라나오면서 집주인으로 보이는 중년 남자의 팔을 붙들었다.

송겸은 마음을 가다듬었다.

'이제부터 시작이다.'

그때 천둥번개와 같은 소리가 한 노인의 입에서 터져 나왔다.

"이보게, 진정하게나! 아무리 바람을 피웠더라도 이렇게 막무가내로 화를 낼 일은 아니잖은가. 용서를 빌러 온 것 같으니 차근히 이야기를 들어보자구."

송겸은 이를 앙다물었다.

"놔두십시오. 어떻게 용서가 되겠습니까? 저런 놈은 죽여 버려야 합니다! 어르신께서는 안사람이 젊은 놈하고 놀아난다면 여유를 가질 수 있겠습니까?"

그때 송겸이 두 주먹을 불끈 쥐고 외쳤다.

"용서해 주십시오!"

집주인은 거침없이 나오다가 송겸의 외침을 듣고 그 자리에 우뚝 섰다.

마치 시간이 정지한 것처럼 뒤에 서 있는 세 노인으로부터 송겸의 주변에 있는 열댓 명의 구경꾼들, 저만치 이 상황을 지켜보고 있던 추백 일행이 숨을 죽였다.

잠시의 시간이 억겁의 시간인 양 느껴질 무렵,

집주인은 대문이 아닌 화단 쪽으로 마구 달려갔고, 잠시 후 그가 대문에 모습을 드러냈을 때 그의 손에는 어른 머리의 두 배 정도가 넘는 토기로 된 화분이 들려 있었다.

노인들이 어떻게 만류할 새도 없이 집주인이 송겸을 향해 달려갔다.

"이야야야야~ 죽어라~"

파악!

커다란 화분은 그대로 송겸의 머리를 강타했다.

화분의 파편들이 천지사방으로 날렸고, 송겸은 그 충격에 그대로 쓰러졌다. 모로 쓰러진 송겸의 머리에서 피가 터져 나왔고, 핏물은 빗물에 의해 씻기면서 약간 묽어진 상태로 계속 흘러내렸다.

그 처참한 광경에 모두 넋을 놓고 바라보았지만 집주인은 그래도 화가 풀리지 않은지 쓰러진 송겸을 밟기 시작했다.

파파파팍!

"죽어라, 죽어! 젊은 놈이 할 짓이 없어서 유부녀를 꼬드긴단 말이냐! 그래 놓고 이제 와서 용서해 달라는 것이 말이 될 소리냐! 이놈아, 죽어~"

상황은 처참하기 이를 데 없었지만 아무도 말리는 사람은 없었다. 불쌍하긴 했지만 다른 관점에서 보자면 더 불쌍한 자는 지금 때리고 있는 남편이 아니겠는가라고 생각했기 때문이었다.

송겸은 몸에 주먹과 발길이 난무한 가운데 모로 쓰러져 뺨을 땅바닥에 댄 채 저만큼 서 있는 세 사람을 바라보며 붕어처럼 눈만 끔뻑거렸다.

변화가 인 것은 송겸이 사십구 번의 발길질을 당한 뒤였다.

"그만두지 못하겠어요!"

부인 장소혜가 달려나와 외친 말이었다.

송겸은 장소혜의 모습을 보면서 속으로 중얼거렸다.

'성공이다……. 그, 근데 피가 너무 많이 나는데.'

전혀 성공 같아 보이지 않았지만 송겸은 만족했다.

송겸이 원래 계획했던 것은 '미안하게 만들기'였다.

이 정도면 충분히 미안할 만한 상황이었다. 아니, 이미 그 도를 넘어선 상태였다. 이제 남은 일은 장소혜가 처리하면 된다.

"흥! 그래, 정을 통한 놈이 피를 흘리니 안타까운 모양이지?"

핏대를 세우며 말하는 남편에게 장소혜는 평소와는 달리 눈 하나 깜박하지 않고 말했다.

"지금 무슨 소리를 하는 거죠? 이 사람은 오늘 오후에 처음 만난 사람이에요. 오늘 당신이 사사로운 일로 나를 때려서 내가 강가에 우두커니 있으니 이분하고 그 일행이 우리를 화해시켜 주겠다면서 이렇게 무릎을 꿇고 있었던 것이라구요."

어느새 앞으로 나온 추백 등이 장소혜의 뒤편에 서서 남편을 향해 고개를 끄덕여 주었다.

장소혜의 거침없는 말에 이제까지 남편의 편에 서서 바라보던 관점은 한순간에 뒤바뀌었다. 바람피우는 아내 때문에 불쌍한 처지에 놓인 남편이 아니라 남편이라는 이름 아래 자주 폭력을 행사하는 못된 남편이 된 것이다.

말리는 시늉만 했던 세 노인의 안색이 급변했다.

"아니, 그, 그게 무슨 소린 게야?"

"자세히 좀 이야기해 보게."

"저 멍 자국도 자네가 낸 것이란 말인가?"

남편은 잠시 얼떨떨한 상태로 부인과 송겸을 번갈아 볼 뿐이었다.

장소혜가 말했다.

"당신이 무슨 할 말이 있겠어요. 나는 그동안 맞고 산다는 것이 부끄럽기도 하고 당신의 체면을 생각해서 입을 다물고 있었지만 더 이상은 참지 않겠어요. 여자로 태어난 것이 그 자체로 무슨 죄인가요? 또 남자로 태어났다면 여자를 종처럼 부리고 마구 때려도 된다고 법으로 정해지기라도 한 건가요? 아니, 당신은 나를 하나의 인격체로 생각해 본 적이나 있나요? 내 말에 귀를 기울인 적이 몇 번이나 있었냐구요. 하지만 여기 이 청년은 내 이야기를 들어주었을 뿐만 아니라 우리 가정을 화목하게 해주겠다고 말했어요. 한데 당신은 나에게 한 것처럼 이 사람도 때리려고만 하는군요. 이대로라면 나는 더 이상 당신과 살고 싶은 마음이 없어요."

그녀는 거기까지 말하고 끝내 울음을 터뜨리고 말았다.

쏟아지는 비를 흠뻑 맞으며 흐느끼는 모습은 가엽기 그지없었다.

비로소 사태의 전말을 파악한 노인들이 고개를 끄덕이며 말했다.

"우리는 그동안 자네가 어른들에게 공손하고 사람들에게 친절해서 집 안에서도 그러는 줄만 알았네만, 여간 실망스럽지 않군."

"아니, 오히려 이렇게 다 드러난 것이 잘된 게야."

"아무렴. 자, 이보게. 오늘 이 자리에서 확답을 주어야겠네. 앞으로 어떻게 할 셈인가? 만약 자네가 반성하는 기미가 없다면 우리는 가만히 있지 않을 걸세. 늙은이 말이라고 무시한다면 큰코다치게 될 게야."

지역 사회의 특성상 고장 어른들에게 밉보이면 거의 생활이 어려울 정도가 되고 만다. 그런 점에서 세 노인의 말은 위력적이었다.

남편은 길게 한숨을 내쉬었다.

"휴, 제가 무슨 말씀을 드리겠습니까? 그저 앞으로 잘한다는 말씀밖에는 드릴 말씀이 없습니다."

한 노인이 말을 받았다.

"우리에게 말할 것이 아니라 자네 부인에게 약속하게나."

남편은 잠시 송겸의 처참한 모습을 보고 다시 부인을 바라보다가 힘겹게 입을 뗐다.

"내가 어리석었소. 그러는 게 아닌데……. 당신에게, 그리고 아이들에게 미안할 따름이오. 앞으로는 소리만 지르는 남편이 아니라 의견을 존중하는 남편이 되도록 노력할 것이고, 손을 함부로 놀리기보다는 많은 대화를 나누도록 하리다."

그렇게 말하고 노인들과 주위에 모인 사람들을 돌아보며 말을 이었다.

"여러분들께 부탁드립니다. 이곳에 모인 분들께서 오늘 제 말의 증인이 되어주십시오. 모두를 증인 삼아 앞으로 행복한 가정을 꾸려가는 가장이 되도록 힘쓰겠습니다."

그 자리에 있는 모두는 어떤 가식이나 당장의 위기를 모면하기 위한 말이 아니라는 것을 마음과 마음으로 전해지는 느낌으로 알 수 있었다.

부인 장소혜도 그것을 느끼고 아까와는 전혀 다른 눈물을 흘렸다.

"여보!"

그녀는 남편에게 안겼고, 남편은 두 팔로 아내를 안았다.

지켜보는 사람이 많았지만 어떤 부끄러움이나 쑥스러움도 없었다.

껍데기에 감싸여 있던 불행이 틀을 깨고 화평으로 변하는 순간이었다.

영원할 것 같던 정적을 깨뜨린 것은 한 노인의 음성이었다.

"이보게들, 언제까지 그러고 있을 건가. 여기 이 청년을 돌봐주어야지."

그제야 부부는 놀란 눈이 되어 송겸을 챙기기 시작했고, 다른 이들도 송겸의 가물거리는 눈을 보며 안타까워했다. 송겸은 피를 너무 흘려 시야가 뿌옇게 보이는 중에 옅게 미소를 지었다.

'이 정도면 충분하겠지! 그래, 충분할 거야!'

제11장 범죄 없는 마을

"형님, 저길 보십시오."

추백이 저만치 언덕을 타고 내려오는 육십 대 초반의 노인을 가리켰다. 송겸은 노인을 보는 순간 추백의 의도를 알아차렸다.

노인의 얼굴엔 온통 수심이 가득해 '나는 당장에라도 죽을지 모르오' 라고 씌어져 있었기 때문이다.

가정의 화평을 이루어 진정 의로운 행함의 길을 걸었으나 그로 인해 온갖 마음의 상처로 실의에 빠져 있던 송겸은 다시금 힘을 내 세상의 모든 어둠을 물리치는 발길을 재촉했고, 마을 초입에서 새로운 목표물을 발견한 것이다.

"가보자."

송겸을 선두로 일행이 걸음을 옮겼고, 이윽고 노인 앞에 이르러 정중히 말을 건넸다.

"처음 뵙겠습니다."

노인은 젊은이들이 갑자기 길을 가로막으며 말을 건네자 의아한 시선으로 바라봤다.

"아, 오해는 마십시오. 저희는 단지 어르신께서 수심이 가득해 보여 저희의 미력한 힘이나마 도움이 될 수 있지 않을까 싶어 말씀을 드리는 겁니다."

송겸은 신뢰가 가득한 목소리로 말했다.

그러나 노인의 얼굴엔 더 짙은 근심이 나타났다.

"젊은이의 뜻은 내 고맙게 받겠네. 뭐, 살다 보면 늘 좋을 수만은 없지 않겠나. 나이 든 사람으로서 젊은이들을 토닥거려 주어야 하건만 도리어 위로를 받게 되니 기분이 묘하네그려."

달리 듣자면 젊은이들이 별 쓸데없는 일에 신경을 다 쓴다고도 할 수 있는 말이었다. 하지만 송겸이 누군가. 안면 몰수의 대가이자 후흑의 선봉장이 아니던가. 이 정도에 물러설 리 없었다.

"외람된 말씀인 줄은 압니다만 어린아이에게도 배울 것이 있다는 말이 있지 않습니까. 저희가 도움이 되지 않을 수도 있지만 적은 가능성이나마 도움을 드릴 수도 있지 않을는지요."

송겸은 말을 해놓고도 자신이 이렇듯 간지러운 말을 버젓이 할 수 있게 된 것은 전적으로 교청은 덕분이라고 생각했다.

노인은 물끄러미 송겸을 보고는 두어 번 고개를 끄덕였다.

"보통 젊은이들이 아니로구만. 허허허, 이것도 인연인데 내 식사라도 대접함세."

송겸도 생각해 보니 마침 점심 식사를 할 때인지라 겸사겸사 좋을 것 같았다.

"그럼 실례를 무릅쓰겠습니다."

"허허. 실례는 무슨… 자, 나를 따라들 오게나."

노인의 집은 그리 멀지 않아 곧 이르게 되었고, 가옥은 아담했다.

막 집 안으로 들어가려 할 때 송겸의 눈에 언뜻 뭔가가 비쳤다.

나무를 비석처럼 세워놓은 것으로 거기엔 커다랗게 글자가 새겨져 있었다. 송겸은 글을 확인하고 하마터면 비명을 지를 뻔했다. 그것은 추백과 조후도 마찬가지여서 몸을 흠칫했고, 교청은은 옅게 미소를 지었다.

범죄 없는 마을(벌써 십오 년째).

범죄를 찾아다녀야 하는 입장의 송겸으로서는 이보다 더 재수없는 글은 없었다. 그것도 십오 년째라니…….

'죽겠네, 아주.'

송겸은 소태 씹은 표정을 애써 감추며 노인의 집으로 들어갔다.

노인은 노부인에게 대강 만나게 된 경위를 설명했고, 노부인은 반갑게 일행을 맞아주었다.

화려한 찬은 없었지만 음식들은 하나같이 정갈했고 맛도 좋았다.

식사자리에서 으레 나올 법한 이야기들을 주고받던 중 교청은이 노인에게 물었다.

"집 앞 큰 목패에 범죄 없는 마을이라고 적혀 있던데, 정말 십오 년 동안 어떤 범죄도 없었던 건가요?"

그 말에 다소 진정되었던 근심 어린 표정이 다시금 노인의 얼굴에 떠올랐다.

"휴… 숨길 게 뭐가 있겠나."

뭔가 큰 것이 나올 것 같아 송겸을 비롯한 일행이 귀를 바짝 기울였다.

"나는 이 마을의 촌장이라네. 그래서 내 집 앞에 자랑스럽게 팻말을 세워놓은 게지. 내 저걸 치운다 치운다 하면서 아직 치우지 못하고 있었구만. 그 팻말은 열흘 전까지만 해도 우리 마을의 자랑거리였지만 이젠 다 지나간 이야기일 뿐이네."

"아니, 무슨 일이 생긴 겁니까?"

송겸의 얼굴에 강한 기대가 떠올랐다.

"뭐긴 뭐겠나. 범죄가 발생했으니 당연히 없애 버려야지."

촌장은 잠시 말을 멈추었다.

십오 년 동안 애지중지 키워온 자식을 잃어버린 아비의 표정으로 물잔을 응시하던 촌장이 다시 말을 이었다.

"어중이떠중이 굴러먹다 들어온 나그네가 도둑질을 했다면 나나 마을 사람들의 절망이 이렇게 크진 않았을 게야. 그러나 훈장이란 작자가 어떻게 남의 물건을 훔칠 수 있단 말인가. 바른 교육을 입에 달고 사는 훈장이 말이네. 그동안 다른 마을 사람들이나 외지인들에게 자랑했던 일들이 부끄러울 따름이야."

"훈장님이요?"

"그렇다네."

훈장이라는 직함이 지니고 있는 무게가 무게인만큼 촌장의 한숨이 왜 그리 깊은지 이해할 수 있을 것 같았다.

송겸도 범죄와 훈장이라는 극명한 차이로 인해 무슨 말로 위로해야 좋을지 몰랐다.

그때였다.

"그런 일이라면 염려하실 필요 없습니다."

교청은이었다. 그녀의 목소리는 그깟 일로 고민하느냐는 식의 말투였고, 이에 송겸 등이 무슨 소린가 싶어 뚱하니 교청은을 바라봤다.

촌장은 쓴웃음을 지었다.

"그게 무슨 말인가? 농담을 할 양이라면 관두게. 우스갯소리를 하고 싶은 마음이 아니니까 말이네."

"농담이라뇨. 저희들은 어려운 일을 찾아다니며 해결하는 신비회 사람들이랍니다. 그리고 여기 이분이 바로 신비회의 부회주님이시죠."

교청은이 송겸을 가리키자 송겸의 이마에 순식간에 땀 두 방울이 알알이 맺혔다.

"이곳까지 오는 동안 얼마나 많은 의.로.운. 일을 했는지 모릅니다. 저희 부회주님께서 분명 묘책을 내놓으실 것이니 염려일랑 이제 곱게 접어두십시오. 하하하하하!"

그녀는 평소와는 달리 호탕하게 웃었다.

송겸은 애써 평정이 유지되도록 힘썼지만, 그 안쪽은 칠흑처럼 검게 변하고 있었다. 도대체 이 상황을 무슨 수로 타개한단 말인가. 제아무리 임기응변술을 절정으로 구사하는 송겸이었지만 이번에는 막막하기만 했다.

"무슨 비책이라도 있는 겐가?"

교청은이 워낙 당당하게 말한 탓에 송겸을 향한 촌장의 음성엔 작은 기대가 어렸고, 송겸은 심장이 오그라드는 것만 같았다.

"하하하, 그럼요. 어려운 일이긴 하지만 포기할 상황은 아닌 것 같습니다. 하하하. 그럼 전 잠시 생각 좀 하고 오겠습니다."

송겸은 쾌활하게 웃으며 집을 나와 재빨리 어디론가 달려갔다. 그리고 멀리 이르렀다 싶자 엎드려 땅을 치며 소리를 질렀다.

"으아아가! 으가가각! 까아악!"

그 소리는 얼마나 처절했는지 촌장네 집까지 들렸다.

"허허. 이거 어디서 까마귀가 우는지… 좋지 않은 일이 생기니 이젠 까마귀까지 거들고 있구먼."

추백과 조후는 그 처절한 울부짖음의 정체를 대충 짐작할 수 있었기에 울어야 할지 웃어야 할지 모를 표정으로 그저 촌장의 말에 고개를 끄덕일 뿐이었다.

한참이 지난 후에 까마귀가 돌아왔다. 분을 토해낸 탓인지 그래도 얼굴은 밝아 보였다.

"해결할 방법을 찾아냈습니다. 촌장님께서 내일 아침에 마을 사람들을 모두 한자리에 모아주십시오."

"그렇게만 해주면 되겠나?"

촌장은 믿을 수 없다는 표정이었지만 그 속에 옅은 희망도 품고 있었다.

"아무렴요."

"그야 어려운 일은 아니네만……."

"그렇게만 해주시면 제가 훈장님 사건을 깨끗이 해결해 드리겠습니다."

밤이 되어 추백이 송겸에게 은밀히 말했다.

"어서 준비하시죠."

"뭘?"

"뭐긴 뭐예요. 달아나야죠."

"무슨 소리냐?"

"그럴 생각 아니셨어요? 교 낭자에겐 급한 일이 생겼다고 하고 일단 이 마을을 뜨자구요."

"내게 좋은 생각이 있으니 염려하지 마라."

"……."

마을 사람들은 광장에 모이긴 했지만 저마다 불만투성이로 웅성거렸다.

바빠 죽겠는데 왜 불렀냐고 하는 사람도 있고, 가서 빨래 널어야 한다는 아주머니에, 업고 있는 아기가 울고불어 달래는 어머니, 걸어다닐 정도의 아이는 쉬를 하겠다고 엄마의 옷자락을 붙들고 있기도 했다.

"원래 이렇게 다들 조급하셨습니까?"

송겸이 촌장에게 묻자 촌장은 길게 한숨을 내쉬었다.

"휴. 모두 그 일이 있고부터 서로에 대한 불신이 커졌다네."

"음……."

송겸은 어느 정도 모인 듯하자 미리 준비해 놓은 나무 상자 위에 올라섰다.

"잠깐 이곳을 주목해 주시길 바랍니다. 사실 오늘 여러분들을 이 자리에 모시게 된 것은 제가 촌장님께 부탁을 드린 것이었습니다."

송겸의 말이 끝나기 무섭게 여기저기서 불만이 터져 나왔다.

"집어치워라! 새파랗게 젊은 놈의 말을 듣고 있어야 할 정도로 우리가 한가한 사람으로 보인단 말이냐!"

"난 또 뭐 대단한 일이라도 있다고."

"아, 시간낭비야. 이게 무슨 꼴이람."

"우릴 세워놓고 노래라도 부를 참이냐? 네가 아무리 노랠 잘해도 그렇지, 왜 사람을 오라 가라 난리냐."

"아이 밥 줘야 하니 나는 가겠어요."

온갖 불만이 터져 나왔고 촌장은 또 촌장대로 이곳까지 온 김에 무슨 이야기를 하는지 들어나 보자고 만류하느라 정신이 없었다.

송겸도 워낙 소란스러워 어디서부터 진정시켜야 할지 몰라 전전긍긍했다.

그때 귓가로 한 음성이 꽂혔다.

"형님, 제게 좋은 생각이 있습니다."

추백의 전음이었다.

"제게 맡겨주십시오."

전음을 사용했기에 기분은 나빴지만, 지금 상황이 거의 시장바닥인지라 얼른 고개를 끄덕였다.

추백은 이번에는 조후를 향해 전음을 보냈다.

"조후, 네가 좀 도와줘야겠다."

"네?"

"내가 너를 때릴 테니 네가 맞는 척해. 알았지?"

"네? 네……."

조후는 조금은 불안해, 작게 답했다.

어쩐지 ~척만은 아닐 것 같았기 때문이다.

추백의 호통이 터졌다.

"내가 어르신들을 모셔올 때는 정중하게 하라고 했지 않더냐! 네가 어떻게 했기에 저분들이 다들 가시겠다고 하는 것이냐!"

추백은 송구스러운 표정을 짓고 안절부절못하는 조후를 향해 몸을 날렸다. 두 발을 쭉 뻗으며 그대로 조후의 가슴팍을 강타해 버렸다.

퍼억!

호통 소리가 워낙 컸고, 이어진 동작이 우악스럽게 큰 탓에 사람들의 시선이 일제히 쏠렸고, 조후는 실 끊어진 연처럼 허공을 날아 떨어졌다.

철퍼덕~

"크아아악~"

조후는 조금 과장된 비명을 지르긴 했지만 그렇다고 아프지 않은 것은 아니었다.

엄청난 타격음에 이어 땅에 곤두박질친 조후가 죽을 듯이 비명을 지르며 지렁이마냥 꿈틀거리자, 마을 사람들은 조후와 추백을 번갈아 보며 바라보다가 쭈뼛거리면서 돌아서던 발길을 거두었다.

"그러고 보니 오늘 내가 좀 한가하긴 하군. 자넨 어때?"

"나? 아하하… 나야 맨날 하는 일인데 하루쯤 쉬는 것도 좋지."

"그래. 가끔 쉬어주기도 해야지."

"아, 나는 다리가 좀 아프군. 여기 좀 머물다 가야겠는걸."

"요새 젊은 사람들은 바른말을 잘하니 무슨 교훈을 줄지 한번 들어보세."

"우리 애는 참을성이 많아서 밥은 늦게 먹어도 괜찮다는군요. 그렇지, 애야?"

"엄마, 밥 줘~"

"닥치지 못해!"

"으아아앙~"

조후의 희생은 확실한 약발을 낳았다.

사람들은 저마다 크게 호응하며 당연히 젊은 사람의 말에 귀를 기울여야 한다며 엄지를 치켜세웠다. 도리어 이 광경에 낯이 붉어진 것은 촌장이었다.

대충 자리가 안정되자 송겸이 입을 열었다.

"흠흠, 자, 그럼 제가 한말씀 올리겠습니다. 저는 어제만 해도 그냥 지나가던 나그네일 뿐이었습니다. 사실 이곳을 진입하면서 마음으로 전해오는 인간적인 향기에 저는 마음 한구석에서 큰 기쁨을 느꼈답니다. 게다가 범죄 없는 마을이라는 팻말을 보며 이 마을 분들은 대체 어떤 분들일까 궁금하기도 했답니다. 하지만 저는 곧바로 안타까운 소식을 접하게 되었습니다. 십오 년의 아름다운 전통이 훈장님의 실수로 인해 산산이 부서졌다는 것은 나그네인 저로서도 아쉬운 일이었습니다."

송겸이 거기까지 말하자 마을 사람들은 작게 웅성거렸다.

"훈장님은 무슨 얼어죽을… 훈장 놈이라고 불러도 시원찮은데."

"흥, 그건 실수가 아니야. 도둑질을 실수로 하나."

"이제 우리 마을은 그저 그런 마을일 뿐이라구."

여러 중얼거림을 무시하고 송겸이 말을 이었다.

"이번 일은 분명 서로를 믿고 의지하며 살아가던 여러분들의 마음에 깊은 상처가 되었으리라 봅니다. 어쩌면 범죄가 간간이 벌어졌던 다른 마을 사람들보다 더 큰 불안이 새롭게 싹트고 서로를 의심하는 계기가 되기도 했을 것입니다. 십오 년이란 시간은 결코 짧지 않아 결코 범죄가 일어나서는 안 된다는 강박관념을……."

강박관념이라는 말을 꺼내면서 송겸은 잠시 말을 멈추었다. 지금 자신이 하고 있는 이 짓거리야말로 가장 큰 강박관념이었기 때문이다. 문득 자신을 돌아보니 너무도 한심스러웠다.

"…가지고 계셨을 겁니다. 저는 훈장님이 어떤 사정이 있어서 그런 일을 벌였는지 알지 못합니다. 아니, 알고 싶지도 않습니다. 사람의 마음에는 모두 욕심이라는 것이 있습니다. 잘은 모르지만 사람은 태어나면서 주먹을 움켜쥐고 태어난다고 합니다. 그건 누구나 할 것 없이 모두 그렇다고 하는데 그 이유를 알고 있는 분이 계십니까?"

사람들은 모두 서로를 돌아보며 작게 중얼거릴 따름이었다.

"남자는 주먹을 쥐고 여자 아이들은 손을 펴는 건 아닐까?"

"맞아. 남자는 역시 주먹이지."

"예끼, 이 양반들아! 여자 아이들도 모두 주먹을 쥐어. 이렇게 무심한 남자들이 꼴에 딸 가진 아버지들이라니."

송겸은 아무도 크게 말하는 자가 없자 다시 말을 이었다.

"좋습니다. 제가 말씀드리겠습니다. 태어나면서 주먹을 움켜쥐고 나오는 것은 저마다 앞으로의 인생에서 한세상 움켜쥐어 보겠노라는 뜻을 담고 있다고 합니다. 하지만 어떻습니까. 사람이 죽을 때는 모두들 손을 펴고 죽지요. 그것은 결국 아무것도 얻지 못한 채 누구나 할 것 없이 벌거벗은 몸으로 가는 것을 의미합니다."

거기까지 말하자 마을 사람들은 저마다 고개를 끄덕였다. 그것은 추백과 조후도 마찬가지였고 심지어 교청은까지도 은은히 감동을 받은 표정이 되었다.

'어떻게 된 일이지? 형님이 어제저녁에 뭘 잘못 드신 것인가?'

'이럴 리가 없는데… 도대체 무엇을 하려고 저러시나. 지금까지는 상당히 좋았는데, 좋다 보니까 앞으로가 더 걱정이네.'

'감동적인걸. 말은 역시 청산유수야. 역시 사기꾼의 기본 소양은 입을 놀리는 것인가!'

송겸의 연설은 계속되었다.

"이 말은 결국 인생을 살아가는 동안에는 욕심을 버릴 수 없다는 것을 의미하기도 합니다. 어쩔 수 없는 것이지요. 그러니 훈장님만을 탓할 순 없습니다. 어쩌면 그분은 인생에 있어서 당연한 감정을 외부로 표출한 것에 불과한 것인지도 모릅니다."

그러자 이제까지 가만히 말하던 사람들이 일제히 들고일어났다.

"말도 안 돼! 그렇다면 모두 도둑과 강도질을 해도 좋다는 것이냐?"

"무슨 헛소리냐! 우리를 어린아이로 생각하는 거냐!"

"쳇, 훈장 놈에게 돈이라도 처먹은 게로군."

냉정함을 유지한 채 송겸이 답했다.

"물론 도둑질이 옳다는 것은 아닙니다. 모두가 그렇게 하며 살자고 드리는 말씀도 아닙니다. 저는 여러분들에게 인간으로서 한 번의 실수를 가지고 그에게 기회를 주지 않는 것이야말로 더 잔인한 모습이라는 것을 말씀드리는 겁니다."

그 말에는 모두가 입을 다물었다.

"여러분, 먼저 여러분에게 묻겠습니다. 여러분 중에 거짓말을 단 한 번도 해본 적이 없는 분이 계십니까? 여러분 중에 남의 물건에 욕심을 가져 본 적이 없는 분이 계십니까? 그런 분이 있다면 지금 이곳에서 손을 들어주십시오."

아무도 손을 들지 않았다. 그리고 그들은 그 질문이 무엇을 의미하는지 알았기에 한편으로는 부끄러움도 느꼈다.

"여러분들 중에는 마음속으로 이렇게 생각하는 분도 있을 겁니다.

그런 것을 도둑질과 비교할 수는 없는 것이잖은가. 정도의 차이란 것은 인정해야 하니까 말이야, 하고 말입니다. 그 정도의 차이를 생각해보십시오. 훈장님은 다른 사람을 해한 것은 아닙니다. 그러니 용서 못할 것도 없겠지요. 자, 그럼 이 자리에 훈장님을 모시겠습니다."

훈장이 나온다는 말에 사람들이 웅성거렸다.

촌장에 의해 훈장이 초라한 몰골로 걸어나오자 여기저기서 비웃는 소리가 터져 나왔다. 훈장의 숙여진 고개가 더욱 내려앉았다.

교청은은 대충 감을 잡고 속으로 중얼거렸다.

'흥, 난 또 뭐라고… 여기 죄없는 사람만 훈장에게 돌을 던지십시오, 라고 말하겠지? 의도는 좋았지만 그건 미봉책일 뿐 해결책이 아니라구.'

송겸이 다시 말했다.

"맛있는 생선을 오래 보관하려면 소금에 절여야 하거나 얼음덩어리를 채워 넣어야 합니다. 만일 소금이나 얼음이 없다면 그냥 썩어버리고 말겠죠. 저는 훈장님이 아직 썩었다고 생각하지 않습니다. 하지만 여러분들이 이렇게 돌아서 버린다면 한 인간으로서의 훈장님은 조만간 썩어버리고 말 것입니다. 그냥 용서한다, 앞으로 얼굴을 안 보면 그만이다, 등등의 말은 아무 의미가 없습니다. 도리어 그런 것은 무관심이 되어 더욱 서로를 병들게 할 것입니다. 저는 여러분들이 소금이 되고 얼음덩어리가 되어주셨으면 합니다."

거기까지 말한 후 송겸은 말을 멈췄다.

사람들은 저마다 무슨 소리냐며 묻곤 했지만 아무도 정확한 뜻을 아는 자가 없었다.

잠시 생각할 시간을 주었던 송겸이 다시 말했다.

"자, 여러분들. 이제 모두 눈을 감아주십시오. 눈을 감고 생각해 보는 겁니다. 이제껏 함께 살아오면서 훈장님이 행한 좋은 점을 떠올려 보십시오. 아주 사소한 것도 좋습니다. 아니, 사소한 것일수록 좋습니다. 그의 버릇이나 선행, 장점, 미담들을 하나씩 떠올려 보십시오. 분명 한 가지 이상씩은 떠오를 것입니다."

이야기를 듣는 훈장의 얼굴은 붉은 홍시처럼 변해 있었다. 차라리 욕을 떠올리라고 했으면 이렇게 부끄럽지는 않았을 것이다.

"자, 떠올리셨습니까? 그럼 이제부터 시작입니다. 모든 분들이 한 사람씩 나와서 훈장님께 칭찬을 해주십시오. 지금은 도둑질 따위는 잊어주십시오. 그저 마음을 담아 좋았던 내용만 이야기하는 겁니다."

사람들은 눈을 감고 곰곰이 생각해 보니 처음에는 아무 생각도 나지 않았지만 잠시 떠올려 보니 좋았던 내용들이 하나둘 떠오르기 시작했다. 그 결과 모두의 얼굴에는 밝은 빛이 감돌았다.

촌장의 적극적인 개입으로 한 사람씩 훈장 앞에 이르러 말을 하기 시작했다.

"음, 날세. 그러고 보니 내가 어깨가 결릴 때 훈장 자네가 바쁜 중에도 내 어깨를 주물러 주고 갔었지. 그때 어찌나 시원하던지 아직도 그 손맛을 잊을 수가 없구먼. 허허. 이보게, 훈장 노릇 그만 하고 아예 노인들마다 찾아다니면서 안마를 해주는 것은 어떤가? 그게 수입은 더 좋을 것 같은데 말이네. 허허허허."

노인에 이어 중년 여인이 훈장 앞에 섰다.

"예전에 처음 제가 이곳에 와서 길을 모를 때 훈장님이 길을 자세히 알려주셨죠? 그때는 너무 얼떨결이라 고맙다는 말도 못했는데 지금 많이 늦었지만 감사드린다는 말씀 전하고 싶어요."

다음은 구레나룻이 인상적인 사내였다.

"아마 한 달 전쯤이었지. 훈장 선생님께서 집에 오셔서 아들 녀석의 교육받는 태도를 보고 집에 무슨 일이 있는 것은 아니냐고 했을 때 사실 좀 뜨끔했었답니다. 그때 내가 아들 녀석에게 신경질적으로 소리치고 그래서 아마도 조금 놀랐었나 보더군요. 그런데 직접 집에까지 오셔서 그런 사실을 알려주니 그 순간에는 귀찮고 뭐 하러 찾아왔나 싶었지만 바로 얼마 지나지 않아 도리어 고마운 마음이 일더군요."

사람마다 이야기가 진행되면서 어둡게만 가라앉았던 훈장의 얼굴엔 눈물이 그렁그렁 맺히기 시작했다. 그리곤 끝내 방울이 되어 턱을 타고 흘러내렸다.

뻔한 일일 거라며 조소했던 교청은마저도 이런 변화에 놀라움을 금치 못했다.

칭찬을 하고 난 사람들의 표정이 활짝 폈을 뿐 아니라 아직 대기 중인 사람들까지도 자기 차례가 돌아오기를 기쁜 표정으로 기다리는 모습을 보이고 있었다.

이건 거의 기적 같은 일이었다. 처음에는 골려줄 생각으로 '무슨 일이든지 해결하는 부회주'라고 했지만 지금은 정말 그 말이 맞는 것 같았다.

교청은은 심장이 떨리는 전율을 느끼며, 설혹 송겸이 과거 입술을 빼앗아갔던 그 도둑놈이 맞다 해도 이젠 아무런 문제가 안 될 것 같다고 생각했다.

이어지는 칭찬 속에서 마을 사람들은 과거보다 더욱 가까워져 가고 있었다.

"이보게, 자네가 그때 내 대신 아들에게 보낼 편지를 써주어서 고마

왔네. 앞으로도 자주 부탁함세."

"사실 저는 이번 일을 듣고도 믿기지 않았어요. 훈장님께서 우리 아이 학비가 두 달이나 밀렸는데도 전혀 추궁하지 않고 똑같이 대해주신다는 것을 알고 있었으니까요. 고맙습니다, 훈장님."

"솔직히 말하기 부끄러운 일이지만 그래도 말하지 않으면 나중에 더부끄러울 것 같으니 말하겠네. 밤마다 몰래 글을 가르치는 게 쉽지 않을 텐데 한 번도 싫은 내색 없이 가르쳐 준 것 고맙네. 하하하. 이렇게 말하고 나니 속이 다 시원하구만. 이제 앞으로는 낮에 찾아가겠네."

어느덧 칭찬이 시작된 지 한 시진(2시간)을 넘어가자 훈장의 도둑질은 칭찬에 파묻혀 형체도 알아볼 수 없을 지경이 되고 말았다.

그럼에도 아직 마을 사람들의 칭찬은 절반밖에 이뤄지지 않았다. 이자리에 나오지 않았던 사람들까지 소식을 듣고 달려와 줄을 섰기 때문이었다.

칭찬의 무차별적인 공격을 받은 훈장은 수치스러움에 죽고 싶었던 심정에서 서서히 벗어났다.

그는 자살할 생각도 했었으나 마을 사람들의 진심 어린 칭찬을 듣자새로운 용기를 얻게 되었다.

그는 강화장원에 머물렀을 때 한순간의 실수로 흑요석으로 만든 벼루를 훔쳐 오고 말았다.

그때는 순간적으로 너무나 갖고 싶어 들고 나왔지만 집에 이르러선내가 지금 무슨 짓을 한 것인가 싶었다. 하지만 제대로 후회하기도 전에 발각되어 그만 모든 마을 주민들로부터 손가락질을 받게 되었던 것이다.

그는 당연히 받아야 할 벌이라며 어떤 대가라도 치를 생각으로 오늘이 자리에 나왔건만 뜻하지 않게 모두의 칭찬을 듣게 되자 참을 수 없는 감동과 고마움에 온몸을 떨었다.

그는 샘솟듯 눈물을 흘리면서 속으로 다짐했다.

'나를 이렇게 소중하게 여기는 사람들이 있는 이 고장에서 일평생을 산다는 것은 얼마나 큰 행복인가. 앞으로는 오로지 훈장으로서 모두에게 봉사하며 살리라.'

칭찬은 결국 저녁이 되어서야 끝을 맺었다.

이때쯤 마을은 거의 축제 분위기가 되어 있었다.

서로의 것을 아끼지 않고 먹을 것을 들고 오는가 하면 소와 돼지를 키우는 집에서 세 마리의 소와 다섯 마리의 돼지를 잡아 푸짐한 저녁상을 야외에 차려놓았다.

훈장의 도둑질로 잠시나마 서로를 불신하는 눈으로 바라봤던 마을 사람들은 사심없이 마음을 드러내 놓고 술과 고기를 들며 즐거워했다.

그 누구보다 기뻐한 것은 마을 촌장이었다.

그는 자칫 젊은 사람들의 말이라며 소홀히 여겼다면 어떻게 되었을까를 생각하며 고개를 가로젓고는 크게 외쳤다.

"자, 오늘 이날은 매우 뜻 깊은 날입니다! 자칫 범죄 없는 마을이었기에 도리어 흉흉해질 수밖에 없었던 우리 마을이 서로가 서로를 아끼고 있음을 보여준 참으로 멋진 날입니다. 앞으로도 이렇게 하도록 합시다. 누군가 불미스러운 일을 벌였다면 그 사람을 광장에 세워두고 칭찬해 줍시다. 이날만은 모든 일을 제쳐 두고 자리에 참여하도록 합시다. 앞으로 범죄 없는 마을이라는 팻말은 없애 버리고, 대신 이 새로운 전통을 이어가도록 합시다! 이 전통이야말로 얼마나 자랑스러운 것이겠소. 우리에게서 다시 다른 마을로, 전국으로 퍼져 나간다면 이 세상은 살 만한 곳이 되지 않겠소이까!"

"옳소이다!"

일제히 박수갈채가 쏟아졌다.

촌장이 박수가 잦아들기를 기다렸다가 말했다.

"그리고 이런 아름다운 이치를 우리에게 깨닫게 해준 젊은 공자에게 도 감사의 말씀을 전할까하… 어, 근데 공자는 어디 가셨습니까?"

한창 촌장이 외칠 때 송겸은 멀찌감치 사람들이 없는 곳에 구부정하 게 서 있었다.

"으웩. 우으웩. 하아. 도저히 이 짓을 못하겠어. 느글거려 죽겠다 구… 으웨엑……."

송겸은 울렁이는 뱃속을 진정시키느라 정신이 없었다.

그날 마을에는 밤늦도록 축제가 벌어졌다. 송겸은 사람들의 얼굴에 미소가 떠오르는 숫자만큼이나 그렇게 토악질을 멈추지 못했다.

"우에웩~"

제12장 학운곡의 그늘

기암절벽을 평지처럼 차고 오르며 종횡마걸 표헌의 신형이 한순간 솟구쳐 봉우리에 올라섰다.

저 아래 학운곡(鶴雲谷)으로 진입하는 계곡이 한눈에 들어왔다.

학이 구름을 타고 내려가는 듯한 계곡의 형상. 과거 단천자를 감금할 때 찾은 이후 지금에야 다시 찾은 것이었지만 이곳은 세월이 멈춘 것처럼 그대로였다.

'부디 아무 일도 아니길.'

그는 한 모금의 진기로 심기를 안정시킨 후 곧바로 계곡으로 신형을 날렸다. 학운곡에 날개를 펼친 학의 등에 올라타 그 아래 구름을 뚫을 듯 거침없는 기세로 나아갔다.

그의 신형이 멈춘 것은 소나무 두 그루가 대문처럼 버티고 선 학운곡의 입구라고 할 수 있는 양송관에 이르러서였다.

그가 막 두 소나무 사이를 지나치려 하는 순간, 싸늘함을 담은 음성이 그를 가로막았다.

"멈추시오."

사람은 보이지 않고 목소리만 들렸지만 표헌은 목소리 주인의 위치를 이미 파악한 상태였다. 뿐만 아니라 그 외 열한 명의 은신자의 숨결도 감지했다.

다른 날 같았으면 적당히 농을 지껄이며 놀아줄 수도 있었지만 지금은 그만한 마음의 여유가 없었다.

"나는 종횡마걸이라 한다. 신기묘성을 만나러 왔다."

종횡마걸이라는 별호가 지닌 무게와 곡주 신기묘성을 언급하는 말에 은신자들의 기운이 확 돋우어졌다가 사그라졌다. 그리고 사그라지는가 싶더니 거의 동시에 은신자들이 모습을 드러냈다.

그들은 위아래 모두 청의 복장을 하고 있었고, 가슴 부위로는 막 공중으로 날아오르려는 새하얀 학이 선명하게 그려져 있었다.

그들 중 수장 격으로 보이는 삼십 대 중반의 사내가 한 걸음 나서며 말했다.

"노인장의 행색은 걸인이 분명하나 그것만으로 종횡마걸님으로 인정할 수는 없겠군요."

그가 말을 하는 사이 열한 명의 청의인들이 안개와 같은 움직임을 보였다. 언뜻 보면 별다른 변화를 느낄 수 없는 동작이었지만, 표헌은 그것이 학운곡이 자랑하는 학운십이검진(鶴雲十二劍陣)이라는 것을 알아보았다.

열두 명의 위치가 갖추어지자 곧바로 양송관은 험준한 산악이 병풍을 두른 듯 철통같은 방어벽을 이루었다.

신분을 밝혔음에도 적의를 드러내는 이들을 보며 기분이 언짢을 법도 했지만 표헌은 도리어 흐뭇한 미소를 속으로 머금었다.

입구에 도달하기까지 신형이 쏘아져 오는 것을 보았다면 상대가 강하다는 것을 파악했을 터이다. 단천자의 원령을 지키는 학운곡이라면 당연히 이 정도의 의심과 방어를 보여야 옳았다.

하지만 그렇더라도 지금의 표헌은 마냥 흐뭇함을 느낄 만큼 한가하지만은 않았다.

당장 세상이 어찌 되는 것은 아니겠으나 '단천자'라는 이름이 걸린 문제는 신중하면서도 빠르게 대처해야만 했다.

"그럼 직접 학운곡주를 이곳으로 데리고 오겠나?"

"그럴 수 없다는 것을 잘 알고 있을 것이라 생각합니다만."

"그럼 어쩐다, 나는 꽤 바쁜데 말이네."

무리 중 수장인 운허가 흐릿한 비웃음을 머금고 말했다.

"귀하는 종횡마걸님의 흉내를 내고 있긴 하지만 그분은 그대처럼 정중하지 않다는 것을 간과한 것 같구려."

그 말에 표헌은 어이가 없다는 듯 너털웃음을 터뜨렸다.

"허허허, 정중하게 말해도 문제가 되는 줄은 몰랐는걸."

삼대흉공으로 드러난 단천자의 흔적에 자기도 모르게 진지해져서 평소와는 다르게 말한 것이 의심을 불러일으킬 것이라곤 꿈에도 생각지 못한 일이었다.

"정 학운곡에 들러거든 내일 이 시간에 다시 오도록 하시오."

"그럴 수 없다면?"

표헌의 말이 끝나기 무섭게 운허를 비롯한 청의인들이 일제히 검을 뽑았다. 거대한 산악이 뾰족한 날을 세운 것과 같은 형세가 갖춰졌다.

"피는 붉으면 붉을수록 사람을 조용하게 만드는 힘이 있지요."

"하하하, 너희들의 기상이 내 마음을 흐뭇하게 하는구나. 몸을 상하게 하진 않으마."

말을 끝낸 후 표헌은 학운십이검진 안으로 지체없이 신형을 날렸다. 그것은 너무도 무모해 보여 강호에 새롭게 등장한 자살법 같기도 했고, 목숨을 여유분으로 두어 개 정도 보관해 놓은 사람 같기도 했다.

짓쳐들어 오는 표헌의 몸을 향해 학운십이검진이 상호반응하며 움직였다. 그들 중 어느 누구도 검진에 들어서는 순간 그것으로 모든 것이 끝날 것임을 의심하지 않는 자는 한 명도 없었다.

하지만 표헌은 찔러오는 검과 그 검들 사이로 촘촘히 에워싸고 있는 검진의 기세를 맞받아 치지 않고 기세의 빈 공간의 흐름을 타고 길을 열었다.

마치 그 모습은 함박눈이 쏟아지는 눈발 사이를 유유히 빠져나가는 것과 다를 바 없었다. 불규칙적이면서도 사실은 가장 규칙적인 혼란한 검의 공세는 그런 표헌의 몸을 스치듯 비껴갔다.

언뜻 보면 열두 개의 검 주인들은 고의로 표헌의 몸을 아슬아슬하게 스치고 지나가자고 미리 약속을 한 것만 같았다.

또한 현란한 보법으로 검진을 헤집는 광경은 촘촘한 거미줄에 걸릴 것이 뻔해 보이는 파리가 거미줄 가운데 가장 넓은 칸을 찾아 스치듯이 거미줄을 관통하는 듯 보이기도 했다.

표헌의 무심상념보(無心想念步)가 총 세 겹으로 둘러쳐진 검진의 막을 뚫고 반대 편에 이르게 되었을 때, 수장인 운허와 나머지 열한 명의 검수는 거미줄에서 이탈한 파리를 멍하니 보는 거미처럼 허탈한 충격에 사로잡혔다.

현란(眩亂)함과 무심(無心), 이 두 가지를 신법의 핵심 요결로 사용하는 무심상념보는 그렇게 학운십이검진의 모두를 신법의 이름에 걸맞게 상념에 빠뜨렸다.

공격 목표를 잃은 검들이 다시 자세를 잡을 여유도 없이 표헌은 그 뒤쪽 깎아지른 계곡 벼랑 아래로 신형을 날렸다.

그곳은 학운곡의 본전이 있는 곳이 틀림없었지만 정확히 말하자면 결코 길이라 할 수 없었다. 아니, 또 다른 자살법이라고 해야 옳았다.

원래는 한참을 굽어 돌아 내려가는 길이 있었다. 검진을 구성할 때 진입로를 막는 형상을 취해 최악의 상황이라도 진입을 차단할 생각이 었는데, 놀랍게도 상대는 계곡 아래의 벼랑 쪽으로 거침없이 몸을 날린 것이다.

운허를 비롯한 모두가 황급히 달려가 보니 어느새 벼랑의 벽을 차고 수평으로 이동했다가 다시 내려섰다가 솟구치고 내려서는 모습이 선하게 시야에 들어왔다.

운허는 속으로, 만약 사람 몸집만한 벼룩이 있다면 저렇게 달려 내려갈 수 있을 것이라고 생각했다.

그리고는 자기도 모르게 중얼거렸다.

"부디 종횡마걸님이길 바라야겠구나."

그는 경고의 신호를 보내야 한다는 것도 잊고 있었다. 아니, 그보다는 신호를 보낼 필요가 없다는 것을 인지했다고 하는 편이 맞았다.

신호가 이를 즈음엔 이미 도달해 있을 것이 뻔하기 때문이다.

한편 종횡마걸 표헌은 어느새 평지에 내려서고 있었다. 그곳은 학운곡의 연무장인 듯 삼사십 명 정도가 수련에 열중하고 있었다.

표헌의 신형이 연무장의 가장자리, 벼랑이 벽을 이룬 곳에 내려섰을 때, 그 모습은 가히 하늘에서 뚝 하고 떨어진 것과 같아서 일순 수련하고 있던 학운곡의 고수들은 그를 발견하고도 잠시 무슨 행동을 취해야 할지를 잊고 있었다.

하지만 그것도 잠시 낯선 자의 출현에 일제히 검을 빼 들었다.

"웬 놈이냐!"

산 너머 산이라고 했던가. 표헌은 다시 너털웃음을 터뜨렸다.

"허허, 이거 또 한판 벌여야 하나?"

그때였다.

"종횡마걸님이 아니십니까?"

듣던 중 반가운 소리였다. 표헌도 한눈에 그를 알아보았다.

50세 중반 정도의 사내, 신기묘성의 대제자인 단윤이었다.

"오랜만일세."

단윤은 단천자 사건이 벌어졌을 때 신기묘성과 함께 동행했었고, 그 덕에 칠성사괴와 안면이 있었다.

단윤은 표헌을 한 번 쳐다보고 다시 벼랑 쪽을 올려다보고는 얼굴에 미소를 지었다.

"역시, 특이하게 오셨군요."

종횡마걸도 웃음 지었다.

"나는 평범하고 싶은데 그냥 내버려 두질 않더군."

그 말에는 두 사람 모두 웃음을 터뜨렸다.

종횡마걸과 신기묘성이 한자리에 앉았을 때 놀라야 할 사람은 당연히 신기묘성이 되어야 했지만 단천자에 대한 이야기를 꺼내기도 전에 종횡마걸은 신음성을 삼켜야 했다.

지금의 신기묘성은 과거와는 전혀 다른 모습으로 변해 있었던 것이다. 만약 학운곡에서 마주하지 않고 낯선 곳에서 만났다면 알아보지 못했을지도 모를 정도였다.

원래 신기묘성의 외모는 칠성 중 가장 선풍도골의 위풍을 뽐냈었고, 비견할 만한 이는 오직 사괴 중 무령노괴 곡진뿐이었다.

그는 단천자의 때만 해도 짙은 검은 머리카락이었고 귀밑 언저리에만 흰머리가 자라나 있어 기묘하고 신비스러운 풍채를 보였었다.

하지만 지금의 신기묘성은 오랫동안 중병을 앓은 사람처럼 백발이 어지럽게 흐트러져 있었으며, 볼이 쏙 들어가 초췌해진 얼굴에는 광대뼈가 볼썽사납게 두드러졌고, 흔히 저승꽃이라고 부르는 검버섯이 얼굴 가득 퍼져 있었다.

표헌은 보고도 믿을 수 없다는 말이 지금보다 더 잘 어울리는 경우는 찾아보기 힘들 것이라고 생각했다.

"좀 놀랐나 보군."

표헌은 그제야 자신이 표정을 숨기지 못했음을 깨달았다. 하지만 이제 와서 아무렇지도 않다는 듯 표정을 바꾸는 것도 우스운 일이었다.

"아니, 많이 놀랐네."

그 뒤에 '도대체 어찌 된 일인가?' 가 생략되었음을 신기묘성은 알고 있었다.

"후후. 그래, 그랬을 걸세. 뭐, 거창한 이유 같은 것은 없네. 한마디로 말하자면 너무 무리한 게지."

그 말만으로도 표헌은 모든 상황을 눈에 보듯이 이해했다.

단천자를 가둔 후 남겨진 칠성사괴는 모두 강호를 떠나 은거에 들어갔다. 하지만 은거란 말이 모든 것을 잊고 유유자적한다는 말이라고 한다면 그들은 은거한 것이라고 할 수 없었다.

더 이상 오를 길이 없을 것으로 여겼던 그들 모두는 단천자의 존재로 인해 진정 부끄러워했고, 자신을 채찍질하며 끝없는 무공의 길을 탐색하기 시작했다.

서로에게 말은 하지 않았지만 서로가 그렇게 하고 있으리라는 것은 각자가 너무나 잘 알고 있었다.

신기묘성 헌비는 그 와중에 주화입마를 당하고 만 것이리라.

그의 몸에서 어떤 기세조차 감지할 수 없는 것은 비단 기세를 죽이고 있어서가 아닌 모든 것을 잃어버렸다는 걸 느낄 수 있었다.

그의 몸에서는 기운찬 무인의 향기 대신 모든 것을 빼앗긴 자의 냄새가 풍겨나고 있었기 때문이다.

무공으로 천하에 우뚝 섰던 그가 느꼈을 참담함과 아득함이 언뜻 스치고 지나가자 어설픈 말로 위로해 주는 것이 더욱 큰 상처가 될 것이라는 생각이 들었다.

표헌은 그저 마음으로 뜻을 전하고, 가짜 삼대흉공의 출현과 거기에 실린 단천자의 흔적에 대해 설명했다.

삼대흉공의 마지막 장에 실린 '모든 일이 과거와 같이 다시 시작된다' 는 말을 듣는 순간 헌비의 눈에서 섬광이 발했다.

"그럴 수는 없네! 감히 어떤 놈이 그런 장난을……."

만약 내력을 끌어올릴 수 있었다면 주변에 폭풍이라도 일었을 법한 기세였다.

표헌은 차분하게 말했다.

"나도 그렇게 생각하네. 하지만 또한 쉽게 넘어갈 일은 아니기에 찾아와 본 것일세."

마음을 안정시키는 표헌의 말에도 헌비는 좀체 흥분을 가라앉히지 못했다.

"아무리 그래도 원령뿐인 단천자가 마령봉쇄진을 뚫고 나올 수는 없는 노릇이 아니겠는가."

표헌은 헌비의 마음에서 울려 나오는 분노와 한을 고스란히 느낄 수 있었다. 지금 최악의 상황에 놓인 헌비로서는 그 누구보다 아픈 가슴을 안고 있을 것이기 때문이다.

헌비가 다시 말했다.

"흉공으로 무림을 흔든 이가 누구인지 알아내는 것이 급선무일 듯하네. 나도 아이들을 보내 알아봐야겠네."

"그래야겠지."

잠시 말을 멈춘 표헌이 어렵게 말을 꺼냈다.

"자네를 도울 만한 일은 없겠나?"

같은 칠성의 한 사람으로서 자존심을 건드리지 않으려는 배려가 목소리에 가득 담겼다.

헌비는 조용히 고개를 저었다.

"고맙네. 하지만 아직 희망이 꺼진 것은 아니라네. 자네가 오기 보름 전에 나는 폐관을 끝내고 나왔지만 이제 곧 다시 폐관에 들어갈 참이네. 실낱같은 희망이지만 나는 그 끈을 보았거든."

문제를 알고 있다는 것은 헌비의 능력을 보았을 때 가능성이 충분하다는 것을 의미했다. 표헌은 그것만으로도 적지 않게 안도했다.

성숙노괴가 없어진 지금, 만일 단천자가 부활한다면 아무리 남은 칠성사괴가 더 높은 경지에 올랐다고 해도 장담하기 힘든 일이었기 때문이다.

표헌은 성숙노괴에 생각이 미치자 성숙노괴에 대해 모르고 있는 것은 아닐까 싶어 말을 꺼냈다.

"성숙노괴가 죽은 것은 알고 있나?"

"정말인가? 그가 어떻게?!"

헌비는 아까보다 더욱 놀란 표정이 되어 되물었다. 성숙노괴야말로 단천자가 설혹 부활한다고 해도 그를 막을 수 있는 유일한 힘이었기 때문이다.

"아니, 정확히 말하자면 실종이라고 해야 옳을 걸세. 하지만 그의 흔적은 어디에도 없었네."

"허, 기이한 일이군."

"어쩌면 우화등선한 것일지도 모르지."

헌비는 뚫을 듯이 표헌을 보다가 가만히 고개를 끄덕였다.

그라면…… 그럴 수도 있었다. 끝을 모르는 무학의 탐구로 단혼진기를 연마했었던 그다. 그러다 끝내 결실을 얻었을지도 모르는 일이었다.

"그렇게 되었다고 믿고 싶네."

학운곡을 나오기 전 표헌은 마령봉쇄진이 펼쳐진 곳을 살펴보았다.

그곳은 은은한 살기를 머금은 채 그 어떤 침범도 허락치 않고, 또 그 어떤 탈출도 허락치 않을 견고함으로 충만했다.

학운곡은 어떤 동요도 보이지 않았으며, 단천자의 생환의 흔적은 어디에서도 찾아볼 수 없었다.

더 이상 머무를 의미가 없는 지금 종횡마걸 표헌은 신형을 날려 아스라이 학운곡에서 멀어져 가고 있었다.

그 광경을 산과 들, 구름이 조용히 지켜봤다. 하지만 지켜보고 있는 것은 비단 그것들만은 아니었다.

학운곡의 천인봉 정상에 백발을 휘날리고 있는 모든 것을 잃은 것처럼 보였던 초췌한 인영, 그가 멀어져 가는 표헌의 모습을 불타는 눈으로 지켜보며 가만히 중얼거렸다.

"앞으로 모든 일이 다시 과거처럼 시작될 건 아니지. 클클클, 그건 이미 시작되었으니까."

제13장 탈출

　범죄 없는 마을은 더 이상 범죄 없는 마을이 될 수 없었지만 그들은 더욱 소중한 것, 사랑과 용서의 마음을 얻게 되었다.
　이 결과 송겸은 기쁨과 보람 대신 속이 느글거리는 통증으로 고통스러워했고, 이렇게 사느니 차라리 죽어버리는 것이 낫지 않겠는가는 절망에 사로잡혔다.
　그러나 그 통증은 얼마 지나지 않아 감격스럽게도 완전 소멸되었다. 교청은의 대선언이 발표되었기 때문이다.

　—다음 행선지에 이르면 저는 돌아가겠어요.

　교청은은 자세히 표현하지는 않았지만 깊은 감동을 받은 터였다.
　그녀가 받은 감동의 무게는 산악과 같아 설사 송겸이 과거의 그 입술과 가슴을 훔쳐 간 죽일 놈이라고 해도 이젠 별반 대수로울 것이 없을 정도였다.

지난 모든 원한은 감동의 장력에 맞아 먼지 알갱이마냥 분해되어 허공으로 날아가 버린 것이다.

대선언!

세상에서 가장 가치있고, 소중하며, 위대한 축복의 말에 송겸은 마구 소리라도 지르며 사방을 떼굴떼굴 굴러 버리고 싶을 지경이었고, 조후 또한 너무도 기뻐 곁에 아무도 없다면 머리털을 쥐어뜯어 다 뽑아 내 버리고 싶을 정도였다.

단지 추백만은 좋아해야 할지 말아야 할지 모를 애매모호한 표정으로 교청은의 말을 받았다.

추백이 기쁨과 아쉬움의 중간 지점에 끼어 어정쩡한 마음 상태가 된 것은 마음 깊이 교청은을 절대적인 '형수님'으로 인정하고 있었기 때문이다.

이미 한 몸이 된―추백의 확신에는 그 어떤 의심의 여지도 없었다―형님과 형수이기에 서로 남남이 된다는 것을 추백은 상상할 수 없었다.

추백의 그런 심정적 바탕엔 어릴 적 어머니로부터 받은 영향이 크게 작용한 것이라 할 수 있었다.

고우면서도 한편으로는 괄괄한 성격의 어머니는 무공이 뛰어나지도 않았지만 수라곡주인 아버지의 여자 문제에 관해선 물 한 방울 새지 않을 만큼 철두철미했고, 혹여 그런 낌새가 보일라 치면 거의 개를 잡듯 신경질을 부렸다.

그런 어머니의 품에서 최면에 가깝게 세뇌된 추백이었기에 다른 분야는 완전 꼴통에 폭주 성향을 지녔지만 여자 문제에 대해서만큼은 오로지 한 여자를 바라봄에서 벗어나지 않았다.

과거 송겸의 길에 동행하기로 결정났을 때 영웅은 호색이네, 과거에 거쳐 간 여자들을 세워놓으면 끝이 보이지 않을 정도네, 하며 송겸과 과장법의 선두를 다투었던 때는 순전히 과시용에 불과한 것이었다.

그렇기에 추백은 이왕지사 두 사람 사이에 이미 되돌릴 수 없는 일이 벌어졌으니 어떻게든 잘살아가길 바랐고, 교청은이 떠난다고 하니 섭섭한 마음이 떠오르게 된 것이었다.

"우리 누가 더 빠른지 달려보는 건 어때요?"

호젓한 산길을 따라 다음 행선지로 향하는 중에 교청은이 제안했다.

그렇지 않아도 기쁨에 몸이 근질거리던 송겸이 마다할 리가 없었다.

"그거 좋구려. 신나게 한번 달려봅시다."

조후와 추백도 맞장구쳤다.

"하하하, 결코 쉽지 않을 텐데요."

"달려보죠."

모두의 호응 속에 일행이 한 줄로 섰고, 송겸이 하나, 둘, 셋이라고 헤아린 순간 일제히 신형을 날렸다.

교청은이 달리기를 제안한 것은 떠나는 마당에 송겸의 무공 실력이 어느 정도인지 가늠해 보려는 의도도 담겨 있었다.

이제껏 신비회의 비밀스런 의로운(?) 길이 이어졌지만 무공을 보일 만한 일은 없어 도대체 어느 정도의 실력을 갖추었는지 알고 싶었던 것이다.

게다가 칠성에 속한 종횡마걸 표헌에게 막말도 서슴없이 해댔던 것도 이유 중 하나였다.

경공을 발휘하고 얼마 가지 않아 처음 어깨를 나란히 하던 균형이 무너졌다. 먼저 기세를 올린 것은 조후였다.

조후는 무공은 제쳐 두고라도 경공과 은신 분야에 있어서만큼은 자신이 있었다. 전력을 기울일 만한 상황이 오지 않아 뽐낼 수 없었지만 이제 귀향의 꿈이 현실로 다가온 만큼 멋진 모습을 보여주고 싶었다.

신형을 뽑아 거의 이 장여(약 7미터)를 앞서 가던 조후는 미소를 머금었다.

무공에 대한 노력보다는 어떻게 하면 좀 더 세상을 난장판을 만들까를 고민하는 송겸과 추백은 물론이고, 여인인 교청은이 상대가 될 리 없다는 자신감의 미소였다.

하지만 그의 미소는 그리 오래가지 않았다.

흘깃 바라본 옆으로 교청은이 어깨를 나란히 하며 따라붙은 것이다. 교청은은 눈이 커진 조후에게 씨익, 웃어주고는 앞으로 차고 나갔다.

'헉! 뭐지?'

함께 다니며 보여준 다부진 면모에 한 가닥 기재를 품고 있을 것이라고 생각은 했지만 여유있게 자신을 뒤로 제치는 모습에 놀라지 않을 수 없었다.

'이렇게 물러설 순 없지.'

조후는 기를 끌어올리며 사력을 다해 쫓았다. 양 옆으로 수풀과 나무들이 주르르 물러났지만 좀체 벌어진 간격은 좁혀지지 않았다.

선두에 서게 된 교청은은 아까 조후가 그랬던 것처럼 회심의 미소를 머금었다. 그녀는 처음 몸을 움직일 때는 대체 송겸 등의 실력이 어느 정도인지 보고자 발을 맞춰 여유롭게 달렸었다.

한순간 조후가 경공을 발휘해 치고 나갔고 송겸과 추백이 고만고만

하게 움직이는 것을 지켜보고는 달려나가 조후를 가볍게 따돌린 것이었다.

'후후, 신비회라는 이름에 비해서는 경공술이 약하군.'

바로 그 순간이었다.

"대단하구려, 교 낭자."

목소리의 주인은 송겸이었다.

교청은은 은근히 비웃고 있었던지라 느닷없이 바로 옆 귓가로 송겸의 목소리가 들리자 밥을 훔쳐 먹다 들킨 사람처럼 기겁했다.

그녀는 놀란 나머지 진기가 잠시 어지러워져 신형이 주춤해 조후의 뒤로까지 처졌다가 다시 기운을 내 송겸 옆에 이르렀다.

기를 쓰고 달리는 중에 그녀는 놀란 마음을 떨쳐 낼 수 없었다.

자신은 기식이 흐트러질까 염려스러워 감히 말을 할 엄두를 못 내는데도 송겸은 안색의 변화도 없이 천연덕스럽게 말을 한 것이다.

설마 했지만 이 정도로 경공술을 펼칠 수 있을 것이라고는 생각지 못했다.

송겸은 사실 처음 달릴 때만 해도 제일 뒤로 처졌으나 곧바로 내력이 빠르게 순환함에 이전보다 더한 힘을 낼 수 있다는 것을 감지해 냈다.

그것은 송겸의 몸 안에서 순환하고 있는 칠독이 섬환독공의 운행에 따라 그동안 저절로 내력을 키워냈기 때문인데, 거처를 떠난 지 일 년이 조금 못 되는 지금 상당한 진보를 이룬 것이다.

송겸은 교청은의 곁을 달리면서도 아직 더 차고 나갈 수 있는 여력이 남아 있음을 알아 그녀에게 과시하고 싶은 마음이 일었다.

'달려볼까나.'

변고가 찾아온 것은 기를 막 끌어올리려 할 때였다.

문득 단전 쪽에서 수천 개의 바늘이 한꺼번에 찔러대는 듯한 통증이 찾아왔다.

'윽!'

송겸은 기의 운행이 흩어짐과 동시에 걸음을 늦추어야 했고, 그 짧은 사이 교청은 물론이고 조후 추백이 쒜잉, 하고 스쳐 지나갔다.

완전히 걸음을 멈추고 진기를 가다듬자 찔러오는 통증이 서서히 가라앉았다.

'때가 된 게로구나.'

송겸은 이 증상이 사부가 말했던 섬환독공이 초기화될 시기임을 깨달았다. 그제야 마을에서 하룻밤을 묵을 때 미약하게 느껴지던 통증이 그 시작점이라는 것도 알게 되었다.

당시는 워낙 미약한 터라 제대로 인식하지 못했지만 지금은 사정이 달랐다.

사부의 음성이 뇌리를 스쳤다.

"섬환독공은 너의 의지와 상관없이 순환하며 독공을 향상시킬 터이나 반드시 순환 주기가 차게 되면 그때는 순환을 멈추어 섬환공이 초기화되도록 해야만 한다. 그때 필요한 것이 바로 귀식대법인 것이다."

어찌 이 말을 잊을 수 있겠는가. 귀식대법을 익힌다고 그 험한 고생을 했는데 말이다. 하지만 지금 당장 귀식대법을 펼쳐야 할 때가 찾아온 것은 아니었다.

그 때는 며칠 후가 될 것이며, 지금의 이런 통증은 경고를 발하는 것으로 한적한 곳을 찾아 그 때를 기다려야 함을 뜻하는 것이었다.

송겸이 갑자기 멈춰 선 까닭에 앞서 나아갔던 일행이 돌아왔다.

"형님, 무슨 일이십니까?"

"무슨 문제라도 생긴 건가요?"

추백과 조후, 교청은이 걱정스럽게 묻자 송겸은 환하게 웃었다.

"언뜻 본 이곳 풍경이 너무 보기 좋아서 나도 모르게 걸음을 멈추고 말았구나."

섬환독공이 어쩌구, 귀식대법이 어쩌구를 구구절절 설명해야 할 필요는 없었다. 최소한 교청은이 떠나고 난 다음에 설명해도 늦지 않는 것이다.

경치에 관해 송겸은 대충 둘러댄 말이었지만 실제로 그곳의 경치는 아름다웠다.

막 산 고개를 넘어서는 지점이라 산 아래의 풍광이 훤히 드러났고, 위로는 기암절벽이 병풍처럼 늘어선 광경이 절로 호연지기를 불러일으켰다.

"이왕 멈춰 섰으니 경관을 감상하며 잠시 쉬도록 할까."

송겸의 말에 모두는 자리를 잡고 주변 경치를 둘러보았다.

늦봄의 정취에 물든 산야는 마음에 한없는 여유로운 기운을 북돋고 있었다.

앉기에 적합한 바위를 골라잡은 교청은은 지그시 풍광을 보며 지난 시간들을 돌아보았다.

그리 긴 시간은 아니었지만 그렇다고 짧은 건만은 아니었다.

의심의 눈초리를 거두지 않고, 물론 지금도 전적으로 그때의 사기꾼이 송겸이 아닐 것이라는 확신은 없었지만, 삐딱한 시선으로 송겸 무리들을 지켜보며 함께한 시간은 사실 강호에 나와 활동한 일 중 가장 유쾌한 추억이었다.

강호의 신진고수들의 활동도 나름의 성취와 보람이 있었지만 그건 역시 나름일 뿐이었다.

신비회는 그들이 갖지 못한 자연스러움이 있었고, 어디로 튈지 모르는 진정한 신비감이 있었다.

의로운 일을 찾아야 한다는 강박관념에 사로잡혀 우스꽝스럽기도 하고, 가끔은 뭐 저런 인간들이 다 있느냐는 생각도 들었지만 돌이켜보면 모두 웃음을 짓게 만드는 일들이었다.

그녀는 문득 이제 이들과 헤어져야 한다고 생각하니 아쉬움이 마음 한구석에서 슬그머니 피어났다.

비록 이들과의 만남이 한(恨) 서린 심정으로 출발했으나 지내오는 동안 그런 감정들은 하나둘 씻겨 나갔다.

'과연 돌아가는 것이 좋을까? 이런 유쾌함을 또 찾을 수 있을까?'

그런 생각이 들자 그녀는 혼잣말처럼 입을 열었다.

"가만히 생각해 보니 그냥 여러분들과 계속 동행하는 것도 좋을 것 같아요."

교청은의 음성은 산들바람과 같았다. 하지만 그것을 듣는 송겸과 조후에겐 온몸을 훑고 지나는 태풍이었다.

평온함 속에서 경치를 구경하던 송겸의 안색이 삽시간에 일그러졌다. 그건 마치 잘 펼쳐진 종이를, 화를 내며 마구 손으로 움켜쥐고 구겨 버리는 것과 같았다.

송겸의 얼굴이 교청은의 앉은 자리에서 볼 수 없는 위치였기에 망정이지 교청은이 보았다면 인간으로서 저런 식으로 얼굴이 구겨지는 것도 가능하다는 것에 놀라움을 금치 못했으리라.

그런 표정은 조후도 마찬가지였다.

열 길 물속은 알아도 한 길 사람 속은 모른다고 했지만 이건 해도 해도 너무한 것이었다. 기분 같아서는 '남아일언 중천금이 비단 남자에게만 해당하는 것은 아니지 않소이까. 왜 이랬다저랬다 하는 거요? 정말 내 손에 죽고 싶은 거요' 라고 말하고 싶었지만 그걸 뱉어낼 수는 없는 노릇이었다.

추백만은 은근히 바라고 있었던 터라 티내지 않고 속으로 미소를 머금었다.

사실 송겸과 조후가 교청은의 마음을 들여다볼 수 있다면 절망하지 않았으리라. 교청은의 마음이 과거의 기억에서 벗어나고 있음을 모르는 두 사람은 그저 아직도 의심을 떨쳐 내지 못한 것으로만 여겨 심장이 서너 군데 구멍이 뚫리고 그곳으로부터 피가 마구 쏟아져 내리는 것만 같았다.

송겸이 길게 숨을 들이쉬며 안색을 되찾고는 말했다.

"하하하, 그거야 저로서도 환영할 일이지요."

"그래도 괜찮겠어요? 호호호, 이랬다저랬다 한다고 할까 봐 괜히 마음을 졸였네요."

송겸의 심장에 두 개의 구멍이 더 생겼다.

'잘도 마음을 졸였겠다. 으이구, 정말 징글징글하네.'

"저는 잠깐 실례 좀 하겠습니다."

송겸은 예의 바르게 말한 후 멀찌감치 떨어진 곳에 이르러 허리를 구부리고 토악질을 했다.

"우웩~ 혁혁… 정상이 아녀……. 미친 게 분명해. 왜, 왜 따라온다고 난리냐구. 이대로는 안 돼, 결코!"

그러다 곁에 나무를 사람의 목을 휘감듯이 팔로 감고는 넘어뜨리려는 자세를 취했다.

"으윽! 제발 나를 좀 내버려 두란 말이야~ 제에에에발~"

약재를 판매하는 진성방의 주인 진요는 약재 창고에서 주문한 약재를 챙기면서 의아한 마음이 가득했다.

'알 수가 없군. 이 약재들은 서로 아무런 관련이 없건만 이것을 어디에 쓰려고 그러는 걸까?'

젊은이가 건넨 종이대로 약재를 챙겨 넣고는 있었지만 좀체 연관성을 찾을 수가 없었다.

그가 약재를 판매해 오고 있는 지도 어느덧 삼십 년의 세월을 넘기고 있었다. 하지만 오늘처럼 관련없는 약재의 혼합은 듣도 보도 못했다.

창고의 문을 지나 내전에 든 진요는 약재를 건네며 끝내 궁금증을 참지 못하고 물었다.

"이 약재가 어떤 처방에 쓰이는 겐가?"

그 앞에 선 이는 추백은 잠시 약재를 물끄러미 바라보다가 말했다.

"음, 그러니까 이건 쫓아다니는 한 여자를 쫓아내는 데 강력한 효험이 있다고 하더군요."

"에엥?"

"하하하, 농담입니다. 사실 이 약재를 한 곳에 쓸 것이 아니라 나중에 두고두고 쓸 것이니 서로 연관성이 없는 것이 당연합니다."

"에휴. 그렇군. 난 또 내가 모르는 뭔가가 있는 줄 알았지 뭔가."

"하하하. 그럴 리가 있겠습니까."

추백은 그렇게 말하면서도 속으로는 갸우뚱하지 않을 수 없었다.

약재만 전문적으로 다루는 이조차 가늠하기 힘들다면 과연 제대로 효과를 나타낼지는 의문이었다.

"잘 부탁합니다."

조후는 은자를 건네며 진중하게 말했다.

그 앞에 건들거리는 삼십 대로 보이는 세 사내는 돈을 보자 입이 귀까지 찢어졌다.

조후는 그들의 입가에 번질거리는 침이 찐득하니 흘러내리는 것 같은 환상을 보았다. 영 미덥지 않았지만 급하게 사람을 구해야 하는지라 달리 선택의 여지가 없었다.

"하하, 염려 붙들어매시오. 맡은 일만은 확실히 하니까 말이오. 크크, 게다가 나머지 돈도 받아야 하지 않겠소이까."

조후가 고개를 끄덕였다.

"일만 제대로 성공하면 더 쳐줄 수도 있으니 제대로만 해주십시오."

가운데 건달이 허리춤에 걸린 검을 두들기며 말했다.

"사람을 죽이는 것도 아니고 시늉만 하는 것인데 이런 것이라면 어려울 것이 뭐가 있겠소이까. 걱정일랑 땅에 묻어버리도록 하시오."

조후는 사내의 눈을 바라보며 속으로 중얼거렸다.

'잘못하는 날엔 네놈을 묻어버릴지도 몰라.'

추백과 조후가 잠시 자리를 비운 사이, 잡아놓은 두 개의 객방 중 남자 일행이 머무를 곳에 송겸과 교청은이 앉았다.

해가 이미 저물어 두 개의 등불을 켜 객방을 밝힌 상태로 두 사람은 탁자를 사이에 두고 술을 주고받았다.

"결코 쉬운 길이 아님에도 교 낭자께서 끝까지 동행하신다니 고마운 마음을 금할 길이 없습니다."

송겸이 메스꺼운 속을 애써 추스르며 말했다. 교청은은 얼른 손을 저었다.

"고마운 건 제가 고맙죠."

"아직까지는 별문제가 없었지만, 사실을 말씀드리자면 우리를 해하려는 자들이 아주 많답니다. 우리야 모든 사람을 이롭게 하려고 애쓰지만 막상 불법한 자들은 그것을 이해하지 못하지요. 그래서 필연적으로 보복을 하려고 기를 쓰는 사람들과 부딪치게 되곤 합니다. 뭐, 의로운 길을 걸어감에 있어 필연적으로 받아들여야 할 숙명 같은 것이긴 합니다만."

송겸은 그 어느 때보다 진지한 음성으로 말했다. 임기응변술의 절정 기량을 뽐냈고, 특히 숙명이라는 말을 할 때는 몸 주위로 빛이 감도는 것이 아닐까 싶을 정도로 경건함을 드리웠다.

하지만 그 말할 수 없을 만큼의 경건함에 교청은은 하마터면 '푸하핫!' 하고 웃음을 터뜨릴 뻔했다.

그녀는 꼭 이번뿐이 아니라 언제부턴가 송겸이 진지하게 말할 때면 그냥 실없이 웃음이 터져 나오려는 것을 억지로 참아야 했다.

송겸을 대할 때면 과거 죽이고자 찾아다녔던 사기꾼일 가능성에 대한 의심이 마음 언저리에 남아 있어 과장된 경건으로 보였기 때문이다. 물론 지금 그녀의 마음에 살심은 사라진 상태였다.

그녀는 마음을 추스르고 역시 진지한 척 답했다.

"음, 아무래도 그렇겠군요."

"교 낭자, 우리가 느끼지 못하는 사이에 적들이 우리의 등을 노리고 있다는 것을 잊어서는 안 됩니다. 악인들은 그것이 자신들을 위한 것임에도 불구하고 굳이 보복을 하려 들지요. 그래서 항상 두 장로들에게도 주의를 소홀히 하지 말라고 한답니다."

"부회주님의 무공이 대단한데 무슨 걱정이 있겠어요. 음, 그러고 보니 저는 아직 신비회에 대해서도 부회주님에 대해서도 알고 있는 게 거의 없군요. 설마 또 내게 신비회는 그래서 신비회라고 말하려는 것은 아니겠죠?"

송겸이 곤혹스러운 표정을 연출했다.

"아, 그 부분에 대해서는 죄송한 말씀이지만 자세히 답해 드릴 수가 없음을 이해해 주십시오. 근본을 아는 것도 중요하겠지만 더 중요한 것은 지금 삶을 살아가는 동안 어떤 삶을 살아가느냐가 아니겠습니까. 또한 지엄하신 사부님의 당부도 있으니……."

교청은이 말을 자르고 과장된 탄식을 터뜨렸다.

"하아, 역시 신비회답군요."

"하하하, 그렇게 되나요?"

그 말에 두 사람이 마주 보고 웃었다.

잠시 후 추백과 조후가 돌아왔고, 교청은은 함께 술을 나누다 자신의 객방으로 돌아갔다.

교청은은 한 시진가량 운기행공을 했다. 맑고 안정된 기운이 온몸에 감돌아 마음이 평온해졌다. 그런 까닭에 그녀는 침상에 오른 지 얼마 지나지 않아 스르르 잠에 빠져들었다.

해시 초(亥時初:밤 11시경). 꿈도 없이 깊은 잠에 빠져 있던 교청은은 번쩍 눈을 떴다.

문짝이 통째로 부서져 나간 듯한 소리와 함께 한 고성이 그녀를 일깨운 것이었다.

"신비회 놈들! 오늘이 너희의 제삿날이다!"

탁하고 거친 음성에 그녀는 송겸이 했던 말이 떠올랐다.

"교 낭자, 우리가 느끼지 못하는 사이에 적들이 우리의 등을 노리고 있다는 것을 잊어서는 안 됩니다. 악인들은 그것이 자신들을 위한 것임에도 불구하고 굳이 보복을 하려 들지요."

교청은은 서둘러 의복을 갖추고 검을 집어 들었다.

이미 송겸과 추백, 조후의 당황스러운 목소리가 들려왔고, 검이 부딪치는 소리도 요란했다.

교청은이 막 문 쪽으로 달려가려 할 때 벌컥 문이 열리고 조후의 모습이 드러났다. 조후의 어깨는 붉은 피로 흥건히 젖어 있었다.

"교 낭자, 어서 피하십시오! 적입니다, 어서 피해……!"

말이 채 끝나기도 전에 날카로운 칼날 하나가 조후를 향해 뻗어왔고, 조후는 옆으로 구르면서 황급히 몸을 피했다.

그리고 이어 구레나룻을 기른 사내가 교청은이 어떤 행동을 취하기도 전에 연기를 내뿜는 다발을 방 안으로 던졌다.

"안 돼~"

조후가 크게 외치며 구레나룻사내에게 달려들어 둘은 한데 어우러져 객방 복도에서 거칠게 맞부딪쳤다.

그 광경을 보며 교청은은 신형을 날리려 했지만 머리가 멍해지고 손에서 힘이 빠지면서 허물어지는 몸을 주체할 수가 없었다. 이미 뿌연 연기는 방 안은 가득 메웠고, 그 속에서 교청은은 서서히 의식을 잃어 갔다.

아득히 먼 꿈처럼 기합 소리와 무기들이 부딪치는 소리, 뭔가가 부서지는 소리를 들으며 그녀는 암흑의 나락으로 추락했다.

"으윽."

머리가 호숫가의 얼음 조각처럼 균열이 이는 것 같아 교청은은 얕은 신음과 함께 두 손으로 머리가 깨어져 나가지 않도록 붙들었다.

희미하던 시야가 점점 밝아지자 그녀의 머리에 격전이 떠올랐다.

'맞아!'

그와 함께 튕기듯이 몸을 일으켜 주위를 빠르게 둘러보았다.

여긴?

객방이 아니다!

포로? 감금? 납치?

불길한 단어가 번개같이 스치고 지나가며, 그녀는 여인의 본성이 주장함에 따라 놀란 눈으로 제일 먼저 옷매무새를 살폈다. 다행히 옷은 흐트러짐이 없었다.

이어 침상 옆 탁자에 애검이 놓여 있는 것이 눈에 띄었다. 검을 보자 비로소 마음이 놓였다.

침상을 내려와 검을 움켜쥔 채 차분히 주위를 둘러본 교청은의 시야에 벽면에 수려한 풍경을 담은 산수화가 보였다.

그 옆으로는 부드러운 필체로 '자랑스럽게 살지는 못할망정 부끄럽게 살지는 말자'라는 글귀가 수놓아져 있었다.

호흡이 진행되면서 은은히 진한 약초 향이 코로 스며들었다.

교청은은 검을 허리춤에 차고 일단 진기를 점검했다. 여느 때와 다를 바 없이 진기는 안정적인 흐름을 보였다.

지난밤의 연기는 단순히 정신을 잃게 하는 작용을 한 것이 분명했다.

문을 열고 밖으로 나가자 약 달이는 냄새는 더욱 진해졌다.

복도를 따라 걸어 끝에 이르자 계단이 나왔고, 막 서너 걸음 계단을 내려올 때 한 노인이 위로 올라오는 것이 보였다.

노인은 머리에 의원들이 흔히 쓰는 두건 같은 것을 쓰고 있었고, 세월의 흔적만큼이나 인자한 얼굴을 지니고 있었다.

노인은 반색하며 교청은에게 말했다.

"소저, 괜찮은 겐가?"

"네, 괜찮은 것 같습니다. 근데 이곳은 어디죠?"

"계단에서 이야기하기는 그렇군. 이쪽으로 내려오시게."

아래층 탁자에 앉으라 권한 노인은 차를 내어오라고 오른쪽 문을 향해 외쳤다.

"여기는 성심의방일세. 진맥을 해보니 수면 상태에 빠진 것뿐 몸에는 별 이상이 없어 크게 걱정은 하지 않았지만 밝은 신색을 보니 내 마음도 기쁘구면."

"제가 어떻게 이곳에 오게 된 거죠? 또 다른 사람은 없나요?"

"어젯밤에 객방에서 큰 싸움이 일었던 모양이야. 객방의 점소이, 모윤이 다급히 소저를 업고 왔더군. 무슨 연기를 마시고 그렇게 된 듯한데 소저를 업고 온 모윤도 연기는 사라졌지만 방에 들어갔다 나오자 머리가 어지럽고 힘이 하나도 없다며 호소를 했다네. 그 외에 다른 사람은 없었네만."

"음……."

교청은은 잠시 눈을 감았다 뜨며 말했다.

"여러모로 감사합니다. 사례를 한 후에 떠나도록 하겠습니다."

"사례라니 무슨 소린가. 이미 객점 주인이 자기 손님에게 변고가 생긴 것이니 자신이 책임져야 한다면서 진료비는 모두 해결했다네. 아, 그리고 깜박할 뻔했구만. 객점 주인이 이걸 전해달라고 하더군. 방문 앞에서 발견한 모양일세."

노의원이 건넨 쪽지를 펼쳐 보며 교청은은 고개를 갸우뚱거렸다.

'행선지? 누구지? 객방으로 돌아가 자세히 살펴봐야겠구나.'

제14장 자유, 그리고 사망

　　송겸은 하늘로 솟구쳐선 구름을 뚫고 올라, 다시 구름 위에서 두 번 몸을 튕기고는 지상으로 내려왔다. 지난 시간 동안 머리부터 발끝까지 피를 빨아먹던 거머리가 드디어 떨어져 나간 것이다.

　　"드디어 해방이다. 만세~"

　　송겸은 환호성을 내질렀다.

　　"형님, 그동안 고생 많으셨습니다."

　　"너무나 감격스럽습니다."

　　추백과 조후가 입을 모아 축하했다.

　　"너희들, 그동안 얼마나 고생이 많았느냐. 차갑고 음습한 지하 뇌옥에서 백오십 년 그 긴 세월을 묵묵히 인내하다니, 나는 너희가 자랑스럽다."

　　송겸의 장엄한 말에 추백과 조후가 잠시 엉거주춤 퀭한 눈으로 송겸을 바라봤다. 어떻게 하면 저런 황당무계한 말을 아무렇지도 않게 할 수 있는지 불가사의할 따름이었다.

송겸은 한동안 더 날뛰다가 격정 어린 음성으로 말했다.

"자, 가자! 신비후흑회의 부활을 축하하는 잔치를 벌여야 하지 않겠느냐."

곧 비라도 쏟아질 듯 낮게 가라앉은 하늘 아래 살다 비로소 밝은 햇살을 본 사람처럼 송겸은 밀려오는 흥분을 감추지 못했다.

송겸이 제일 먼저 두 사람을 데리고 간 곳은 두부 가게였다.

"자, 실컷 먹도록 해라."

조후는 두부를 먹으며 힐끔힐끔 송겸을 쳐다봤다.

어찌나 억척스럽고 게걸스럽게 먹는지 거의 절반은 땅에 흘리는 중이었다. 어쩌면 진짜 지하 뇌옥에 갇혀 있었다고 믿고 있는지도 모른다는 생각이 들었고, 그러자 무섭기까지 했다.

송겸이 입가에 묻은 두부 쪼가리를 소매로 훑으며 말했다.

"역시 지하 뇌옥의 습기와 영양 부족에는 두부가 최고지. 야, 조 장로, 너 뭐 하는 거냐. 어서 먹으라니까."

"네? 네네……."

두부로 배를 채우다시피 한 후 송겸이 말했다.

"그동안 우리는 본분을 망각하고 살았다. 이젠 새로 시작하는 마음으로 참된 인생을 살아가자. 자랑스럽게 살아보잔 말이다."

"암요."

추백이 추임새를 넣었다.

두부장사는 송겸의 말을 듣고 흐뭇한 미소로 말했다.

"훌륭한 젊은이들이구먼. 내 마음이 다 든든하네그려."

그 말에 송겸은 마저 먹으려던 두부를 반쯤 입에 물고 주인을 쳐다
보고는 두부를 내려놓았다.

"야, 가자."

세상사 얼마나 멋진가.
멋대로 살아보는 거야. 누가 내 앞을 가로막을쏘냐.
어쩌다 가로막을 수도 있겠지. 하지만 각오하는 게 좋을 거야.
나는 약한 자를 괴롭히는 것을 싫어하지 않으니까~
알겠어? 어떤 경우라도 얼굴을 붉히거나
난색을 표하지 않을 자신이 있단 말이다.

송겸은 노래 같지도 않은 노래를 흥얼거리며 목표물을 찾았다.

흥겹게 어깨까지 들썩이며 노래를 부르고 있는데, 저만치 다정하게
걸어오는 한 쌍의 연인이 보였다.

다정한 모습, 보기 좋은 모습, 아름다운 광경!

…등은 지금으로선 결코 용납할 수 없는 부류였다.

송겸은 불쑥 튀어나가 두 연인의 앞을 가로막고 섰다.

"오호, 그림이 꽤 보기 좋은데?"

이기죽거리는 말에 남자는 얼른 여자의 앞을 가리며 말했다.

"왜, 왜 그러시오."

"하하하, 역시 남자는 남자로구만. 근데 뭘 그렇게 놀라나? 그냥 그
림이 좋다는 뿐이라구. 내 취미가 그림을 감상하는 것이거든. 나는 멋
진 그림을 보면 너무 좋아서 딱 달라붙어서 봐야 직성이 풀린단 말씀
이야."

송겸은 남자의 머리를 툭툭 건드리고 여자의 머릿결을 만지려 손을 뻗었다.

그것이 재앙의 시초였다.

송겸은 그 행동으로 인해 얼마나 큰 화를 당하게 될지 아직까지 깨닫지 못하고 있었다.

세상에는 건드리지 말아야 할 두 부류가 있다.

하나는 부모 앞에서 그 자식을 건드리는 것이고 다른 하나가 남자 앞에서 그가 사랑하는 여자를 희롱하는 것이다.

그런 상황이 오면 부모나 남자는 자신의 힘을 초월하는 괴력을 발휘하고 마는 것이다.

이 남자도 그랬다. 자신의 머리를 치는 것은 참을 수 있었지만 사랑하는 여인이 농락당하려는 순간 그는 이성을 잃어버렸다.

"이런 개자식이 어디에 손을 대는 거야!"

어찌나 쩌렁쩌렁하니 말을 했는지 저 뒤쪽에서 게슴츠레한 눈으로 지켜보고 있던 추백과 조후조차 깜짝 놀랄 지경이었다. 그러니 송겸이야 오죽 놀랐겠는가.

"어? 뭐, 뭐야!"

"이걸 그냥, 야야야얏~"

사내는 송겸의 머리채를 붙들더니 괴력을 발휘했다.

그 힘의 근원이 어디인지 알 수는 없었지만 사내는 송겸의 머리채를 붙들어 이리저리 흔들었고, 송겸은 허수아비처럼 맥없이 휘청였다.

송겸이 막 정신을 차리고 반격하려 할 때 '가는 날이 장날이다'는 말이 찾아왔다.

수천 수만 개의 송곳이 일제히 단전을 찔러대는 통증이 느닷없이 일어난 것이다. 온몸에 힘이 쏘옥 빠져나가고 진기가 삽시간에 흐트러졌다.

섬환공의 순환이 어지럽게 몸 안에서 요동쳤다. 어이없게도 섬환독공이 흐트러지며 당장 귀식대법을 펼쳐야 할 순간이 찾아오고 만 것이다. 하지만 문제는 지금 송겸에게 그럴 여유는 눈곱만큼도 없다는 점이었다.

사내가 허수아비처럼 맥이 풀린 송겸의 머리를 더욱 강력하게 부여잡고 빙글빙글 돌리기 시작했다.

송겸은 머리 속이 새하얗게 변하며 아무 생각도 떠오르지 않았다.

사내가 송겸의 머리털을 움켜쥐고 빙빙 거의 열 바퀴를 돌릴 때, 추백과 조후는 그 광경을 경악에 차 부릅뜬 눈과 손바닥으로 입을 틀어막은 채 지켜봤다.

추백과 조후가 당장 달려가지 않은 건, 아무리 살펴봐도 머리를 쥐고 흔드는 사내가 무공을 익히지 않았음을 파악했기 때문이었다.

제아무리 폭발적인 분노가 초월적 힘을 이끌어낸다 해도 평범한 사람에겐 어느 정도의 한계선이 있었다.

그리고 두 사람이 판단하기에 송겸은 능히 사내의 손을 뿌리치고 나올 수 있는, 한계 밖에 서 있는 자였다.

그런 까닭에 달려가 말릴 수가 없었다.

송겸이 이제껏 보여준 행동이나 말들은 기상천외한 인간의 전형을 제시한 터라, 지금의 이 상황도 그 무언가 범인(凡人)으로서는 이해하기 힘든 깊은 뜻이 있다고 봐야 했다.

그럼에도 불구하고 상황은 솔직히 너무 처절했다.

"이야야야~"

사내는 급기야 이십 바퀴째를 돌리더니 한소리 괴성을 지르며 송겸을 뿌리쳤다.

그 순간 괴음이 허공에 울려 퍼졌다.

쑤우욱~

송겸의 몸은 무성한 잡초가 한 움큼 뽑혀 나가는 소리를 동반한 채 허공을 날았다. 사실 지금 송겸의 상태는 머리의 통증을 느낄 만한 여유가 없었다.

온몸이 갈기갈기 찢겨져 나갈 듯 진기가 요동치며 말로 형용하기 힘든 고통이 엄습했기 때문이다.

속히 귀식대법을 펼쳐야 했다. 이미 상당히 늦은 감이 있었지만 지금이라도 귀식대법을 펼치지 않으면 돌이킬 수 없는 화를 당할 것이라는 것이 온몸으로 느껴졌다.

송겸은 몸이 땅에 처박히는 순간 귀식대법을 운용했다.

철퍼덕~

송겸이 나가떨어진 주위로 뿌옇게 먼지가 일었고, 뿌리친 사내는 두 주먹을 폈다. 그의 손아귀에는 송겸의 머리카락이 듬뿍 놓여 있었다. 아까 섬뜩하게 들려온 쑤우욱, 소리의 결과물이었다.

사내는 즉시 손바닥에 올려진 흉물스러운 머리카락을 털어내고는 사랑하는 여인의 손을 잡고 부리나케 달아났다.

경공을 펼친 것도 아니건만 두 사람은 너무도 빨리 후닥닥 사라져버렸다. 그 광경을 멀거니 바라보던 추백과 조후는 그제야 조심스럽게 송겸에게 다가갔다.

추백과 조후의 머리에는 온통 의문투성이였다.

상황이 험하긴 했어도 반드시 어떤 반전이 있을 것이라고 생각했었

다. 그것이 어떤 형태일지는 몰라도 뭔가가 기발한 것이 나타났어야
했다.

하지만 연인들은 아무 일도 없이 사라져 버렸고, 뿌연 먼지가 서서
히 가라앉은 가운데 송겸은 헌신짝 버려지듯 팽개쳐진 상태로 뻗어 있
다.

도대체 이 상황을 어떻게 해석해야 한단 말인가.

신비회 활동이 오래되다 보니 선한 일이 아예 몸에 밴 건지, 아니면
갑자기 도를 깨쳐 개과천선(改過遷善)이라도 한 것인지, 그것도 아니라
면 끝내 돌아버린 것인지.

추백과 조후의 눈에 제일 먼저 띈 것은 송겸의 뽑혀 버린 머리 부분
이었다. 잔디의 어느 한 부분만 쏙 빼놓은 듯 머리 중심에서 좌우로 한
치가 넘게 머리털이 뿌리째 뽑혀 나간 상태였다.

허옇게 드러난 곳에는 피가 알알이 맺히고 있어 둘은 웃어야 할지
울어야 할지 모르는 표정이 되고 말았다.

마음을 추스른 추백이 송겸을 깨웠다.

"형님, 정신 차리십시오."

아무런 반응이 없었다.

비록 머리카락이 뽑혀 나가고 팽개쳐졌기로서니 혼절했다는 것은
있을 수 없는 일이었다. 장력에 맞았더라도 벌떡 일어서야 정상이었
다.

"형님! 형님, 정신 차리십시오."

또 다른 장난이 아닐까 의심하던 추백의 마음에 불길함이 스몄다.

추백은 맥박을 짚었다. 그리고 이내 얼굴이 사색이 되어버렸다. 믿
을 수 없어 심장과 목을 번갈아 만지던 추백이 얼이 나간 사람처럼 더

듣거렸다.

"뭐, 뭐야. 주, 죽은 거야?"

조후도 무슨 소라냐는 듯 급히 송겸을 살폈다. 다를 건 없었다. 조후는 차가워진 육신에 놀라 서너 걸음 뒷걸음질쳤다.

"어, 어떻게 이런 일이……!"

송겸이 귀식대법을 펼친 상태라는 것을 알 리 없는 추백과 조후는 이 황당무계한 죽음 앞에 슬퍼할 겨를도 없이 두려움에 휩싸였다.

송겸의 사문을 알고 있는 두 사람에게 이건 단순한 죽음이 아니었다.

신비회의 수장으로서의 죽음이나 형님으로서의 죽음이라면 아무리 어이없는 죽음이라도 슬픈 마음이 일었을 것이다.

하지만 지금 이 죽음은 독왕노괴의 제자의 죽음이었다.

슬픔을 느끼기엔 압박해 오는 두려움이 너무 컸다. 비록 죽인 사람이 따로 있다고는 해도 아무 책임도 없다고 말할 수 없는 것은 당연했다.

송겸을 들쳐 업고 객방에 누인 후 추백은 창가에 서서 길게 한숨을 내쉬고 있었고, 조후는 침상 옆에서 당장이라도 울어버릴 것 같은 표정으로 송겸을 바라보고 있었다.

다시 일 식경 정도가 지나 추백이 방 귀퉁이에 쭈그리고 앉아 무릎 사이에 얼굴을 파묻었으며, 조후는 침상 아래쪽에 엎드려 가끔씩 이마로 바닥이 울릴 정도로 찧어댔다.

그렇게 아무 말도 없이 한 시진을 보낸 두 사람은 혼이 빠져나간 몸을 이끌고 탁자에 마주 앉았다.

"이제 어떻게 하죠?"

조후의 물음에 추백이 답한 것은 그로부터 일각이나 훌쩍 지난 뒤였다.

"몰라."

답답하게 한숨을 내쉰 조후가 몸을 일으켜 방을 나섰다. 그리고 다시 돌아올 때 조후의 손에는 큰 술병 두 개가 들려 있었다.

술 두 병은 충격을 잊어버리기엔 터무니없이 부족했다.

눈 깜짝할 사이도 없이 목구멍으로 털어 넣어버린 후 이번에는 추백이 방을 나서더니 점소이 두 명을 대동하고 들어왔다.

점소이들은 돼지 몸통만한 술독을 끙끙거리며 마주 들고는 탁자 곁에 두고 소리없이 방을 나섰다.

그들은 수많은 사람을 상대해 본 경험으로 방 안을 가득 메운 어둡고 무거운 공기를 감지했고, 이때는 그저 조용히 사라지는 것이 최선이라는 것을 잘 알고 있었던 것이다.

마음이 심란해져 술은 금방 취했지만 아직 사물을 분간할 수 있고 머리에 무언가 생각이라는 것이 떠오르는 상태였기에 술병을 놓을 수가 없었다.

서로가 술을 따라주거나 건배를 하는 일 따윈 없었다.

그러기엔 둘의 마음은 너무도 초조하고 답답했다.

술병을 손목째 술독에 푹 담갔다가 뽀글뽀글 거리는 소리가 멈추며 술병이 가득 차면 곧바로 손을 빼 입에 쏟아 부었다. 이건 말 그대로 술을 마시는 것이 아니라 술을 몸 안에 집어넣는 하나의 처절한 작업이었다.

해가 저물고 술독이 횅하니 비기 직전 먼저 인생사를 잃어버린 이는 조후였다. 조후는 술병을 입에 가져가는가 싶더니 아주 느린 동작으로 뒤로 넘어져 그대로 의식을 잃었다.

추백은 그 광경을 보며 크크, 소리를 내며 웃고는 엉거주춤 탁자를 잡고 일어나 술독에 머리를 처박았다.

머리는 아래로, 다리는 위로 든 채로 바닥에 깔린 술을 핥아 마시던 추백의 다리가 한순간 균형을 잃자 술독이 기우뚱하더니 끝내 기울어 그대로 박살났고, 그와 함께 추백도 아련히 나락으로 빠져들었다.

이로써 객방 안에는 전혀 죽은 것이 아닌 세 구의 시체가 나뒹굴었다.

추백과 조후가 정신을 차린 것은 해가 중천에 솟은 뒤였다.

난장판으로 어지러워진 방 안에서 비틀거리며 일어나 취독으로 머리를 움켜쥔 둘은 한순간 침상에 놓인 송겸에게 시선이 닿았다.

그 즉시 빙빙대던 정신이 망각의 세계를 뚫고 현실로 급격히 돌아왔다.

'빠져나갈 수 없어, 제길.'

둘은 힘없이 탁자에 앉았다.

어제처럼 또 술을 마실 수는 없었다. 어차피 마셔본들 술로 해결될 일이란 세상에 아무것도 없다는 것을 다시금 깨닫는 것에 불과하리라.

"우리 말이다…… 그냥 죽어버릴까?"

추백의 말에 조후가 쓰게 웃었다.

"어쩌면 그게 좋을지도 모르겠군요."

말은 그렇게 했지만 둘 다 죽는다고 해결될 문제가 아니라는 것을 잘 알고 있었고, 사실 죽고 싶지도 않았다.

"천지문(天地門)이 멸문당한 이야기에 대해 들어보셨나요?"

추백은 처음 듣는 소리였다. 대답 대신 의문 어린 시선으로 바라보자 조후가 말을 이었다.

"저도 자세한 것까지는 모릅니다만, 뭐 어쩌면 사실이 아닐 수도 있구요. 독왕노괴님께서는 형님 이전에 제자가 있었다고 합니다."

"있었다고?"

"그렇죠. 이미 지난 일이고 완료되었죠. 천지문인들이 그를 죽여 버렸으니까요."

"뭐, 뭐라구?! 어떻게 그런 일이……."

"아마 그땐 무공을 익힌 지 얼마 되지 않았던 때였나 봅니다. 그 일로 천인문은… 휴, 사라진 거죠."

추백의 얼굴은 그렇지 않아도 축 늘어졌는데 이젠 거의 흐르는 죽이 되고 말았다.

"그러니까 독왕노괴님이 어렵게 얻은 두 번째 제자가 죽어버렸다? 허허허."

전전긍긍하며 혹여 불똥이 수라곡으로 튈까를 염려했건만 이건 거의 절망이었다.

너무도 대수롭지 않게 죽어버렸기 때문에 마땅히 누구에게 복수를 해야 할지 아마 독왕노괴도 난감하리라. 그러다 보면 애꿎은 희생양을 찾을지도 몰랐다.

"도대체 이게 무슨 날벼락이야!"

추백은 탁자를 쾅, 소리가 나게 내려치면서 분통을 터뜨렸다.

"형님, 냉정해져야 합니다."

조후가 말을 이었다.

"우리가 할 일은 둘 중 하나입니다."

"말해 봐."

"큰형님의 죽음은 세상 어느 누구도 모르고 있습니다. 사실 우리가 동행하는 것을 아는 사람도 없다는 말이죠. 그러니 우리만 종적을 감추면 모든 것이 세월 속에 묻혀지는 겁니다."

말이야 맞는 말이었지만 추백은 흐느적거리며 고개를 저었다.

"너는 지금 칠성사괴을 너무 과소평가하고 있어. 그들은 우리가 생각하는 일반적인 상식의 테두리 밖에 인물들이야."

조후의 얼굴이 침울해졌다. 백 번을 다시 듣는다 해도 변론할 수 없는 말이었다.

"휴, 그렇긴 하죠."

"또 하나는?"

"음, 두 번째는 독왕노괴님을 찾아가 사실대로 말을 하는 겁니다."

"독왕노괴님이 과연 믿어줄까?"

추백의 의문은 지극히 당연한 것이었다.

독왕노괴 앞에 선다.

안녕하세요, 저는 추백이라고 합니다.

그러니까 말입니다. 연인이 걸어가고 있었답니다. 그때 형님이 딱 그 앞을 가로막고 희롱을 했더랬죠. 자기 여자를 건드리니 사내 녀석이 갑자기 소리를 지르더니 형님의 머리채를 붙들지 뭐겠습니까.

그리고는 허수아비 휘두르듯이 돌려 버렸답니다. 저도 보면서 어찌나 황당하던지. 사내는 한 백 바퀴를 돌렸을 겁니다. 그러다 허공에 뿌려 버렸는데 이렇게 죽어버린 겁니다.

여기 보세요. 머리털이 뽑힌 자국이 선명하잖습니까.

네? 저희는 그동안 뭘 하고 있었냐구요?

아하하, 그러니까 저희는 뒤쪽에서 몰래 지켜보고 있었죠.

네? 유서는 남겨두었냐구요? 유서를 남길 새가 있었어야죠.

네? 제 유서요?

"휴우~"

한숨은 너무 깊어 탁자가 부서져 나가고 땅이 움푹 파일 정도였다.

사실대로 말하는 것은 어서 나를 지옥의 가장 깊은 무간도(無間道)로 보내주십시오라고 말하는 것과 다를 바 없었다.

"믿어주지 않겠죠?"

"그래, 우리가 정이 든 것은 형님이지 독왕노괴님이 아니니까."

그 뒤에도 두 사람은 갖가지 방안을 고심했지만, 그때마다 하나같이 답답한 결론에 도달한 뿐이었다.

답답한 심정으로 석양이 서쪽 하늘을 붉게 물들이는 것을 멍하니 바라봤다. 서서히 어둠이 임하는 광경은 운명을 말해 주는 것만 같아 착잡하기 이를 데 없었다.

완연히 어둠이 임했을 때 추백과 조후는 서로를 바라보며 고개를 끄덕였다. 그리고 몇 마디를 나눈 후 조후가 밖으로 나갔고 추백은 송겸의 침상 곁에 서서 중얼거렸다.

"이렇게 허무하게 죽어버리면 어떡합니까? 죽더라도 좀 그럴싸하게 죽어야죠. 휴유, 독왕노괴님께는 사실대로 말하겠습니다. 뭐, 여차하면 우리도 죽겠지만 그때가 되면 형님이 계신 곳으로 갈 수 있겠죠. 지금 조후가 관을 사러 갔습니다. 길을 잘 알지도 못하고 먼 길이겠기에 형님을 모시고 갈 수는 없을 것 같거든요. 일단 좋은 자리에 고이 묻어드리겠습니다. 물론 나중에 다시 이장하게 될 테니 너무 서운하게는 생각지 마세요. 어쩌면 그때쯤에는 저나 조후도 그 옆 자리에 누워 있을지도 모르겠군요."

추백은 아버지께 이야기할 생각은 없었다. 그건 일만 더 크게 벌이는 것이라는 생각에서였다. 추백의 눈가로 옅게 눈물이 비쳤다.

송겸은 곧 생매장당할 위기에 놓였지만 전혀 이 사실을 깨닫지 못했다. 사실 독왕노괴가 전수한 귀식대법은 매우 고명한 것이어서 깊은 내력이 없더라도 주위를 감지할 수 있을 뿐 아니라 원한다면 눈까지 뜰 수도 있었다.

하나 송겸이 귀식대법을 펼쳤을 때는 적절한 시기를 넘긴 후였고, 그것은 곧 생명까지 위협하는 상황이었다.

최악의 상태에서 목숨이 경각이 이르렀을 때 간신히 귀식대법이 운용되었기 망정이지 조금이라도 늦었다면 지금쯤 저승사자와 간다, 안 간다 실랑이를 벌이고 있었을 것이다.

하지만 문제는 섬환독공의 폭주의 끝자락에서 운용된 덕분에 유익한 기능들을 전혀 사용하지 못하게 된 것이다.

지금으로서는 섬환독공이 온전히 초기화되어 저절로 깨어날 때를 기다려야 하는 상황이었다.

얼마 지나지 않아 조후가 돌아왔다.

"준비되었습니다."

"그래, 가자."

조후가 창문을 열자 추백이 송겸을 등에 업고 먼저 빠져나갔고, 조후가 뒤를 이었다.

객잔의 뒤뜰에 놓인 관에 송겸을 넣은 둘은 근처 야산으로 향했다.

　　　　*　　　　*　　　　*

　막충은 신형이 점점 무뎌짐을 느꼈다.

　포기해선 안 된다고 마음을 추스르며 사력을 다하고 있었지만, 절망
의 안개는 스멀거리며 온몸으로 번져만 갔다.

　그가 소요문의 제자가 된 지도 벌써 육 년.

　사부 금원은 언제나 무공을 가르치기 전 이렇게 말했다.

　"강호의 무인으로 불의를 보고도 못 본 척하는 것만큼 부끄러운 것은 없
다. 사람을 죽이기 위해 무공을 익히는 것이 아니다. 애매히 고난당하는 이
들의 방패가 되고 의로운 깃발이 되기 위함인 것이다."

　막충은 사부의 가르침을 한시도 잊은 적이 없었다.

　그리고 이틀 전에는 고리대금업자들의 행패를 목격하고선 혼쭐을
내주는 것으로 사부의 말씀을 받들었다.

　하지만 핍박당하던 이들은 전혀 기쁜 기색이 없었을 뿐 아니라 도리
어 더 무거운 짐을 들쳐 멘 얼굴이 되었다.

　많지 않은 강호의 경험이지만 막충은 그들이 왜 불안해하는지 잘 알
고 있었다. 더 크게 닥쳐올 보복! 막충은 그마저 마무리 짓겠노라고 말
했다.

　그러나 결과는 이처럼 보기 흉하게 달아나는 부끄러움을 낳았다.

　뒤에 닥친 무리는 총 다섯으로 그들은 스스로를 오령조(五嶺組)라 칭
했고, 그들의 무공은 막충의 예상을 훨씬 뛰어넘는 것이었다.

　막충도 소요문의 삼대제자 중에서 인정받는 실력을 갖추었지만 그

들 다섯을 상대하기엔 무리였다. 혹여 둘 정도라면 힘들게나마 제압할 수 있었을 것이다.

그는 이미 어깨와 옆구리에 상처를 입어 그 부위의 옷자락이 붉게 번져 있었고, 달리는 와중에도 조금씩 피가 새어 나오고 있었다. 그나마 비껴 맞지 않았다면 숨을 쉬고 있지 못했을 것이다.

연신 두 발을 교차하며 달리던 막충의 신형이 한순간 휘청거렸다.

피를 많이 흘린 데다 기력이 급격히 떨어지면서 몸이 균형을 잃은 것이다. 몇 걸음 비틀거리던 막충은 다시 내달리지 않고 걸음을 멈추고 돌아섰다.

저만치 오령조 일당이 죽음을 몰고 거친 기세로 달려오고 있는 것이 보였다.

'한없이 달리다간 맥없이 나자빠지고 말 것이다. 어차피 절망적이라면 한 놈이라도 저승길에 데리고 가겠다!'

버러지만도 못한 놈들과 저승을 동행한다는 것은 그리 즐거울 일은 아니겠으나 그래도 혼자 가는 것보다는 환영받을 일일 것이다.

검을 뽑아 들고 비장한 각오를 다진 막충은 태산처럼 우뚝 서서 오령조를 기다렸다.

몇 번 숨을 들이키기도 전에 오령조가 막충을 에워쌌다.

"흐흐, 쥐새끼마냥 달리더니 이제 힘이 다한 게냐."

"크크, 쥐구멍을 아직 찾지 못한 것이겠지."

"네놈이 그래도 뭔가를 좀 아는구나. 내가 풍수를 좀 아는데 이곳은 묏자리 쓰기에 아주 좋은 곳인걸."

"아까는 미안했다. 심장을 도려낸다는 것이 그만 옆구리를 훑고 말았으니 말이다. 이번에는 실수하지 않으마."

"나도 미안!"

사십 대 중반을 전후로 한 오령조 일당들은 험악한 인상만큼이나 누가 더 험악하게 말하는지에 대해 내기라도 하듯 악담을 퍼부었다.

"누가 쥐새끼인지는 끝까지 가보면 알 게 될 것이다."

막충의 음성은 명료하고 힘이 넘쳐 어디에도 불리한 상황에 처한 사람으로 보이지 않았다.

"클클, 젊은 놈이라서 그런지 아직도 상황 파악이 안 되는 모양이구나. 저기를 좀 봐라."

오령조의 맏형 황석이 손을 뻗어 하늘을 가리키며 말했다.

"저기 저만큼 염라대왕이 구름을 타고 내려오고 있지 않느냐. 가만가만가만, 염라대왕이 뭐라고 하는데?"

황석은 손을 귀에 대고 무언가를 듣는 척하며 말을 이었다.

"'어린놈이 목숨 알기를 닭 모가지 알 듯하는구나. 이런 썩을 놈 같으니!' 하하하 옳으신 말씀이오, 염라대왕. 자, 그럼 네놈도 대왕의 마중을 나가도록 해라."

황석이 말을 끝내기 무섭게 오령조는 일제히 달려들었다.

허공을 칼로 그어 그 안으로 뚫고 들어간 오령조의 기세는 막충의 목과 가슴, 등, 다리를 분리해 버리겠다는 뜻이 명백했다.

막충은 천둥번개의 문양이라는 의미를 지닌 뇌문검법(雷刎劍法)으로 맞섰다.

몸을 회전시켜 뇌전의 기운을 검에 싣고, 네 사람의 칼을 쳐내며 천운보(天雲步)를 시전, 하체를 베어오는 도를 피했다.

포위하며 공격하는 오령조는 서두르는 기색은 보이지 않았다.

거칠고 사나운 최후의 발악에 굳이 위험을 무릅쓸 필요가 없다는 것을 잘 알고 있었다.

애쓰지 않아도 시간은 자신들의 편인 것이다.

얼마 지나지 않아 절로 목을 길게 늘어뜨릴 것이 분명했다. 그렇게 되기까지는 그저 바닷물처럼 밀고 갔다 다시 빠져나오기를 반복하면 된다.

오령조의 바람대로 막충은 옆구리와 어깨의 통증이 커지고, 점점 기력이 소진되어 갔다. 더욱이 이런 추세라면 이틀이고 사흘이고 싸우게 될 터인데 그전에 힘이 다해 침을 질질거리며 주저앉게 될 것이 뻔했다.

'제길, 한 놈이라도 죽여야 하는데……'

초조한 마음에 동작을 크게 가져가며 뇌전의 기운을 뿜어냈다.

한순간 막충이 오른편에서 비스듬히 쳐오는 칼을 향해 검을 날렸다.

창!

막충의 검은 비껴 맞은 까닭에 그만 두 동강 나고 말았다.

'제길!'

막충은 한소리 크게 괴성을 토해내며 반 토막의 검을 휘둘렀다.

그사이 잠시 틈이 벌어지자 신형을 날려 몸을 빼냈다.

언덕을 넘어 이십여 장(약 70미터) 정도를 달렸을까.

"하하하, 굼벵이라도 삶아 먹은 거냐?"

황급히 멈춰 선 곳에는 오령조의 맏형인 황석이 느글거리며 길목을 가로막고 있었다. 막충의 움직임이 둔해짐과 황석이 미리 경로를 예상한 결과였다.

어느새 뒤를 쫓아온 나머지 오령조들도 음산한 웃음을 머금고 슬금거리며 접근했다.

막충이 으르렁거렸다.

"결코 하늘이 너희를 용서하지 않을 것이다!"

"하늘? 하늘이라… 하늘이 뭘 어떻게 하는데? 하늘이 밥을 주냐? 돈을 주길 하냐. 갑자기 마른하늘에 날벼락이라도 친다던?"

황석의 말에 뒤에 멈춰선 오령조들이 일제히 웃음을 터뜨렸다.

"무릎을 꿇고 깔끔하게 죽여달라고 빌… 엇!"

황석은 분명 '빌어라' 라는 말을 했어야 했지만 말을 맺지 못하고 경악성을 터뜨렸다.

그의 시선은 막충의 오른쪽 뒤편을 향하고 있어, 그가 놀라자 모두 그곳을 쳐다봤다.

"뭐, 뭐지?"

"헉!"

오령조와 막충은 죽이느냐 죽느냐의 순간에 놓여 있었음에도 이때만큼은 모든 것을 잊어버렸다. 그들의 시선이 닿은 무덤의 흙더미가 간헐적으로 뭉클거리고 있었다.

황석은 잘못 봤겠지, 라는 생각으로 눈을 빠르게 세 번 깜박였지만 눈을 다 깜박인 뒤 무덤은 자세히 보란 듯이 꿈틀거림이 더욱 커져 있었다.

이미 다른 사람들도 무덤을 보고는 놀라 입을 다물지 못했다.

한밤중이 아닌 강렬한 태양이 내리쬐는 상황에서의 무덤의 광경은 야심한 밤보다 더욱 기괴하고 섬뜩한 공포로 다가서고 있었다.

귀신이 낮에 나타난다는 것은 있을 수 없는 일이었고 있어서도 안 되는 일이었다. 하지만 그것이 현실이 되어 눈앞에 펼쳐지려 하였기에 삽시간에 주변은 낯설고 황량하게 변해 버리고 말았다.

찰나의 순간 공간이 바뀌면서 끝없는 모래사막에 놓인 기분.

아직도 분명하고도 명확히 풀과 나무들, 구름, 바람이 존재했지만 그것들은 도무지 현실성이 없어 보였다.

시간은 정지하고 공간은 물컹거렸다.

심장마저 너무 놀랐는지 거센 박동을 잊어버리고 있었다.

흙더미는 점점 더 거칠게 움직였다. 그리고 끝내 뭔가가 땅을 뚫고 나왔다.

흙으로 범벅된 둥그스름한 것이었다.

'저건 뭐지? 머린가? 뭐, 뭐야, 도대체!'

'수천 년을 산 거대한 흙 벌레가 사람의 형상으로 변한 것인지도 몰라.'

'도, 도망쳐야 해! 달려야 한다구! 진무야, 달려!'

진무뿐 아니라 모두 도망쳐야 한다고 생각했지만, 두뇌의 명령을 공포에 질린 두 다리가 거부하고 있었다.

이어 손일 것이라 짐작되는 것이 나왔다. 그리고는 서서히 흙 범벅이 된 몸체가 무덤을 빠져나왔다.

오령조의 막내인 이열은 바짓가랑이가 젖어들고 있는 것조차 인식하지 못할 정도로 숨을 멈추고 그 광경을 바라봤다.

급기야 무덤을 벗어난 괴물이 괴성을 질렀다.

"크아아악~"

그렇지 않아도 살짝만 놀라도 자지러질 준비가 되어 있던 오령조와 막충은 깜짝 놀라 비틀거렸다.

괴물은 이어 온몸을 거칠게 흔들며 흙을 털어내기 시작했다.

그러자 대충 사람의 모양이 나왔다. 그래도 공포를 떨쳐 내기엔 한참 부족했다.

"너는 누, 누구냐? 귀, 귀 귀, 귀신이라면 썩 물러… 가라."

황석은 용기를 내어 말은 꺼내긴 했지만 어찌나 더듬고 목소리가 덜덜 떨리는지 도리어 자신의 목소리를 듣고 겁을 더 집어먹고 말았다.

마음으로 준비한,

'아무리 유령이라도 유령이 낮에 나올 수는 없는 법이다. 어서 썩 물러가라! 나오려거든 해가 저문 다음에 나와라!'

는 말은 할 엄두조차 나지 않았다.

무덤에서 힘겹게 기어 나온 이는 다름 아닌 송겸이었다.

송겸은 흙을 털어내고는 뜬금없이 귀신 운운하자 자신의 몰골과 무덤을 연달아 보고는 울화가 치밀었다.

송겸이 귀식대법에서 깨어난 것은 일 식경 전이었다.

섬환독공이 재순환함과 동시에 눈을 떴으나 잠시 눈을 뜬 것인지 아직도 뜨지 않은 것인지 헛갈렸다. 암흑 천지였다.

몇 번 눈을 깜박여 보고서야 눈을 뜬 것이 확실하다는 것을 느끼고, 어디 밀실에 놓인 것이라고 생각했다. 습관처럼 턱을 만지려고 손을 들자 뭔가 탁 하고 걸렸다.

"이건 뭐야?"

몇 번 손으로 툭툭 쳐보자 둔탁한 나무 소리가 났다. 느낌이 좋지 않았다.

"이봐! 밖에 누구 없어! 여긴 대체 어디야. 설마 내가 죽은 건 아니겠지? 뜬금없이 염라대왕이 나타나서 인사하기 없다. 이봐, 누가 말 좀 해봐!"

아무 반응이 없자 몇 번 악에 받쳐 소리를 지르던 송겸은 그제야 대강 상황을 알아차렸다.

'이런, 그렇다고 나를 묻어버려? 이것들을 그냥. 확.'

송겸은 기가 막혔다. 아무리 그래도 그렇지, 그 며칠을 참지 못하고 땅에 묻어버리는 놈들이 어디에 있단 말인가. 나가면 아예 두 놈을 산 채로 묻어 죽여 버려야겠다고 다짐했다.

송겸은 몇 번 악다구니를 쓰고는 공력을 끌어올려 관을 부수고, 흙더미를 긁어내면서 그렇게 두더지마냥 기어 나온 것이다.

그렇게 잘 다져진 흙더미를 뚫고 처절하게 나온 송겸이었건만 나오자마자 귀신 운운하는 말은 불에 기름을 끼얹는 것과 다를 바 없었다. 거기다 칼까지 꼬나 쥐고 있지 않는가.

"뭐냐, 이 씨팔 놈들아!"

한동안 사용하지 않았던 양아치 시절에 갈고닦은 욕이 서슴없이 튀어나왔다.

오령조와 막충은 괴물이 사람 말을 할 뿐 아니라 욕까지 서슴없이 하자 자라의 목처럼 움츠러들었다.

"응원하며 박수는 못 쳐줄망정 무슨 망발이냐, 이 개자식들아!"

연이는 폭언에 오령조는 도리어 온몸을 지배하던 공포가 서서히 물러나는 것을 느꼈다.

그렇다. 귀신은 절대 쌍욕을 하지 않는다. 굳이 할 필요가 없기 때문이다. 게다가 음성은 고작 많이 쳐줘도 이십 대 중반에 불과해 보였다.

방금까지 낯설게 변했던 풍경이 삽시간에 현실감있게 다가왔다.

연이어 송겸이 욕을 해댔지만 그것은 도리어 오령조를 자신만만하게 만들었다.

몇 번의 심호흡을 한 후 황석이 큰 소리로 웃었다.

"크하하하하! 푸하하하하!"

황석이 터뜨린 웃음은 남아 있던 두려움을 싸그리 몰아냈고, 그의 아우들도 함께 웃음을 터뜨렸다. 막충은 웃어야 할지 울어야 할지 모르는 표정이 되어 송겸과 오령조를 번갈아 쳐다볼 뿐이었다.

"흙장난이나 하고 있던 애송이였구만."

"아가야, 너의 흉측한 몰골에 칼을 박아 넣으면 날이 상할 것 같으니 조용히 물러서도록 해라."

'흙장난? 이게 흙장난이라고?

송겸은 눈이 획 뒤집혔다.

산 채로 매장당해 죽을 고생을 하며 기어 나왔건만 환호는 고사하고 장난이라고? 이게 장난으로 보여?

"이놈들이 아주 죽여 달라고 고함을 지르는구나!"

송겸은 앞뒤 가리지 않고 신형을 날렸다.

그 찰나의 순간에 송겸은 뭔가가 달라져 있다는 것을 깨달았다.

신형이 예상했던 속도를 넘어 쑤욱, 나아간 것이다.

그전과 비교해 볼 때 이건 거의 두 배 정도의 빠름이었다.

여유만만하게 있던 오령조는 화들짝 놀라 방어 자세를 취했지만 어느새 송겸의 몸은 그들의 코앞에 이른 상태였다.

송겸은 그들에게 여유를 주지 않고 심은장을 펼쳐 삽시간에 두 놈의 어깨와 가슴을 가격했다. 현란하게 펼쳐지는 잔상보 사이로 세 개의 칼날이 비껴갔고, 칼의 그물망을 뚫고 다시금 쇄풍각의 수법 중 다리를 쓸어가는 절환회운으로 한 놈을 더 넘어뜨렸다.

마음이 원하는 대로 몸은 반응해 주고 있었다. 송겸의 움직임은 거침이 없었다.

황석이 솟아올라 일도양단의 기세로 태양을 뒤로하고 내려쳤다.

송겸은 오른발을 기괴하게 움직여 사정권을 벗어나면서 그 발을 축으로 두고 왼발로 공중에 뜬 황석의 옆구리를 걷어차 버렸다.

황석은 속절없이 나가떨어졌고, 마지막 남은 이열이 위축된 마음에 따른 위축된 동작으로 칼을 뻗어왔다.

송겸은 장력을 날려 칼을 빗겨낸 후 미끄러지듯이 이열에게 접근해 그의 목을 수도로 가격했다.

이열은 그대로 뒤로 나가떨어지며 목을 움켜쥐고는 온몸을 버둥거렸다.

송겸은 주변에 나뒹굴며 고통스러워하는 오령조 사이를 누비면서 발로 밟아갔다.

"네놈들도 한번 땅에 묻혀볼래? 응? 지금 이게 장난으로 보이냔 말이다! 죽어라, 이놈들아, 죽어!"

한참을 밟아대던 송겸이 동작을 멈춘 것은 막충의 말 때문이었다.

"어려운 일에 처했는데 뜻하지 않게 구함을 얻게 되어 감사드립니다."

한쪽에 물러나 있던 막충에게 송겸은 생명의 은인이며 수호신이었다. 세상 그 어떤 말로도 감사를 전할 수는 없을 것 같았다.

그러나 송겸은 눈을 치켜떴다.

"넌 뭐야?"

"네? 아, 저는 그러니까… 고리대금업자들로부터……."

"뭐야, 이 자식은 또 왜 이렇게 말이 많아."

송겸은 짜증을 참을 수 없었다.

그리고 막충은 무작정 달려드는 송겸에게 밟혀 버렸다.

"으헉! 대, 대협! 왜 그러세요. 대, 대협! 아아악~ 사람 살려~"

"아우우, 입 닥치지 못해!"

삭삭. 삭삭.

교교히 흐르는 달빛에 드러난 무덤은 을씨년스럽기 그지없었다.

서너 번 삽질을 했을까? 조후는 울상을 지으며 말했다.

"꼭 이 밤에 해야겠어요? 내일 아침에 일어나자마자 와서 처리하자구요."

"안 돼. 혹시 누가 보기라도 한다면 괜히 골치 아파지니까 어서 파기나 해라."

추백의 말에 조후가 길게 한숨을 내쉬었다.

귀신이 있을 턱이 없지만 야심한 밤에 무덤을 파는 일은 결코 유쾌한 일이 아니었다. 또한 나흘이나 지났으니 시체는 부패가 시작되었을 것이다. 생각만으로도 몸이 썩어가는 것 같았다.

그들이 이처럼 송겸을 묻은 무덤으로 돌아온 것은 증거물을 가져가기 위함이었다.

황당무계의 극치를 달린 죽음을 물증도 없이 주절거렸다가는 말을 채 끝맺기도 전에 목이 달아날 것이라는 점을 뒤늦게 깨달은 것이었다.

거의 관이 드러날 시점이었다.

부스럭.

수풀이 요란하게 스치는 소리가 났다. 추백과 조후는 등골이 오싹해져 허겁지겁 사방을 둘러보았다. 연이어 들리는 소리를 눈으로 쫓으니 저만큼 사슴의 뒷모습이 보였다.

"휴우~"

조후가 한숨을 내쉬었고 추백이 보챘다.

"자자, 어서 끝내고 여길 떠나자."

조후가 관 위에 남은 흙을 걷어내고 관 뚜껑을 열자, 두 사람은 역겨운 냄새가 풍길 것이라는 생각에 인상을 찡그렸지만 다행히 썩는 냄새는 없었다.

관은 움푹 파인 곳에 놓인 탓에 괴괴한 어둠이 더욱 깊게 내려앉아 있었다.

"어서 부채를 찾아봐."

추백이 채근하자 조후는 속으로 '니가 좀 하지 그러냐' 라는 말을 씨부리고 떨리는 손으로 관 안을 뒤져 갔다. 허리로 짐작되는 곳을 집중적으로 만지자 물컹거리는 살집이 스칠 때마다 소름이 오싹 돋았다.

"이, 이상한데요. 부채가 없어요."

"그럴 리가. 잘 뒤져 봐."

"진짜 없다니까요."

"몸 아래 깔린 건지도 모르겠다. 좋아, 관을 빼내서 살펴보자."

둘은 땅에 박힌 관을 부여잡고 뽑아 밖으로 끄집어냈다. 관 내부가 달빛에 훤히 드러났다.

그 순간 둘은 누가 먼저랄 것도 없이 비명을 내질렀다.

"으어억~"

"으아아악~"

너무 놀란 나머지 관을 떨어뜨리고는 주춤거리며 뒤로 물러났다.

"어떻게 된 거죠?"

조후가 겁먹은 표정으로 물었다.

"무덤을 잘못 판 거 아니냐?"

"그럴 리가요."

조후는 주변을 천천히 둘러보고 말을 이었다.

"확실해요."

"그런데 왜 엉뚱한 사람이 들어 있는 거냐?"

그랬다. 관 속에는 우락부락하게 생긴 사십 대로 보이는 중년 사내가 들어 있었던 것이다.

둘은 조심스럽게 관에 다가가 자세히 살폈다. 역시 사람이 달랐다. 사람이 죽게 되면 얼굴이 바뀐다는 말은 듣도 보도 못했다.

그동안 인피면구를 쓰고 다닌 것이라고 생각하기에도 무리가 따랐다. 그러면 도대체 누가 인피면구를 벗겨냈겠는가 말이다.

바로 그때였다.

"이야야약~"

야멸찬 외침 소리에, 그렇지 않아도 예민해져 있던 추백과 조후는 화들짝 놀라 허둥거렸고, 둘에게 검은 그림자가 벼락같이 덮쳤다. 그리고는 이어 난타가 펼쳐졌다.

"이 새끼들, 죽어라! 죽어! 감히 나를 묻어버리다니……! 네놈들이 그러고도 나와 호형호제했다고 할 수 있느냐! 나는 너희들을 믿었건만 네놈들이 나를 배신해? 이 자식들, 죽어라!"

파파팍. 파파파팍.

얻어터지면서 추백과 조후는 비로소 검은 그림자가 송겸이란 것을 알았지만 그것을 깨닫자 더 큰 두려움을 느꼈다.

하지만 한참을 맞으면서 서서히 귀신이 아니라는 것을 알아갔다.

귀신도 귀신 나름의 명예가 있지, 이렇게 흉포하게 사람을 팰 리는 없는 것이다. 어떻게 된 일인지 알 수는 없었지만 송겸이 죽지 않은 것은 분명했다.

이렇게 된 사실은 이랬다.

송겸은 무덤에서 나온 후 오령조와 막층을 밟아버렸고, 보상 심리가 발동해 오령조 중 가장 인상이 더러운 맏형 황석만을 남기고 다 쫓아버렸다.

송겸은 곧바로 황석의 마혈은 물론이고 아혈까지 찍어 관 속에 넣고 묻어버린 후 눈에 불을 켜고 추백과 조후를 찾아 나섰다.

거의 미친놈처럼 광분하여 하루 종일 쥐 잡듯이 뒤졌지만 흔적조차 발견하지 못하자 문득 한 가지 생각이 떠올랐다.

'범죄를 저지른 놈들은 반드시 현장으로 돌아오는 법! 그래, 바로 그거야!'

그리하여 어젯밤부터 몸을 숨기고 있었는데 아니나 다를까, 녀석들이 현장에 나타난 것이다.

"죽어라, 배신자들~"

얼마나 지났을까. 때리는 사람도 지치고 맞는 사람도 지쳐 모두 대자로 뻗어버린 상황이 되었을 때 추백이 숨을 헐떡이며 중얼거렸다.

"헉헉, 형님. 어떻게… 살아나신 겁니까?"

"살아난 게 아니고 원래부터 죽지 않았던 거야."

이번엔 조후가 물었다.

"그게 무슨 말씀이세요. 우리가 몇 번이나 확인했는지 아세요?"

송겸은 시큰둥하게 답했다.

"귀식대법을 펼치고 있었을 뿐이야."

"귀식대법이라구요?"

"귀식대법이라뇨?"

추백과 조후가 거의 동시에 물었다. 두 사람 다 믿지 못하는 것은 어쩌면 당연했다.

귀식대법이 무엇인가!

무공을 익혔다고 해서 아무나 장풍 날리듯이 펼칠 수 있는 것이 아닌 것이다. 강호의 내로라하는 고수들조차 귀식대법을 펼칠 수 있는 사람은 드물었다.

"귀식대법이 아니면 내가 어떻게 네놈들하고 이야기를 할 수 있겠느냐!"

추백과 조후는 도무지 납득할 수 없었지만 그것 외에는 달리 지금까지의 상황을 설명할 수 없음도 인정해야 했다. 문득 독왕노괴를 떠올리니 불가능한 일만은 아닐 것이라는 생각도 들었다.

한참 숨을 고른 후 송겸은 자리에서 일어나 관 속에 얌전히 누워 있는 황석을 끄집어냈다.

"누군가요?"

추백이 물었다.

"몰라."

"네?"

의아해하는 둘을 뒤로한 채 송겸은 황석의 혈을 풀어주었다.

대개 혈을 짚어놓더라도 서너 시진이 지나면 자연적으로 풀리게 마련이건만 송겸은 독문의 수법으로 단단히 혈을 점한 까닭에 황석은 이틀간을 꼼짝도 못하고 관 속에 누워 있을 수밖에 없었다.

혈이 풀렸지만 잠시 황석은 마비 증세를 벗어나지 못하고 그저 옅은 신음만을 흘리고 있었다.

"어디서 이상한 신음을 지르고 난리야!"

송겸은 인정사정없이 황석의 바지춤을 붙들고 저만치 던져 버렸다.

황석은 종이 쪼가리처럼 맥없이 날아가 퍽, 소리와 함께 나가떨어졌다.

송겸은 이번에는 추백과 조후을 향해 조소를 머금고 말했다.

"네놈들 차례다."

"네?"

"허허, 이거 왜들 그러시나. 이러면 내가 섭하지."

대강 눈치를 챈 추백과 조후가 울상을 지었다.

"저희는 귀식대법을 모른다구요."

"잔소리 말고 들어갈래, 아니면 내 손에 죽을래."

추백과 조후는 고개를 떨구고 죽으러 가는 사람처럼 흐느적거리며 관 속으로 들어갔다.

몸을 비스듬히 해 서로 등을 돌린 채 모로 눕자 딱 들어맞았다.

송겸이 말했다.

"마주 보고 누워."

"네? 그건 좀……."

"빨리!"

추백과 조후는 힘겹게 몸을 빼 마주 보고 누웠다.

거의 입술이 닿을 정도였고, 입 냄새까지 그대로 전해졌다. 콧바람도 규칙적으로 따뜻하게 느껴져 속이 느글거리고 넘어올 것만 같았다.

여기서 만약 둘 중 누가 구토라도 한다면 그건 곧바로 지옥에 떨어진 것과 다름없을 것이기에 혐오스럽더라도 둘은 사랑스런 여인과 마주하고 있다는 환상을 그려가면서 애써 마음을 다스려 갔다.

송겸은 만면에 득의한 미소를 머금고는 관을 들어 무덤 속으로 집어던졌고, 이내 덮개를 닫아버렸다.

그리고는 아무도 모르게 보물을 숨겨놓는 사람처럼, 거의 실성에 가까운 허겁지겁을 발휘해 흙을 덮어버렸다.

"만세~ 하하하! 이놈들아, 맛이 어떠냐!"

제15장 분노

모든 원인의 제공자는 송겸이었지만, 송겸은 자신의 잘못을 다른 사람의 탓으로 돌리는 것을 부담스럽게 여기는 성격의 종족이 아닌 고로 추백과 조후를 향한 분풀이는 생매장만으로 끝나지 않았다.

송겸은 정오가 되기를 기다려 추백과 조후를 관에서 빼내 거의 얼이 빠져 버린 둘의 머리카락을 뽑아버렸다.

뽑은 자리는 며칠 전에 괴력을 발휘한 사내에게 자신이 뽑혔던 머리카락 위치와 동일한 곳이었다.

추백과 조후는 황당함의 경계선을 넘어 의기소침의 나라로 들어갔고, 나름대로 통쾌한 복수를 했다고 생각했던 송겸도 실컷 분풀이를 했지만 결과적으로 아무것도 얻은 것이 없어(물론 무공의 큰 성취가 있었으나 송겸은 중요하게 여기지 않았다) 그리 좋은 기분만은 아니었다.

세 사람은 머리가 뽑혀 나간 자리를 옆머리로 잘 빗어 넘겨 빈 곳을 메우는 작업을 펼쳤고, 그 모양은 공을 들인다고 들였지만 매우 우스꽝스러워 바보 삼 형제가 강호에 출도한 것만 같았다.

꼴이 그렇다 보니 마녀(?) 교청은의 손아귀에서 벗어난 것을 축하하며 마음껏 못된 짓을 일삼으려던 계획도 흐지부지 막을 내려야 했다.

송겸은 원래 가고자 했던 곳, 즉 추백이 소곤거리며 말했던 그곳을 향해 나아갔다.

그렇게 교청은이 끼어들어 꼬여 버린 방향을 고쳐 진행하면서는 일행은 말을 이용했다. 머리가 정상적으로 자라날 때까지는 되도록 빠른 행보로 사람들의 시선을 피해야 하는 까닭이었다.

그러한 빠른 행보는 조후를 곤란하게 만들기에 충분했다.

조후로서는 교청은을 떨쳐 낸 상태였기에 호시탐탐 탈출의 기회를 노렸지만 정신없이 몰아치는 바람에 좀처럼 기회를 찾지 못하게 된 것이다.

물론 교청은과 송겸의 원한 관계가 완전히 정리된 것이라고 보기는 어려웠지만 어느 정도의 성과는 있었기에 이 정도에서 손을 털고 빠져나와도 별 무리는 없을 것이라는 생각이었다.

결국 조후는 머리카락이 정상적으로 자랄 때까지, 즉 송겸이 여유를 찾을 때까지 동행하는 쪽으로 생각을 고쳐 먹어야 했다.

조후는 열심히 따르기는 했어도 도대체 목적지가 어디인지 들은 바가 없어 가는 길에 추백에게 슬그머니 물어보았다.

하지만 추백은 말할 듯하다가도 입을 다물어 의문만 증폭시킬 따름이었다. 그러다 여러 번 채근 끝에 강소성(江蘇省)의 금약현(金約縣)이 목적지임을 알아냈다.

그러자 당연히 그곳에는 무슨 까닭으로 가는가, 라는 의문이 이어졌고, 그에 대한 물음에는 시종 답을 들을 수 없었다.

그렇게 거의 한 달 반을 넘겼을 때, 일행은 드디어 금약현에 이르렀다.

이때쯤 뽑혀 나간 머리털이 자라나긴 했지만 아직까지는 모자라 전체 머리 모양을 보자면 여전히 조화롭지 못했다.

금약현의 초입에서 송겸이 말했다.

"자, 일단 쳐들어가기 전에 목부터 축이자."

조후는 쳐들어간다는 말에 문득 긴장했다. 예삿일은 아닐 것이라는 생각은 했지만 결국 살벌한 격전이 펼쳐지는 것이 분명했다.

화운루라는 이름의 주루에 들자 점심때를 한참 지나서인지 주루에는 손님이 네댓 명 띄엄띄엄 앉아 있을 뿐이었다.

그중 사십 대 중년인이 잔뜩 술에 취해 있으면서도 여전히 술을 부어 넣고 있는 모습이 눈에 거슬려 그곳으로부터 조금 떨어진 곳에 자리를 잡고 앉았다.

간단히 술을 시킨 후 송겸이 추백에게 물었다.

"어디쯤이냐?"

"여기에서 그리 멀지 않습니다."

송겸과 추백이 하는 말을 유심히 듣던 조후는 침을 꿀꺽 삼켰다.

'칼부림이 날 모양이구나. 추 형님의 얼굴이 긴장되어 있어. 도대체 어떤 놈일까?'

송겸의 질문이 이어졌다.

"하하하, 가슴이 두근거리겠구나."

조후의 눈이 움찔했다.

'가슴이 두근거려? 역시 대단한 놈인 게로군.'

추백이 답했다.

"하하, 형님도……."

"얼굴은 진짜 이쁘냐?"

조후는 순간 멍해지고 말았다.

'얼굴이 이쁘냐니? 이건 또 웬 지렁이가 돌멩이에 걸려 넘어지는 소리냐? 왜 느닷없이 얼굴타령이야.'

조후는 무언가 알 수 없는 불안에 휘감겨 추백의 답변을 기다렸다.

"청순가련하다고 할까요."

"청순가련? 그건 좀 우리 성향하고 맞지 않는 거 아니냐?"

조후는 급기야 머리가 돌아버릴 것만 같았다.

'자, 잠깐만! 지금 무슨 말을 하고 있는 거지? 쳐들어간다고 했다가 또 청순가련이라니? 도대체 이 인간들 뭐 하자는 수작이야!'

송겸의 말이 이어졌다.

"여자는 자고로 남자한테 잘하고 고분고분한 게 제일이지만 너무 심하면 넌 인생 종치는 수가 있어."

"하하, 그거야 천천히 오염시키면 되죠."

그제야 조후는 대충의 상황을 파악할 수 있었다.

'그, 그러니까 지금… 이곳에 온 이유가 추 형님이 마음에 담고 있던 한 여자를 만나기 위해서 온 거란 말이지? 이 사람들 도대체 뭐야!'

조후는 몸에서 힘이 쫙 빠져나가는 것을 느꼈다.

한 사람은 칠성사괴 중 독왕노괴의 제자요, 다른 한 사람은 수라곡주의 아들이다.

배경은 묵직하기 그지없는 인간들이 어찌 이리 졸렬한지 도무지 이해할 수 없었다.

적어도 어떤 행보를 함에 있어 자신의 존재에 걸맞는 행동을 해야 하는 것이다. 천하를 얻고자 하는 야망까지는 아니더라도 뭔가 고개를 끄덕일 만한 일이어야 하지 않는가 말이다.

조후는 축 처진 채로 일어나 잠깐 볼일 좀 보고 오겠노라고 말했다.

주루를 나와 입구에서 몇 걸음 떨어진 곳에 쭈그리고 앉아 길게 한숨을 내쉬었다.

'정말 기가 막힌 일이로군. 살다 살다 이런 경우는 처음이다. 덜떨어진 인간들 같으니.'

조후는 처음 문주의 명을 받들었을 때, 독왕노괴의 제자와 얽힌 일이라 무언가 가슴 뛰는 신비로운 일을 겪을 것이라고 생각했었다.

아니, 어떤 면에서 지금껏 겪은 송겸과 추백은 충분히 신비로웠다. 문제는 그 도가 지나쳐 해괴망측(駭怪罔測)과 괴상망측(怪常罔測)을 수시로 넘나든다는 점이었다.

속으로 한참을 투덜거리던 조후는 너무나 기가 막혀 한숨을 푹푹 내쉬다가 어느 순간부터는 실실거리며 웃기 시작했다. 너무 어이없어 분노가 그 경계를 뚫고 허탈한 웃음의 나라로 진격해 버린 것이다.

"크큭, 정상이 아니야, 정상이. 꿈도 야망도 없는 시시껄렁한 인간들 같으니. 크크큭… 이런 사실을 독왕노괴나 수라곡주가 상상이나 할 수 있을까?"

조후는 크큭거리던 것이 점점 도를 넘어 배가 울릴 정도로 웃음이 터져 나와 손으로 입을 막고 웃었다.

그렇게 조후가 한 손은 배를 움켜쥐고 한 손은 입을 틀어막으면서 애써 웃음을 제어할 때였다. 문득 저만치 말을 타고 오는 한 사람이 시야에 들어왔다.

하도 웃어서 눈물을 찔끔거려 시야가 흐릿하게 얼룩졌지만 어딘가 낯익은 듯한 모습이었다.

누군가, 하고 손으로 눈을 비벼 자세히 바라본 조후의 얼굴은 웃음기가 삽시간에 날아가고 나무토막처럼 굳어버렸다.

'어, 어떻게……!'

지금도 충분히 어이없건만 더 어처구니없는 광경이 눈앞에 태연히 드러나고 있었다.

이런 우연이 과연 가능하단 말인가.

조후의 시선이 닿는 그곳에는 한 여인이 말을 타고 오고 있는 중이었다. 여자라는 점이 경악스러운 것이 아니라 그녀가 바로 교청은이라는 점이 경악의 실체였다.

그녀도 조후를 확인했는지 확연히 방향이 조후 쪽을 향하고 있었다. 조후는 주춤거리며 뒤로 물러나더니 객잔으로 들어가 송겸과 조후에게 달려가 떨리는 음성으로 말했다.

"교, 교 낭자가 옵니다. 교 낭자요."

송겸이 배시시 웃었다.

"흐흐, 너도 농담하는 실력이 꽤 늘었구나. 진짜 실감나는걸."

조후는 눈을 부릅뜨고 다시 말했다.

"그녀라니까요! 그녀가 이곳으로 오고 있단 말입니다."

그제야 뭔가 심상치 않음을 느낀 송겸이 자리를 박차고 일어나 조후의 멱살을 틀어쥐었다.

"만약 장난이라면 네놈을 부숴 버리겠다!"

하지만 송겸은 조후의 눈을 통해 사실임을 확인했다.

송겸이 조후를 잡은 손을 놓고 밖으로 달려나갔다. 그가 막 문을 나서려 할 때 잊을 수 없는 얼굴이 눈앞에 나타났다.

어찌 잊으랴. 엷게 쌍꺼풀이 진 눈, 빛나는 눈동자, 웃으면 초승달처럼 변하지만 화를 낼 때는 갈매기가 날개를 펼치는 눈썹.

그 짧은 순간 송겸은 수천 날 동안 살면서 생각해야 할 것보다 더 많은 것을 떠올렸다.

'이것은 새롭게 하늘에서 선보이는 저주인가? 아니야, 아니야! 이건 환상일 뿐이야! 나는 지금 선 채로 환상을 보고 있는 것이라구! 아무렴, 그럴 리가 있겠어!'

그리고 다시 눈을 한 번 깜박이는 사이에 생각했다.

'이건 그녀가 아냐. 저건 마녀가 술수를 부리는 거야. 그렇지 않고서야 어떻게 떡하니 우리 앞에 나타날 수 있겠어!'

그래도 여전히 환상은 사라지지 않고 더욱 또렷해졌다. 아무리 부정해 봐도 그녀는 여전히 교청은이었다.

정지된 시간이 정상으로 돌아왔을 때 송겸의 얼굴은 어느새 감격스러운 표정이 되어 있었다.

"이럴 수가! 하하하, 교 낭자가 아니오? 몸은 괜찮은 게요. 반갑소, 반가워. 우리가 끝내는 이렇게 만나게 되는구려."

송겸은 당장이라도 끌어안을 듯한 기세였다.

교청은도 싱긋 미소 지었다.

"뭘 그렇게 놀라나요? 당연한 것 아닌가요. 저야……."

그녀의 말은 거기에서 추백에 의해 가로막혔다.

"그럼요. 우리는 떼려야 뗄 수 없는 동지가 아니겠습니까. 만남은 당연한 것이지요."

추백의 음성에도 진정 반가운 마음이 가득했다.

송겸이나 조후는 이 황당무계한 상황을 자연스럽게 넘기기 위해 추백이 과장된 음성을 발한 것이라고 생각했으나 사실 그 내막은 전혀 다른 데 있었다.

원래 교청은이 이곳을 찾을 수 있도록 은밀히 쪽지를 남긴 이는 다름 아닌 추백이었다. 그렇기에 혹시라도 교청은이 쪽지에 관한 이야기를 꺼낸다면 몸이 열 개라도 성할 수가 없는 터라 어떻게든 수습을 하려 한 것이었다.

추백으로서는 이미 교청은을 만나게 되리라는 것을 예상하고 있었기에 이런 상황이 오면 어떻게 풀어 나갈지에 대한 것도 여러 각도로 염두에 두고 있던 터였다.

"자자, 어서 자리에 앉으십시오."

추백이 교청은에게 말한 후 다시 송겸을 보고 말했다.

"형님은 밖에 나가려던 참 아니셨습니까?"

송겸이 객잔의 문을 나서려던 차에 교청은과 마주친 것이었기에 추백의 말은 매우 적절했다.

물론 지금 한 말은 추백이 송겸이 없는 사이 쪽지에 관한 부분을 무마시키려는 것이었지만 송겸으로서는 그저 추백이 숨이라도 돌리고 오라는 것으로 이해했다.

'고마운 녀석!'

"어? 하하, 맞아. 그렇지. 내 정신 좀 보게나. 뜻밖에 교 낭자를 보게 되자 너무 기쁜 나머지 깜빡했구나. 자자, 어서 자리에 모시거라."

밖으로 나온 송겸은 하늘을 한 번 쳐다보고 길게 한숨을 내쉬며 고개를 떨궜다.

멍하니 발걸음을 옮겨 객잔을 끼고 돌아 터벅터벅 구석 모퉁이로 걸어가 벽에 몸을 기대고는 그대로 주르르 주저앉았다.

쥐며느리의 몸이 말린 것처럼 두 팔로 무릎을 감싸 안고 머리를 무릎에 처박았다.

'도대체 나는 전생에 얼마나 많은 죄를 지은 것일까? 무슨 업보가 이리도 무겁단 말인가. 아, 하늘이시여……'

마침 길을 지나던 한 노파가 그런 모습을 보고 걸걸한 목소리로 말했다.

"쯧쯧, 젊은 사람이 안됐구먼. 벌써부터 거리로 나서다니……."

송겸은 노파를 흘긋 바라보고는 처연한 표정으로 다시 고개를 묻었다.

한편 객잔 안에 자리한 추백은 당시 긴박했던(?) 정황에 대해 이야기하며 자연스럽게 쪽지에 대한 이야기가 나오도록 했다.

"그나마 쪽지가 있어 안심이 되더군요."

교청은의 말에 놀란 것은 조후였다.

"쪽지? 쪽지라뇨?"

추백이 아무렇지도 않다는 듯 교청은을 보고 말했다.

"사실 쪽지를 남긴 사람은 접니다. 하하, 놀라는 조 장로를 보십시오. 이 일은 형님에게도 알리지 않았답니다."

조후는 너무나 기가 막혀 창자가 뱃속에서 춤을 추는 것같이 되고 말았다.

'어, 어떻게 그럴 수가… 도대체 왜! 왜! 왜~'

교청은이 물었다.

"왜 알리지 않은 거죠?"

"제가 말씀드리지 않은 이유는 우연인 듯 만나게 되면 더욱 기쁜 마음이 클 것이기 때문입니다. 형님은 적들을 따돌리고 다시 되돌아갔을 때 교 낭자를 찾을 수 없자 늘 근심으로 하루하루를 보내셨답니다. 그러니 교 낭자께서도 우연인 것처럼 해주시고 쪽지에 대한 내용은 비밀로 해주십시오."

교청은은 왠지 설레임과 유사한 묘한 기분이 들었다.

"뭐, 그야 어려운 일은 아니죠."

그때 조후가 자리에서 일어섰다.

"저, 잠깐 실례하겠습니다."

"형님께는 비밀이다. 알았지?"

추백이 다짐하듯 묻자 조후가 애써 아무렇지도 않은 표정으로 말했다.

"하하, 그럼요."

조후는 아주 조금이나마 추백의 뜻을 알 것 같았다. 하지만 그렇기에 더욱 심한 괴리감에 빠져 허우적거렸다. 이 무슨 수작이란 말인가. 두 사람이 남녀의 깊은 관계를 맺었기에 각별한 입장일 수 있다고까지는 인정할 수 있었다.

그러나 분명한 것은 조후가 알고 있는 추백은 절대 훌륭한 중매쟁이로서의 인간은 아니었다. 도대체 언제부터 꽃놀이패의 주장을 맡기로 했단 말인가.

객잔을 빠져나간 조후는 흐느적거리며 송겸이 그랬던 것처럼 객잔을 끼고 돌았다. 송겸을 발견한 조후는 송겸의 옆에 웅크리고 앉아 송겸과 쌍둥이마냥 무릎 사이에 머리를 처박았다.

잠시 후 먼저 몸을 일으킨 건 송겸이었다. 다시 마음을 다진 송겸이 조후에게 말했다.

"힘내자. 이 시련은 우리를 단련시키려는 하늘의 뜻이겠지."

조후가 대꾸도 없이 그저 머리를 파묻고 앉아 있자 송겸이 말을 이었다.

"이제 들어가자. 추백이 혼자서 교 낭자를 상대하느라 고생이 많겠다."

그 말에 조후는 물끄러미 송겸을 바라봤다.

표정은 물끄러미였지만, 그 얼굴 이면에 자리한 또 다른 표정은 이렇게 말하고 있었다.

'이 양반아, 정신 차려. 교청은을 이리로 끌고 온 것이 바로 추 형이라구. 그 작자는 미쳤단 말이외다!'

속으로 부르짖듯 외친 조후가 몸을 일으켰다.

두 사람이 다시 객잔 안으로 들어갔을 때에는 얼굴에 남은 처연한 기색을 완전히 지운 상태였다.

"하하하, 무슨 이야기를 그리도 도란도란 하시는 게요?"

교청은이 말을 받았다.

"오랜만에 보니 반갑기 그지없군요. 이런 자리에 술이 없을 수 없겠죠?"

"그야 물론이지요."

송겸이 힘차게 고개를 끄덕이고 큰 소리로 점소이를 불러 이곳에서 최고로 좋은 술을 내오라 말했다.

일행이 담소를 나누며 술이 몇 순배 돌았을 때였다.

사십 대 중반으로 보이는 한 사내가 객잔문을 거칠게 열고 들어오며 크게 외쳤다.

"왔요, 큰일이네! 어서 집으로 가야겠네!"

사내는 술이 떡이 되도록 마셔 거의 인사불성이 되어 있는 남자에게로 달려갔다. 술에 취한 자는 아까 송겸 일행이 객잔을 들어올 때 괴팍하게 술을 마시는 모양을 보고 그로부터 멀찌감치 떨어져 앉아야겠다고 생각했던 바로 그 사내였다.

왕요라고 불린 이는 송겸 일행이 들어왔을 때부터 취해 있었기에 자신에게 하는 소리도 제대로 듣지 못한 형편이었다.

객잔 안에 있는 사람들의 시선이 일제히 그곳으로 쏠린 것은 당연했다.

"이보게, 어서 일어나. 어서 일어나란 말이네."

어깨를 붙들고 몸을 일으켜 세우려 했지만 술기운 때문에 몸을 들기조차 어려웠다.

"날 내버려 두라구. 왜 귀찮게 난리야."

왕요가 혀 꼬부라진 소리를 내며 팔을 마구 휘젓자 일으키려던 사내가 성난 목소리로 외쳤다.

"정신 차려! 자네 아들이 잡혀갔단 말이네!"

부모에게 있어 자식의 안전만큼 중요한 것이 있을까?

거기에 왕요는 40세 때 본, 이제 겨우 다섯 살인 막내아들을 끔찍이 사랑하고 있었다. 술기운으로 가득 찬 머리가 하얗게 변하더니 정신이 번쩍 들었다.

왕요는 벌떡 일어나 충혈된 눈으로 물었다.

"그게 무슨 말인가! 똑바로 말해 보게!"

"그들이 데리고 갔어. 물건을 가져오지 않는다면 아들 볼 생각 하지 말라고 말이네. 어서 가세. 여기에서 긴 얘기를 나누고 있을 순 없지 않겠나."

왕요의 눈에서는 어느덧 눈물이 흘러내렸고, 그는 비틀거리면서 여기저기 탁자를 짚었지만 만취한 사람답지 않게 빠르게 객잔을 빠져나갔다.

그 광경을 객잔의 주인이 안쓰러운 표정으로 바라봤다.

교청은이 뒷모습을 쫓다가 이맛살을 찡그리며 말했다.

"무슨 일인지 가봐야 하지 않을까요?"

송겸도 이 급작스러운 사태에 적지 않게 놀란 터였다. 물건을 얻기 위해서 아들을 잡아가다니, 백주대낮에 어떻게 이런 일이 일어날 수 있단 말인가.

송겸은 잠시 가슴이 진탕되는 느낌에 사로잡혔다. 부모가 없이 자란 그 아픔을 누구보다 잘 알고 있는 송겸이었다.

홀로 남아 얼굴도 모르는 부모를 원망도 했지만 크면서 자식을 잃어버린 부모님의 마음은 수천 배는 더 아팠을 것이라는 생각을 하면서 원망은 사라졌었다.

"가봅시다."

이건 신비회라는 가상적인 조직의 임무와는 다른 것이었다. 교청은을 위한 것도 결코 아니었다.

여느 때와는 다른 기도를 보이는 송겸의 모습에 교청은은 물론이고 추백과 조후는 말로 형용하기 힘든 느낌을 받았다. 고의로 꾸민다고 해서 밖으로 표출될 그런 성질의 것이 결코 아니었다.

걸음을 빨리해 한참을 앞서 가던 왕요의 뒤를 십여 장(약 30미터)의 거리를 두고 따랐다.

비칠거리면서도 빠르게 나아가던 왕요는 친구와 함께 한 가옥으로 들어갔다.

그들이 들어가는 것을 본 순간 추백은 가슴이 철렁 내려앉는 것만 같았다. 이 집은 다름 아닌 찾고자 했던 여인의 집이었기 때문이다.

추백은 송겸에게 전음을 발했다.

"형님, 제가 말한 곳이 바로 이 집입니다."

송겸은 추백을 보고 가볍게 고개를 끄덕일 뿐 별다른 반응은 보이지 않았다. 지금 이 순간만큼은 그 일은 전혀 중요한 것이 아니었다.

송겸이 앞서 성큼 대문을 지나 집 안으로 들어갔다.

일행의 눈에 들어온 집 안의 광경은 난장판이었다. 기물이 여러 군데 파손되어 어지럽게 늘어져 있었고, 무엇보다도 마당 한가운데 부인으로 보이는 중년 여인이 머리를 풀어헤친 채 주저앉아 있었다. 어찌나 많이 울었던지 눈은 퉁퉁 붓고 눈물 자국이 양 볼을 따라 길게 그어져 있었다.

"어떻게 된 거야? 그놈들이 소아를 데리고 건 거야?"

왕요가 부인을 붙들고 물었지만 부인은 넋이 나간 사람처럼 허공만을 응시할 따름이었다.

"말 좀 해봐! 말 좀 해!"

그러자 부인이 서서히 시선을 남편에게 주더니 목이 메인 음성으로 말했다.

"어서 백자(白瓷)를 가지고 가서 아이를 데리고 오세요."

작은 소리였지만 부인의 음성은 온 세상의 슬픔을 모아놓은 것만 같았다.

굳이 묻지 않아도 어떤 상황인지 모르는 왕요가 아니었다. 하지만 직접 듣게 되니 그는 산이라도 짊어진 듯 힘겹게 주저앉았다.

선택의 여지는 없었다. 세상에 그 무엇도 자녀와 비교될 수는 없다.

그것이 집안 대대 가보로 내려오는 선학백자(仙鶴白瓷)라 하여도 마찬가지였다.

향유장원의 장주 도윤이 선학백자를 탐낸 것은 삼 개월 전부터였다. 그는 어떻게 알았는지 선학백자를 자신이 사겠노라고 했다.

왕요가 결코 팔 물건이 아니라고 해도 도윤은 끈질기게 요구했고, 급기야 한 달 전부터는 협박을 하기에 이르렀다.

온 가족을 죽이겠노라는 말은 기본이었고, 급작스럽게 찾아와 강압적으로 집 안을 이 잡듯이 뒤지며 선학백자를 찾으려고 했다. 하지만 이미 왕요는 선학백자를 삼 일 길 정도 떨어진 친척집으로 빼돌린 상태였기에 그들은 아무리 찾아도 찾을 수가 없었다.

온갖 협박과 압력이 들어왔지만 왕요는 목숨을 걸고 선학백자를 지키려 했고, 힘겨울 때면 주루에서 술을 마시는 것으로 마음을 덜어내고 있었다.

그러던 바로 오늘, 끝내 협박이 현실이 되어 나타나고 만 것이다.

현청으로 가서 고발한다는 것도 우스운 일이라는 것을 잘 알고 있었다.

향유장원의 도윤은 현령과도 밀접한 관계를 유지하고 있어 이 사태가 처음 벌어졌을 때 그는 도리어 없는 말을 지어낸다며 한 번만 더 향유장주를 기만한다면 매로 다스릴 것이라는 말만 들었다.

아무 힘도 없는 그가 할 수 있는 일은 곱게 선학백자를 갖다 바치고 무사히 아이를 데리고 오는 일뿐이었다.

한편 송겸은 주저앉은 어머니의 모습에서 눈을 떼지 못하고 바라보고 있었다.

어머니의 눈에서 다시금 눈물이 흘러내렸다. 울음소리도 내지 못하고 처연히 쏟아내는 눈물은 그 어떤 통곡보다 더 크게 마음을 울렸다.

심장에서 일기 시작한 뜨거운 분노가 송겸의 온몸으로 퍼져 갔다.

송겸이 유일하게 간직하고 있는 아픔, 몰래 숨겨놓고 아무에게도 드러내지 않았던 아픔이 지금 눈앞에 펼쳐져 있었다. 송겸의 마음속, 오랫동안 봉인해 두었던 슬픔이 스멀거리며 빠져나와 말로 표현하기 힘든 분노로 변해갔다.

나를 잃어버린 어머니도 저렇게 슬퍼하셨겠지?

창자가 마디마디 끊어지는 고통을 다문 입술로 신음 소리 한 번 내지 못하고, 눈을 깜박이지도 못하고 눈물을 흘리셨겠지?

송겸은 눈시울이 붉어지려는 것을 억지로 참아내고는 왕요의 친구에게로 걸음을 옮겼다.

"누굽니까? 누가 데리고 간 것입니까?"

사실 왕요의 친구 군재삼은 아까부터 낯선 청년들이 심각한 표정을 한 채 지켜보고 있는 것을 확인했었다.

안면이 전혀 없었기에 그는 정중히 나가달라고 말하려 했으나 분위기가 분위기인만큼 잠시 그대로 둔 것이었다.

하지만 이내 그중 한 명, 즉 송겸이 질식할 듯한 기도로 다가와 묻자 원래 하려던 말을 잊어먹고는 자기도 모르게 답하고 말았다.

"향유장원이네만… 그러나 거기……."

군재삼은 얼떨결에 말하고 나서는 말리려 했지만 그의 말은 송겸의 단호한 음성에 가로막혔다.

"알겠습니다."

송겸이 거침없이 대문을 나서자 일행도 바로 뒤를 따랐다.

향유장원을 찾는 것은 어려운 일이 아니었다. 이 일대에 향유장원을 모르는 사람이 없었던 터라 길을 걷던 사람에게 묻자 그는 자세히 알려주었다.

송겸과 일행은 지체치 않고 내달려 향유장원 앞에 이르렀다.

여느 장원과는 달리 대문 앞에는 검을 찬 두 명의 무사가 굳건히 버티고 있었다.

송겸은 무사들을 전혀 보지 못한 사람처럼 성큼거리며 문을 열고 들어가려 했고, 놀란 두 무사가 검을 움켜쥔 채 문을 가로막았다.

"여기가 어디라고 함부로 들어가려느냐!"

"너희와 이야기할 시간이 없다."

그 말과 함께 송겸은 양손을 각기 뻗어 두 무사의 가슴에 날렸다.

거리가 지척이었을 뿐 아니라 송겸이 이미 양손 가득 내력을 끌어올린 상태였기에 두 사람은 미처 피하지 못하고 비명을 지르며 그대로 나가떨어졌다.

"크아악~"

"으아악~"

두 무사에 대한 신뢰 때문인지 대문은 닫혀 있지 않았다.

안으로 들어가자, 이미 밖에서 난 비명 소리를 듣고 불청객이 방문했음을 알게 된 십여 명의 무사들 앞 다투어 몰려들었다.

"무슨 일이냐!"

중앙에 선 자가 호통 치듯 묻자 송겸이 이기죽거리며 말했다.

"장주를 만나러 왔다."

"그렇다면 정중히 약속 시간을 잡을 것이지 이 무슨 행패냐?"

"행패?"

송겸은 행패라는 말을 조용히 반문했다. 익숙한 단어였다. 그동안 행패라면 송겸도 부릴 만큼 부리고 살아온 터였다. 하지만 천륜을 끊는 행패는 분명 그 류가 다른 것이었다.

송겸이 비릿한 미소를 머금었다.

"그럼 좀 더 행패를 부려볼까?"

그 말과 함께 송겸이 신형을 날렸고, 더불어 추백 등도 동시에 달려들었다.

격전이 벌어지자 고함과 병장기 부딪치는 소리에 십여 명이 더 합세해 거의 이십여 명을 넘고 있었지만 송겸 일행에게 난처한 상황은 오지 않았다.

송겸은 눈앞에 거치적거리는 세 명을 쓰러뜨린 후 그중 한 명을 금나수법으로 움켜쥐고 물었다.

"장주는 어디에 있느냐?"

극심한 통증으로 얼굴을 찡그리면서도 말이 없자 송겸이 힘을 더했다.

"네가 아니어도 말해 줄 사람은 많다."

어깨가 통째로 떨어져 나갈 듯한 고통이 엄습하자 그제야 사내가 입을 열었다.

"크윽! 저기 뒤쪽 푸른색 지붕의 전각에……."

송겸은 추백 등만으로도 이곳에 있는 무리들을 충분히 상대하고도 남음이 있으리라는 판단 아래 붙들었던 무사를 휴지 조각 버리듯이 팽개친 후 달려갔다.

비록 앞에서 두어 명이 가로막았지만 그들로서는 섬환공의 재순환으로 공력이 상승한 송겸을 막기엔 역부족이었다.

거침없이 신형을 날려 장주가 머물고 있다는 전각에 이르자 송겸은 달려가는 기세 그대로 몸을 띄워 전각의 문을 부수고 들어갔다.

산산이 부서져 나간 문 너머로는 화려하다고밖에 표현할 수 없는 술판이 펼쳐져 있었다.

거의 사 장여(약 13미터) 정도나 되는 긴 탁자가 마련되어 있는 그곳엔 제일 상석에 장주로 짐작되는 이가 앉아 있었고, 그 좌우로는 여섯 명이 각기 양쪽에 세 명씩 미희들을 끼고 있었다.

드러난 광경은 너무도 태평하고 여유롭게 보여 송겸은 분노를 넘어 맥이 빠졌다.

아이를 빼앗긴 부모는 창자가 끊어지는 고통에 삶인지 죽음인지 구분하기조차 힘든 아픔을 겪고 있고, 아이를 붙잡아간 놈들은 잔치를 벌이고 있는 것이다.

"뭐 하는 놈인데 술맛 떨어지게 문을 부수고 난리냐."

장주의 오른쪽에 자리하고 있던 사십 대 중반의 사내의 말이었다.

저만치 밖에서는 지금도 격전의 소음이 들려오고 있었고, 송겸이 문을 박살 내고서 들어온 것을 감안할 때, 그의 음성은 너무도 태평한 것이었다.

송겸은 이 차분한 기운이 자신감에서 비롯되었음을 직감했다.

이 안에 자리한 어느 누구도 당황하거나 놀란 사람이 없었다. 술을 따르던 미희들도 처음에 잠깐 눈을 치켜뜨고 송겸을 바라봤을 뿐 지금에 와선 빈 잔에 술을 채우거나 안주를 집어 들고 있을 정도였다.

송겸은 어려운 싸움이 될 것이라 생각했다. 차분해져야 했다.

"아이를 찾으러 왔다."

방금 전 말을 했던 이가 장주를 향해 어깨를 으쓱 하고 물었다.

"장주, 아는 놈입니까?"

살집이 토실토실하게 오른 장주 포만석이 술을 입에 털어 넣고 말했다.

"죽여도 될 듯싶소이다."

"하북육살(河北六殺)이 애송이를 죽였다는 기록을 남기는 것은 그다지 바람직한 일은 아니지만 버릇없이 술자리를 어지럽혔으니 죽을 이유는 충분하겠구려."

하북육살의 맏형인 초령우라는 자, 이제 나들이를 가볼까라는 식의 지극히 활달한 목소리였다. 그는 이어 가장자리에 앉은 막내를 향해 바깥쪽을 가리켰고, 그 옆 다섯째에게는 턱으로 송겸을 가리켰다.

그 즉시 녹의를 걸친 훤칠한 키의 하북육살 중 다섯째 함초가 송겸을 향해 신형을 날렸다. 그리고 막내 고염연은 송겸을 지나쳐 바깥으로 달려나갔다. 고염연의 사명은 바깥의 소란을 잠재우는 것이리라.

초령우는 말을 하면서 하북육살임을 말한 것은 고의적인 것으로, 상대의 반응을 보려고 한 것이었다. 그럼에도 송겸이 여전히 냉정한 눈으로 바라볼 뿐이자 초령우는 세상 물정 모르는 강호의 애송이라고 생각했다.

그것은 송겸을 향해 몸을 날리는 함초의 생각도 마찬가지여서, 애송이에게 강호의 무서움을 보여줄 참이었다.

함초는 각법(脚法)에 조예가 깊어 비각신영(飛脚神影)이라는 별호를 얻은 자로, 지금 그는 별호에 걸맞게 송겸의 면상을 향해 매서운 각법을 펼쳐 냈다.

송겸은 빠른 속도로 짓쳐오는 상대의 발 그림자를 심은장으로 맞서 나갔다.

다섯 번의 발차기가 공기를 가르는 소리와 함께 이어졌다. 송겸은 공력을 끌어올려 네 번 비껴냈다가 다섯 번째 이르러서는 양 손바닥의 경력을 이용해 다가오는 발에 회전을 걸었다.

이 수법은 상대의 손이나 발이 뻗어오는 공간을 경력으로 가두고 힘을 가하는 것으로 제대로 걸려든다면 그 공간 안에 들어온 것은 회오리처럼 발하는 경력에 바스러져 버리고 만다.

함초는 순간 발이 뒤틀리는 것에 깜짝 놀라 디딤 발을 솟구치며 몸을 한 바퀴 틀어 송겸의 얼굴을 쳐냈다.

송겸은 뒤로 피하지 않는다면 치명적인 상처를 안을 수밖에 없는 형국이라 몸을 빼냈고, 그로 인해 함초 또한 송겸이 펼쳐 놓은 경력의 공간에서 발을 빼낼 수 있게 되었다.

삽시간에 손발이 어지럽게 오간 후 송겸은 불길한 느낌이 등줄기를 타고 올라오는 것을 막을 수 없었다..

한 명도 상대하기 벅찬 지금 뒤로는 더 강한 네 명이 더 버티고 있다. 순간 사부의 음성이 귓가에 맴돌았다.

"정파의 어린놈들이 왜 일찍 죽는 줄 아느냐? 주제 파악도 못하고 죽으려고 객기를 부리기 때문이야."

송겸은 지금 자신이 주제 파악도 못하고 있다는 것을 알고 있었지만 이대로 물러설 수도 없고 물러서서도 안 된다고 생각했다. 물론 이런 비슷한 처지로 강호 풋내기들이 죽어갔을 것이다.

함초는 전혀 본 적도 없는 장법을 구사하는 송겸에게 놀랐지만, 놀람보다는 모욕을 당했다는 생각이 더 컸다. 그는 내심 너무 가볍게 보았다는 생각에 마음을 고쳐 먹고 다시금 달려들었다.

"애송이! 이번에는 쉽지 않을 것이다."

송겸은 상대가 각법에 조예가 깊음을 확인하였기에 손으로는 여전히 심은장을 펼치고 발로는 쇄풍각을 펼쳐 냈다.

두 사람 다 최선을 다한 까닭에 격전은 치열하면서도 빠르게 지나갔다.

거의 대등한 실력을 보이는 광경에 가만히 지켜보고 있던 장주는 손으로 턱을 만지작거리며 가끔 하북육살의 수장인 초령우를 바라보았고, 초령우는 그것을 아는지 모르는지 시선을 음식에 두고 이것저것 집어 들고 있었다.

격렬한 싸움에 변화가 인 것은 순식간에 백여 초가 넘어갈 무렵이었다. 함초의 발에 송겸이 어깨를 스치듯 얻어맞고 비틀거리자 그 기세를 몰아붙여 함초의 발이 송겸의 복부를 가격했다.

송겸의 몸이 종잇장처럼 날아가 벽에 부딪치고 바닥에 널브러졌다.

그러자 초령우는 힐끔 보고는 술병을 들어 장주의 잔에 부었다.

"드시구려. 이제 끝난 것 같으니."

"하하, 그럽시다."

그때였다.

"죽어라!"

한마디 외침과 함께 멋진 축배는 산산이 부서졌다.

쓰러져 일어서지 못할 것으로 보였던 송겸이 웅크리던 몸을 용수철 튕기듯이 솟구쳐 함초에게 달려든 것이다. 함초는 여유있게 다가들며 숨통을 끊어놓으려 할 때였기에 미처 방비가 소홀했고, 그 틈새로 송겸이 파고든 것이었다.

오른손을 바깥쪽에서 안쪽으로 뻗으며 송겸의 공격을 막아가던 함초는 순간 헛바람을 들이켰다.

송겸이 기이한 움직임으로 그의 공격 범위를 벗어나 오른쪽 복부를 강타한 것이다. 섬환공의 강력한 내경이 그대로 함초의 몸에 적중되자 함초는 뒤로 네 걸음을 물러나더니 있을 수 없는 일이라는 듯한 표정으로 송겸을 바라보고는 그대로 허물어졌다.

송겸은 한 번의 승리에 도취할 수 없다는 것을 잘 알고 있었다. 이미 기혈이 흔들린 상태에서 가까스로 혼신의 힘을 쏟아 적을 무너뜨렸지만 그것은 어디까지나 가까스로 일 뿐이었다.

가장 좋은 방법은 장주를 붙들어 장주의 목숨과 자신, 그리고 아이의 목숨을 맞바꾸는 것이 가장 이상적인 방법이랄 수 있었다.

송겸은 탁자 위로 미끄러지듯이 신형을 날리며 장주에게 달려갔다.

예상치 못한 송겸의 행동에 순간 장주 도연의 얼굴이 경악으로 물들었다.

송겸이 막 중간 정도를 내달렸을 때였다.

뭔가 번쩍 한다고 송겸이 느꼈을 때, 송겸은 어깨가 불에 타 들어가는 통증을 느끼며 그대로 어깨가 뒤로 밀렸고, 몸이 반 바퀴 돌며 탁자 위로 널브러졌다.

송겸의 어깨에는 자루만 남은 단도가 깊이 틀어박힌 상태였다.

송겸으로서는 누가 어떻게 던진 것인지도 알 수 없었지만, 그 단도의 주인은 장주 옆에서 느긋한 표정을 짓고 있던 하북육살의 첫째 초령우의 것이었다.

그는 비도취혼이라는 별호에 걸맞게 간단히 송겸을 저지한 것이었다.

송겸이 왼손으로 오른쪽 어깨를 감싸 쥐며 일어서려 할 때 곁에 있던 하북육살의 세째 경운무가 사뿐히 탁자 위로 올라와 그대로 송겸의 옆구리를 발로 가격했다.

퍼억!

"욱~"

송겸은 짧은 단말마의 비명을 내지르며 전각의 입구까지 날아가 험하게 구르며 쓰러졌다. 설상가상으로 구르는 중에 어깨에 박힌 단도가 땅과 닿아 그 통증은 말로 형용하기 힘들 정도였다.

송겸을 향해 경운무가 천천히 다가갔고, 그사이 넷째인 초문관은 예상치 못한 일격에 쓰러진 함초의 상세를 살폈다.

경운무가 송겸 앞에 이르렀을 때 송겸은 비칠거리면서 몸을 일으키고 있었다.

경운무가 말했다.

"기백은 그래도 쓸 만하구나."

그래서인지 그는 송겸이 손을 짚고 억지로 일어나려는 것을 가만히 지켜봤다. 송겸은 가느다란 신음을 내지르면서 몸을 일으켰다.

그리고 한순간 송겸이 고개를 들었을 때 경운무는 뭔가가 아까와는 달라졌다는 것을 알아차렸다.

"이건 또 뭐지?"

송겸의 입가로 피가 흘러내리는 것 때문이 아니었다. 송겸의 눈동자에서 놀랍게도 자줏빛 광채가 번쩍이며 끊임없이 흘러나오고 있었기 때문이다.

송겸은 의식과 무의식의 경계점에 선 채 경운무에게 장력을 날렸다.

곧 죽을 듯하던 사람이라고는 믿어지지 않는 장세로 공격해 오자 경운무는 깜짝 놀라 경홀히 여기는 마음을 버리고 맞서 나갔다.

어깨에 단도가 박혀 있는 자라고는 생각할 수 없는, 방금 전 옆구리에 강력한 내경이 실린 발길질을 당한 사람이라고는 도무지 믿을 수 없는 힘과 빠름이 송겸으로부터 쏟아져 나와 경운무는 손발이 어지러워지며 막아내기에 급급했다.

송겸은 자신이 자안신광(紫眼神光)을 발하고 있다는 사실을 전혀 인지하지 못했지만 공격을 받고 있는 경운무나 지켜보는 이들의 놀라움은 결코 가벼운 것이 아니었다.

자줏빛 광채는 신비롭고, 또 다른 한편으로는 기묘한 공포를 불러일으켰다. 도저히 항거할 수 없을 것 같은 위압감이 끊임없이 송겸의 눈에서 뿜어져, 매서운 공격과 함께 경운무를 가두기 시작했다.

이렇듯 자안신광이 외부로 확연히 드러난 것은 송겸의 내부에 웅크리던 자안신광이 절체절명의 위기 상황에 이르자 의식의 경계를 뚫고 나와 그 힘으로 생명을 지켜내려 한 까닭이었다.

과거 작두파와 백 대 일의 난전을 펼쳤을 때도 위기의 순간을 맞았지만 그때는 자안신광이 드러날 정도의 무공 수준이 되지 않았고, 또한 그때는 지금의 분노만큼이나 분노할 상황은 되지 않았었다.

경운무는 송겸의 빠른 손속과 매서운 경력에 여러 번 난처한 상황에 빠져들었고, 그때마다 강호의 수많은 대전 경험을 통해 임기응변하며 막아내고 있었지만 그다지 좋은 상황은 아니었다.

그리고 그런 불안은 결국 송겸의 손이 그의 방어를 뚫고 가슴에 적중하는 결과로 나타났다.

가슴에 장력이 이르자 둔탁한 소리가 났고, 이내 경운무는 고통스러운 표정으로 급히 송겸의 손을 쳐내며 뒷걸음질쳤다. 그의 몸 안의 기혈이 멋대로 뒤틀렸고 끝내 왈칵 한 사발 정도의 피를 토해냈다.

송겸은 기세를 늦추지 않고 끝을 내겠다는 듯 몸을 날려 경운무의 머리를 내려치려 했다.

바로 그때였다.

한줄기 공기를 가르는 파공성이 난다 싶더니 어느새 송겸의 옆구리에 단도가 틀어박혔다.

"읍……."

단도가 어떤 식으로 몸 안에 박힌 것인지 송겸은 순간적으로 호흡이 끊기며 숨을 쉴 수 없게 되었고, 단도가 밀고 나가는 기세로 인해 휘청거렸다.

옆구리로 살을 후벼대는 통증이 어쩌나 거센지 송겸은 바다에서 육지에 건져 놓은 물고기처럼 입을 벌렸다 닫았다 하며 끔벅였다. 자줏빛 광채는 방금 전과 달리 현격히 약화되어 여린 빛만 남아 어른거렸다.

그때 하북육살의 둘째 윤홍이 신형을 뽑아 송겸의 면전에 착지하고는 아무 말이나 표정도 없이 그대로 송겸의 팔을 부러뜨렸다.

뚜드득.

"으아악~"

참담한 비명이 송겸의 입에서 터져 나왔지만, 그것으로 끝이 난 것은 아니었다.

윤홍은 장작으로 쓸 나뭇가지가 너무 큰 것이 아니냐는 식의 표정으로 다시금 송겸의 왼쪽 팔을 가볍게 부러뜨렸다.

그 고통이 어쩌나 크던지 송겸은 입을 크게 벌렸고, 비명은 한참 뒤에 터져 나왔다.

"끄아악~"

어깨와 옆구리에 박힌 단도 쪽에서 꾸역꾸역 피가 흘러나오고 있었으며, 두 팔마저 부러진 순간 송겸의 눈동자에 여리게 남았던 자줏빛 광채가 일순 선명한 빛으로 번쩍였다.

곁에 있던 윤홍과 그 외 하북육살의 안색이 급변했다. 방금 전 자줏빛 광채와 함께 전혀 다른 사람인 양 무공을 펼친 것을 보았던 그들이다.

하지만 그들의 염려와는 달리 송겸의 자줏빛 광채는 다시금 스르르 흐려지기 시작했다. 자안신광이 제아무리 대단하여 송겸의 잠재력을 격발시킨다 해도 그건 어디까지나 그 사람이 간직한 수련 정도와 성취에 영향을 받지 않을 수 없었다.

안타깝게도 지금 송겸의 몸은 바닥까지 다 긁어낸 상태로 더 이상 자안신광으로도 어찌할 수 없는 지경인 셈이었다.

"붙들고 있어라."

초령우의 싸늘한 말에 윤홍은 송겸을 뒤쪽에서 슬쩍 받쳐 들었다.

초령우가 손을 어떻게 움직였는지 어느새 그의 손에는 비도 한 자루가 들려 있었다.

그는 흐릿한 조소를 머금고 손목을 살짝 비틀었다. 비도는 빠르지도, 느리지도 않게 날아가 이내 송겸의 허벅지에 꽂혔다.

"아아악!"

더 이상 아픔을 느끼지 못할 만큼 충분히 고통스럽다고 생각했으나 또 다른 고통이 빠르게 허벅지를 타고 전해오자 송겸은 비명을 내질렀다. 다리가 의도와는 달리 제멋대로 후들거리고 있었다.

초령우는 만족한 듯 고개를 끄덕이고는 장주에게 비도를 건넸다.

"장주도 한번 던져 보시겠소?"

장주 도윤이 손사래를 쳤다.

"괜히 날만 상할 것 같구려."

"하하, 괜찮소이다. 장주의 목숨을 노린 놈이니만큼 장주도 보복을 해야 할 것이 아니겠소."

그러자 장주가 고개를 끄덕이며 비도를 받아 들었다.

"그럼 한번 해보리다."

장주 도윤은 비도를 쥔 손을 머리 위로 쳐들고는 힘껏 내던졌다.

송겸이 있는 곳까지는 약 칠 장여(22미터) 떨어진 터였고, 비도는 송겸의 머리 위를 스치듯 날아 지나갔다.

"하하. 이런이런, 쉽지 않군요."

도윤은 어깨를 으쓱했다. 그건 마치 나뭇가지 위에 앉은 새를 맞히지 못한 사람의 아쉬움처럼 그 어떤 인간적인 연민도 깃들지 않은 것이었다.

"하나 더 던져 보시구려."

초령우가 다시 비도를 건네려 할 때였다.

바깥의 소란을 막기 위해 나갔던 막내 고염연이 내전으로 들어섰다.

그의 뒤로는 청의 무복을 입은 사람 셋이 각기 추백과 조후, 그리고 교청은을 들쳐 메고 따라 들어왔다.

이미 추백 등은 격렬한 싸움을 겪었는지 핏자국이 묻어 있었고, 혈도를 제압당했는지 굳은 몸을 꼼짝도 하지 못하고 있었다.

고염연은 안으로 들어와 함초의 부상을 보고 의아해했지만 곧 송겸의 참담한 몰골을 보고는 위안을 삼았다.

"이곳에 놓아라."

고염연의 말에 따라 청의 무복의 사내들이 추백 등을 바닥에 내동댕

이쳤고, 추백 등은 송겸의 몸에 꽂힌 세 개의 단도와 그로 인해 피가 범벅이 된 모습을 보고 거의 울부짖다시피 외쳤다.

"이놈들아, 우리 형님을 어찌한 것이냐!"

"형님, 어찌 된 일입니까? 정신 차리십시오!"

"네놈들은 결코 하늘이 용서치 않을 것이다!"

그러나 송겸은 눈동자조차 그들에게 돌리지 못했다. 의식이 곧 끊어질 듯 말 듯한 상황에 놓인 터라 소리를 들을 수는 있었어도 흐리게 눈만 간헐적으로 깜박이고 있을 뿐이었다.

뒤에서 윤홍이 붙들고 있지 않고, 또 몸에 박힌 칼에서 끊임없이 고통이 전해오지 않았다면 아예 정신을 놓아버렸을 것이다.

"뭐가 이리 시끄러운 게냐."

초령우의 일갈에 고염연은 추백 등의 아혈을 찍었고, 잠잠해지자 초령우가 가만히 뇌까렸다.

"네놈들의 형님인지 뭔지가 어떻게 죽어가는지 구경하는 것도 꽤 볼만한 구경거리일 것이다. 똑똑히 봐두어라. 아아. 뭐, 그렇다고 해서 너희들이 그런 아름다운 광경을 추억으로 삼고 세상을 오래 향유할 수 있다는 것은 아니니 미리부터 기뻐하는 건 곤란해. 그저 저놈보다 눈을 몇 번 더 깜박이고 숨을 몇 차례 더 쉰다는 것에서 기쁨을 찾도록 해라."

초령우는 장주에게 다시금 비도를 건네고 말했다.

"이번에 확실히 놈의 숨통을 끊어놓으시구려."

"그럽시다. 하하하."

장주는 아까와는 달리 몸을 일으켜 세워, 이번에는 꼭 멋지게 표적에 적중시키겠다는 의지를 보였다. 그의 손이 뿌려지고 비도가 날았다.

그 광경을 지켜보며 추백 등은 분노가 끓었지만, 송겸을 위해 해줄 수 있는 것이 아무것도 없어 그저 가슴이 터질 듯한 답답함으로 지켜볼 따름이었다.

마음먹고 날린 탓인지 비도는 아까보다 더 빠른 속도로 나아갔고 방향도 정확해 송겸의 이마 쪽으로 날아갔다.

송겸은 자광이 어른거리는 흐릿한 눈으로 전면을 응시할 뿐 피할 어떤 자세도 갖추지 못했다. 이윽고 비도가 송겸의 이마에 꽂혔다. 아니, 꽂힌 것 같았다.

하지만 다행스럽게도 비도는 송겸의 이마에 닿을 시점에서 자루 방향이 송겸의 이마에 이르러 퍽, 하는 소리와 함께 옆으로 튀었다.

송겸의 이마는 붉게 변했고 장주 도윤이 안타까운 탄성을 내질렀다.

"아, 이번에는 정확했는데. 거참, 쉽지 않군요."

"저놈의 명줄이 그래도 꽤나 질긴 모양입니다그려."

초령우는 너털웃음을 지었고 장주가 말을 받았다.

"질질 끌 필요 있습니까? 보기도 흉하니 어서 치워 버립시다."

송겸이 탁자 위를 내달릴 때 한 자리씩 곁에 머물던 여인들은 놀라 옆문을 통해 나간 상태였고, 술맛을 느끼기엔 모든 게 난장판이었다. 장주 도윤으로서는 어서 깨끗이 쓸어버리고 언제 이런 일이 있었냐는 듯 이곳을 말끔히 정리하고 싶었다.

"그렇게 하지요."

초령우는 어느새 빼 든 비도를 손가락에 끼우고 송겸을 향해 날렸다. 이번에는 그 누구도 요행을 바랄 수 없었다. 추백과 조후, 교청은 의 눈에서 눈물이 흘러내렸다.

그 어떤 기대나 희망도 없는 지금, 자신이 곧 죽게 될 것이라는 것도 의식하지 못하는 송겸에게 비도는 목줄기를 꿰뚫을 양 맹렬히 공간을 갈랐다.

절체절명의 순간, 화살보다 빠른 비도가 목을 꿰뚫었다고 생각할 때였다.

휘익~

비도보다 빠른 뭔가가 개입했다.

그것은 언뜻 뱀인 것처럼 보였다. 뱀은 사선으로 날아와 거의 송겸의 목 가까이에 이른 비도를 쳐냈다. 그리고 뱀의 몸이 출렁임과 동시에 한 사람이 모습을 드러냈다.

초령우가 의아함이 가득한 표정으로 노려봤다.

중년의 미부였다.

하늘에서 막 하강한 듯한 선녀라고 해도 좋을 듯한 아름다움을 간직한 여인의 손에는 뱀으로 보였던 채찍이 쥐어져 있었다. 그녀는 주변을 빠르게 둘러보고 중얼거렸다.

"조금 늦었군."

송겸을 붙들고 있던 고염연이 거칠게 말했다.

"어디서 온 잡년이냐!"

중년 미부가 고염연을 슬쩍 바라보았다.

물음에 대답을 먼저 한 것은 채찍이었다. 채찍은 마치 살아 있기라도 한 것처럼 촤르르 움직이더니 필설로 형용하기 힘든 속도로 뻗어가 그대로 고염연의 이마를 관통했고, 관통했다 싶자 다시금 촤르르 소리를 내며 중년 미부에게로 돌아갔다.

고염연은 채 비명도 지르지 못하고, 심지어 경악에 찬 눈동자로 변하지도 못한 채 거친 표정을 그대로 유지하고는 그대로 뒤로 넘어졌다.

뒤에서 받쳐 들고 있던 고염연이 쓰러진 까닭에 송겸의 몸도 맥없이 고염연의 몸 위로 넘어졌다.

고염연의 뚫린 이마에서 핏줄기가 연신 뿜어 나오고 있었다.

중년 미부는 싸늘히 식어가는 고염연에게 비로소 답했다.

"내가 누구인지는 저승사자에게 물어라."

그 순간, 초령우를 비롯한 네 사람이 중년 미부를 향해 신형을 날렸다.

송겸을 맞이할 때는 일 대 일의 결투를 느긋하게 바라봤던 그들은 이미 상대가 쉽게 대할 수 있는 자가 아니라는 것을 알아봤고, 이심전심으로 마음이 통해 일제히 공격에 나선 것이었다.

세 명이 전면에서 밀려오고 한 명이 측면에서 쏘아져 오는 하북육살의 네 고수를 향해 중년 미부는 코웃음을 치고는 가볍게 채찍을 휘둘렀다.

채찍이 지나간 자리에는 명확한 반달 모양의 광채가 남았고, 그것은 강력한 기막(氣幕)을 형성했다. 하북육살은 투명한 벽의 압력에 밀려 튕겨지듯 뒤로 물러섰다.

초령우는 싸늘한 표정을 유지했지만, 그의 마음까지 냉정한 것은 결코 아니었다.

그는 이 한 번의 채찍의 기세를 통해 중년 미부가 전혀 다른 영역(領域)에 이른 자임을 깨달았다. 한 번의 손짓으로 기막을 형성하여 튕겨내는 고수는 이제까지 만나본 적도 없었다.

그의 머리에 번개같이 한 사람에 대한 이야기가 떠올랐다.

'칠성(七星) 중 유일한 여인(女人). 천뢰편(天雷鞭)을 사용하는 빙안미성(氷顔美星)!'

그러나 곧바로 의문이 뒤따랐다.

'이렇게 젊을 수는 없지 않는가. 그녀의 나이는 적어도 일흔 살을 넘겼을 터인데… 그러나, 그러나……'

그러나 빙안미성이 아니라면 지금의 이 상황은 설명할 수 없었다.

밀려난 하북육살의 네 고수가 한곳으로 모였다.

초령우가 말했다.

"굳이 서로 피를 봐야 할 것 같진 않구려. 여기서 정리를 하는 것이 어떻소?"

냉막한 표정은 그대로였지만 음성에는 많은 양보가 들어 있었다.

중년 미부가 말했다.

"이미 피는 많이 본 것 같구나."

얼음장처럼 차가운 음성에 마치 어린아이에게 말하는 듯한 말투였다. 초령우는 등줄기가 서늘해지는 것을 막을 수 없었다.

'제길, 그녀다! 그녀가 확실해.'

중년 미부가 다시 말했다.

"사람이 죽어야 할 때가 되면 반드시 죽어야 하는 법이다. 내가 볼 때 너희들은 오늘 죽어야 때인 것 같구나."

그 말이 끝나기 무섭게 중년 미부는 몸을 움직였다.

서늘한 기운을 물씬 풍기며 중년 미부는 거대한 빙산이 움직이는 것처럼 느릿해 보이는 걸음으로 강대한 기세를 담고 나아갔다.

초령우는 선택의 권한이 없음을 인정해야 했다.

"퍼져라."

초령우의 말과 함께 일제히 흩어진 그들은 각기 무기를 빼 들고 중년 미부에게 달려들었다.

초령우는 나아가는 동시에 세 개의 비도를 상, 중, 하로 빠르게 날렸다. 비도는 거칠 것 없이 공간을 찢고 나아가 생명있는 모든 것을 다 소멸시켜 버릴 기세였다.

그러나 비도는 웬일인지 중년 미부 앞에 아지랑이처럼 어른거리는 공간에 이르자 그 속도가 삼 분의 이 정도 줄어들었고, 그사이 중년 미부는 손을 살짝 틀었다.

채찍은 꿈틀 하면서 삽시간에 세 개의 비도를 집어삼켜 버렸다.

또한 채찍은 거기서 멈추지 않고 곧바로 초령우의 목을 향해 길에 뻗어가더니 그대로 초령우의 목을 감아버렸다.

초령우는 당혹감에 휩싸여 목 주위를 운기하며 동시에 양손을 뻗어 중년 미부를 향해 장력을 날려 채찍을 거두도록 유도했다.

그러는 사이 좌우 대각선으로는 윤홍과 경운무, 그리고 막요가 날카로운 기세로 중년 미부를 향해 검을 찔러갔다.

지금의 이 상황은 격렬하면서도 신속한 찰나의 지경이었는데 중년 미부는 그 찰나의 순간 속에서 언뜻 검을 피하지 못하겠다는 듯, 장력을 벗어나기 힘들겠다는 듯 머뭇거리는 것만 같았다.

그렇게 장력과 검날이 몸을 꿰뚫으려 할 때였다.

중년 미부는 미세한 시간의 흐름을 타고 신형을 뽑아 올려 장력을 뻗어오는 초령우의 머리 위로 공중제비를 돌며 내려섰다.

초령우는 눈앞에서 갑자기 상대가 사라지자 몸이 앞으로 쏠렸고, 장력이 공허하게 빈 공간으로 흩어지는 순간 참담한 비명을 내질렀다.

"으아악~"

어이없게도 초령우의 가슴에는 세 자루의 검, 즉 동거동락(同居同樂)했던 윤홍과 경운무, 막요의 검이 옆구리와 어깨, 그리고 허벅지에 꽂힌 것이다.

초령우의 비명은 끔찍스러웠지만 비명 소리는 그리 오래가지 못했다. 그의 목에 감겨져 있던 채찍이 움틀 하고 풀려 나가면서 우두둑, 소리와 함께 목뼈를 부러뜨려 버렸기 때문이다.

하북육살의 세 아우가 초령우의 몸에 박힌 검을 황급히 뽑자 초령우의 몸에서 피분수가 터져 나왔고, 초령우는 쿵, 하고 무릎을 꿇더니 다시 상체가 앞으로 기울며 그대로 허물어졌다.

막요와 경운무가 혼이 나간 표정으로 자신의 검을 내려다봤고 윤홍은 자신의 검으로 형님을 죽였다는 것을 부인하듯 자기도 모르게 검을 떨어뜨렸다.

초령우의 몸에서 끊임없이 새어 나오는 피가 바닥을 타고 그들의 신발을 척척하게 적셨다.

중년 미부는 놀란 장주가 일어선 채 부들거리고 있는 근처에 서서 지극히 고요한, 그래서 그 어떤 것보다 차가운 표정으로 미동도 없이 세 사람을 바라보았다.

하지만 그녀의 오른손에 들린 채찍은 그녀가 손을 움직인 것도 아니었건만 피에 굶주린 듯 바닥을 타고 스르르 움직였다가 허공으로 솟아 올라 꿈틀거렸다.

만약 중년 미부가 채찍을 놓아준다면 채찍 혼자서라도 피를 찾아 쓸어버릴 그런 살기가 어른거렸다.

하북육살 중 남은 세 사람은 이내 마음을 다잡고 일제히 달려들었다. 대형이 죽은 지금 그들은 더 이상 두려울 것이 없어 목숨을 버릴 각오를 뼛속 깊이 각인한 상태였다.

그때 중년 미부는 고요히 눈을 감았다 뜨는 중이었는데, 더불어 길게 한 호흡을 가다듬던 그녀는 한순간 빛살이 되었다.

그것은 마치 휘장을 걷어 어두웠던 방 안에 밝은 햇살이 삽시간에 들어서는 듯한 광경이라서 공격해 오던 세 사람은 순간 그녀의 종적을 놓쳐 버리고 말았다.

그러나 어리둥절도 잠시, 그들은 중년 미부가 방금 전에 서 있었던 곳에 그대로 서 있는 것을 보게 되었고, 그것을 확인했을 때 그들은 이미 한참 늦은 상태였다.

"크악~"

"욱~"

"아아악~"

무슨 영문인지도 확인할 겨를도 없이 그들은 각기 비명을 내질렀다. 그리고 그 고통의 근원이 무엇인지 확인한 순간 그들은 더 큰 비명을 질러야 했다.

채찍이 세 사람을 연달아 꿰어놓은 상태였다. 그들은 자신의 몸을 관통하고 동료의 몸에까지 길게 이어진 채찍을 보며 경악했다. 그러나 끝은 아직 아니었다.

다음 순간 뭐라 형용하기 힘든 고통을 수반하고 채찍이 몸에서 빠져 나갔다.

그것을 지켜보는 것도 당혹스러웠지만 채찍이 빠져나갈 때, 채찍에 머물러 있던 경력이 몸 안의 내장들을 갈기갈기 찢어발기면서 빠져나 간 까닭에 그들은 진정 지옥의 불덩이와 같은 고통을 느끼며 그대로 숨이 끊어졌다.

하북육살이 제대로 공격다운 공격도 못해보고 모두 죽은 후, 향유장 원의 장주 도윤은 거의 발작을 하듯 부들거리며 떨었다.

그는 너무 두려운 나머지 도망갈 엄두도 내지 못하고 중년 미부가 냉막한 시선으로 바라보았을 때는 급기야 바짓가랑이를 척척이 적시고 말았다.

그가 생각하고 있는 하북육살은 적수를 찾아보기 힘든 고수였다.

하북육살을 극진히 대하며 무서울 것이 없이 악행을 서슴지 않았고 마음이 원하는 대로 해오던 그였다. 그런데 이제 그토록 믿음직스럽던 하북육살은 핏조각이 되어 널브러져 있었다.

중년 미부가 말했다.

"무공을 모르는 게로구나."

"사, 살려주십시오. 살려주십시오. 뭐든지 시키는 대로 하겠습니다."

도윤은 너무 덜덜거려 자신이 말을 해놓고도 제대로 말한 것인지 의심스러울 지경이었다.

"아이는 무사하겠지? 어디에 있느냐?"

"아, 아이는 마구간 옆 차, 창고에 있습니다. 아, 아이는 무사합니다."

"창고? 음… 그래도 다행이구나."

중년 미부는 그 고운 눈을 가만히 감았다 뜨며 말을 이었다.

"네게도 자식이 있더냐?"

"그, 그렇습니다."

"네게 그 자녀들은 소중하더냐?"

그 말에 도윤은 더욱 심하게 몸을 떨었다. 어찌 소중하지 않을쏜가. 그는 자식들에게 해코지가 돌아갈 것이 겁이 나 더 큰 두려움에 사로잡혔다.

그 모습만으로도 대답은 충분했다.

"소중하게 여기고 있구나. 그럼 네가 왜 죽어야 하는지도 알겠구나?"

"사, 살려주십시오. 살려주십시오, 제발."

"그건 너무 염치없는 말인 것 같구나. 네가 무공을 모르니 고통없이 보내주마."

이 말투는 그 의미와는 달리 너무도 차분해서 그 분위기로만 봐서는 살려주겠다고 말하는 것 같을 정도였다.

중년 미부는 도윤에게 다가가 그의 머리 위에 손을 올렸고, 도윤은 덜덜거리면서 살려달라고 울부짖었다.

"살려주십시오! 살려주십시오! 살."

그것이 끝이었다.

그는 머리가 갑자기 하얗게 변하는 환상을 본 후 그대로 절명했다.

그의 머리는 겉으로는 어떤 손상도 입지 않은 상태였지만 이미 머리 속의 뇌는 물처럼 녹아버리고 만 것이다.

도윤이 맥없이 쓰러진 후 중년 미부는 송겸과 그 일행이 있는 곳으로 걸음을 옮겼다.

그녀가 송겸과 추백 등에게 향할 때 이미 송겸 등은 다른 두 여인들로부터 응급 치료를 받고 있는 상태였다.

두 여인 중 한 사람은 삼십 대 중반 정도 되어 보였고, 또 다른 여인은 이십 대도 채 되지 않아 보이는 앳된 얼굴이었다.

그들 두 여인은 중년 미부가 등장한 후 바로 뒤를 이어 나타났었던 터라 혈을 제압당한 추백 등을 자유롭게 해주고, 심각한 상태에 빠진 송겸을 응급 조치하고 있었다.

추백과 조후, 그리고 교청은 중년 미부의 놀라운 무위에 정신을 차릴 수 없을 정도로 놀랐지만, 그 가운데 추백만은 또 다른 놀라움에 사로잡혔다. 송겸을 돌보고 있는 두 여인 중 젊은 여인이 다름 아닌 송겸이 찾아 나섰던 여인이었기 때문이다.

추백은 이 상황을 대충 이해할 수 있을 것 같았다.

그렇다. 아이를 빼앗긴 아버지, 왕요의 딸이 바로 그녀였고, 그녀가 마침 중년 미부인 사부와 함께 집으로 오게 되어 작금의 사태를 알고 이곳, 향유장원에 이르게 된 것이다.

그때 중년 미부가 상처를 입은 송겸에게로 미끄러지듯이 다가왔다.

두 제자가 몸을 일으켜 옆으로 물러났다.

이미 송겸의 몸은 박힌 칼이 뽑혀지고 지혈이 마쳐진 상태였다.

중년 미부는 아무 말 없이 품에서 환약을 꺼내 옅은 신음을 발하고 있는 송겸의 입에 밀어 넣었다.

환약의 약효 때문인지 송겸의 눈이 천천히 열렸다. 눈동자에는 아직까지 자줏빛 광채의 여운이 옅게 어려 있었다.

그 광경에 중년 미부의 눈에서 이채가 발해졌다.

"자안신광? 어, 어떻게 이 아이에게서?!"

그녀는 자신도 모르게 소리쳤다.

그러나 송겸은 다시금 스르르 눈을 감았고, 아득히 혼절하고 말았다.

중년 미부는 다급히 송겸에게 진기를 불어넣었지만 송겸은 깨어나지 못했다.

그녀는 추백 등이 있는 곳을 향해 물었다.

"이 아이는 누구냐? 정녕 성숙노괴의 아들인 게냐?"

격정에 찬 중년 미부의 음성에 시선을 받고 있던 추백이 더듬거렸다.

"그, 그건 잘 모르겠습니다만, 형님은 독왕노군님의 제자입니다."

"뭐? 독왕노괴? 그럴 리가… 이 아이가 어떻게 독왕노괴의 제자일 수 있단 말이냐!"

중년 미부의 믿을 수 없다는 표정만큼이나 교청은의 얼굴에도 거의 경악에 가까운 표정이 떠올랐다.

교청은은 이제껏 송겸의 사문이 뭔가 특별할 것이라는 짐작은 하고 있었지만, 설마 천하사괴(天下四怪) 중 한 명의 제자일 줄은 꿈에도 생각지 못했던 것이다.

이제까지의 행적을 보면 이해가 되기도 했지만 또 한편으로는 전혀 이해가 되지 않기도 했다.

중년 미부는 송겸의 맥을 살피고는 기혈이 막힌 부분을 진기로 뚫어주고 몸 안의 진기가 스스로 순환하도록 이끌어주었다. 송겸의 몸 안에서 진기가 다시 정상으로 흐르는 것이 감지되었다. 위험한 상황은 지난 셈이었다.

그녀가 말했다.

"조령, 너는 이곳을 수습하도록 하라."

"제자, 명을 받들겠습니다."

삼십 대 중반의 여인이 공손히 답했다.

중년 미부는 다시 추백 등을 보고 말했다.

"너희는 운신할 수 있겠느냐?"

"충분합니다."

"좋다, 그럼 일단 자리를 옮기도록 하자."

제16장 유념하라

등잔불이 어른거리는 객방 안에서 빙안미성 주혜는 침상에 죽은 듯이 누워 있는 송겸의 얼굴을 뚫어지게 바라보고 있었다.

안정되었던 진기가 급작스럽게 다시 요동쳐 다시금 진기를 유도해주자 비로소 들끓던 진기가 강물처럼 흘러갔다.

그녀는 가만히 중얼거렸다.

"나는 여전히 이해할 수 없구나."

그리고 창가로 이동해 초승달을 보며, 그녀는 과거의 아픈 추억 속으로 떠났다.

성숙노괴 홍자생.

그와 그녀는 연인이었다.

부부의 연을 맺지는 않았으나 그들은 사실 부부나 다름없이 서로를 사랑했다.

그러던 어느 날 그녀는 믿을 수 없는 말을 들었다.

홍자생이 각별한 사이인 악성 고이연을 만나고 온 후 돌연 이별을 선언한 것이다.

듣고도 믿을 수 없게 된 그녀에게 홍자생은 먼 길을 떠난다고 했다. 도대체 무슨 소리냐고 다그쳤지만 홍자생은 아무 말도 없었다.

그렇게 속절없이 헤어진 후, 그녀가 홍자생을 다시 만나게 된 것은 단천자가 피로 세상을 물들일 때였다.

그전과는 비교할 수 없는 무공을 선보여 단천자를 제압한 홍자생에게 그녀는 과거에 듣지 못했던 이별의 이유를 다시 물었다.

그런 그녀에게 홍자생은 먼 길을 가야 한다고만 다시 이야기할 뿐이었다. 그녀가 끝내 눈물을 보이자 홍자생은 그제야 제대로 된 답을 들려주었다.

"선계로 갈 생각이오."

그 말을 들은 그녀는 그 자리에서 굳어버렸고, 홍자생은 한참을 바라보다가 발길을 돌려 바람이 되었다.

그 이후로는 어떤 종적도 찾을 수가 없었다.

그런데… 그런데 지금 그의 아들이 이곳에 있는 것이다.

그녀는 누구보다 홍자생을 잘 알고 있었다.

자안신광은 홍자생의 가문을 따라 이어온 특징이었다.

손이 귀한 집안이었기에 다른 사람의 아들이라고 말할 수 없었다.

게다가 송겸의 얼굴을 본 순간 빙안미성은 젊었을 때의 홍자생의 얼굴을 볼 수 있었다. 이목구비가 판에 박은 듯한 모습은 다른 설명이 필요없을 정도였다.

그렇기에 지금 그녀의 마음은 갈가리 찢어지는 듯 아팠다.

그가 또 다른 사람을 마음에 두고 있었다고는 생각할 수 없었다.

그러나 거짓말처럼 눈앞에는 뚜렷한 증거가 놓여 있지 않는가.

"휴우."

그녀는 길게 한숨을 내쉬었다.

깨어나면 성숙노괴의 행적에 대해 알 수 있을 것이다.

그녀는 머리를 천천히 가로젓고 창문을 열었다.

송겸이 깨어나기 전 마무리 지어야 할 일이 있었다.

그녀의 신형이 연기처럼 그 자리에서 사라졌다.

*   *   *

현령 두무상은 침상에 누워 있었지만 좀체 잠이 오지 않아 몸을 이리저리 뒤척였다. 기생 청향을 부를까도 생각했지만 또 생각해 보니 귀찮기도 했다.

그는 아내가 병으로 세상을 떠난 뒤로는 재혼하지 않고 기생을 부르거나 건수가 되는대로 여러 여자들을 섭렵했다. 그것이 인생을 대로 즐기며 피곤하지 않는 삶이라고 생각했다.

그가 몸을 모로 눕자 그의 삼중 턱살이 출렁거렸다.

여전히 잠이 오지 않자 그는 끝내 자리에서 일어났다.

아무래도 청향을 불러야 할 것 같았다.

그가 막 침상에서 몸을 일으켜 앉았을 때였다.

문이 열리는 소리와 함께 뭔가가 쿵 하고 바닥에 떨어지는 소리가 났다.

그는 너무 놀라 허겁지겁 등잔불을 밝혔다.

환한 불빛에 드러난 실내에는 그가 가장 신뢰하는 호위 문탁이 구겨진 종이처럼 쓰러져 있었다.

문탁으로 말하자면, 호형호제하는 향유장주의 식객으로 머물고 있는 하북육살의 대형인 초령우와 비견되는 실력을 갖춘 고수였다.

그런 그가 짐짝 던져지듯이 바닥에 내동댕이쳐진 것이다.

그는 너무 놀라 뒤로 물러서며 막 소리를 지르려 할 때였다.

"입을 열지 않는 것이 좋을 것이다."

중년 여인의 음성. 하지만 그저 음성일 뿐이건만 두무상은 얼음이 송곳처럼 온몸을 엄습하는 것 같은 공포에 휩싸여 자기도 모르게 손으로 입을 가리며 주춤주춤 물러섰다.

"무공을 폐쇄하였을 뿐이니 안심해라."

그제야 두무성이 모기만한 소리로 물었다. 어디에 있는지는 찾을 수도 없었다.

"누, 누구십니까? 무엇을 원하는 겁니까?"

"향유장주 도윤을 알고 있느냐?"

"아, 알고 있습니다."

"그는 오늘 죽었다."

두무상은 너무 놀라 다시 손으로 입을 가리고 신음을 뱉어냈다. 그럼에도 손 틈 사이로 옅은 소리가 새어 나왔다.

"왜 죽었는지는 말하지 않아도 네가 잘 알고 있겠지?"

"네? 네… 그렇습니다. 자, 잘 알고 있습니다."

"그럼 너의 목숨은 어찌 될 것 같으냐?"

두무상은 그대로 무릎을 꿇었다.

"사, 살려주십시오. 제발 살려주십시오."

"도윤은 악이 극에 달해 사리사욕을 위해 아이를 인질로 삼았더구나. 너는 알고 있었느냐?"

"모르는 일입니다, 그 일은……."

거짓말이었다. 빙안미성도 잘 알고 있었다.

"너는 현령이 되어 고을을 잘 다스릴 의무가 있음에도 불구하고 가진 자들의 횡포를 격려하고 불행에 빠진 사람들을 멸시하며 살아왔다."

두무상의 몸이 부들거리며 거칠게 흔들렸다.

"휴, 그래도 너는 꽤 운이 좋구나. 너는 백 번 죽어 마땅하나 너의 할 일이 남아 있어 오늘은 목숨을 살려주도록 하겠다."

두무상은 천 길 낭떠러지에서 목숨을 구한 사람처럼 감격했다.

"가, 감사합니다. 감사합니다."

"향유장원의 일을 부드럽게 매듭 짓고 그와 관련된 사람들에게 해코지하지 않도록 해라. 그 모든 것을, 나는 지켜보고 있겠다. 네가 만일 조금이라도 과거를 뉘우치지 않고 다시 사람들을 핍박한다면 바로 그날, 나는 오늘 유보한 죽음을 네게 전하러 오겠다."

빙안미성이 두무상을 살려준 것은 그를 죽이고 난 뒤 다른 현령이 발령받고 왔을 때 향유장주 등의 죽음에 대해 알아보고 왕요의 집안에 해를 끼칠 것을 우려했기 때문이었다.

그러느니 금약현에 대해 속속들이 파악하고 있는 두무상으로 하여금 이번 일을 깔끔하게 처리하게 하고, 앞으로 이런 일이 다시 일어나지 않도록 큰 경계로 삼도록 하는 것이 더 유익하다는 판단을 내린 것이다.

그녀는 천뢰편을 펼쳐 벽면을 향해 뿌렸다.

차르르, 소리와 함께 벽을 타고 흐르던 천뢰편이 다시금 빙안미성의 수중으로 돌아왔고, 벽면에는 커다란 글자가 새겨졌다.

"지켜보겠다."

그 말을 끝으로 빙안미성은 바람처럼 내전에서 사라졌다.

그 후로도 한참 동안 머리를 숙인 채 부들거리던 두무상은 거의 일식경(30분) 정도가 지난 뒤에 간신히 고개를 들었다.

그는 사방을 두리번거리다 떠난 것임을 알았다. 문득 그의 시선이 벽면에 닿았고, 그것을 본 순간 그는 소스라치게 놀라고 말았다.

벽에는 커다란 글씨로 유념(留念:마음에 새겨두고 생각함)이라는 두 글자가 새겨져 있었다. 그는 덜덜 떨며 벽에 다가가 파여진 글자에 손가락을 넣어보았다. 검지의 손가락 마디 두 개가 들어가는 깊이였다. 그것도 글자의 획에 따른 모든 것의 깊이가 동일했다.

"유념. 유념. 유념⋯⋯."

현령 두무상은 두려움에 사로잡혀 그저 그 두 글자만 한없이 중얼거렸다.

〈제3권 끝〉

후기(글을 쓰는 중간중간의 환상과 폐인지경의 폐해)

글을 씀에 있어, 책상에 오래 앉아 있는 것과 분량이 비례하는 것은 결코 아니다. 모니터를 멍하니 쳐다보다가 한 시간이 지날 때도 있어서 문득 시계를 쳐다보고 어이가 없어 세 방울의 땀을 연달아 흘린 적도 있다.

그런 식으로 자칫 넋을 놓고 있을 때면 하루는 어떻게 지났는지도 모르게 후닥닥 지나가 버리고 만다.

한낮의 햇살을 확인한 것이 방금 전이련만 무심코 바라본 창문이 어둠에 물들어 있을 때, 그리고 다시 고개를 바로 해 모니터 창에 기록된 글자가 한 페이지도 채우지 못하고 큰 여백만을 남기고 있을 때 그 당혹스러움이란.

그럴 땐 이렇게 슬쩍 중얼거려 본다.

"오늘아, 너 어디 간 거니?"

그럼 이런 대답이 들려온다.

"……현영쓰, KIN~ ㅡ_ㅡ;;;"

누구나 느끼는 것일 테지만 유독 컴퓨터 앞에 앉으면 시간이란 녀석은 엄청 빠른 속도로 흘러간다. 잠깐 한눈을 팔게 되면 그 틈을 놓치지 않고 한두 시간은 우습다는 듯 지나가, 선동렬의 전성기 때 구속보다 더 빠른 것 같기도 하다.

그런 까닭으로 글을 쓰는 중간중간에는 여백의 시간을 가지는 것이 필요하다는 것을 느낀다. 줄곧 모니터를 노려본다고 해서 글이 자동으로 기록되는 일은 없기에 환경을 바꿔주어 감성이나 근육 등을 이완시켜 주는 것이 좋다.

또 탁한 공기로, 글 속의 사건들과 주인공들 사이를 어리버리하게 오갔던 감정의 간극들을 오간 뇌(腦)에게도 맑은 공기를 공급해 주어야 한다.

문을 열고 밖으로 나오면 기대한 대로 신선한 공기가 반갑게 맞아준다.

그러나 문제는, 모니터만 뚫어지게 보느라 어느새 용모와 차림새는 폐인
의 그것이 되어 있다는 점이다.

머리 속은 환상 세계를 거미줄처럼 왕래하느라 정신이 없어 머리를 두른
머리카락들도 제멋대로 솟구치고, 드러눕고, 일그러져 어떤 날은 아톰머리가
되었다가, 또 어느 날은 슈퍼맨처럼 찰싹 달라붙고, 또 다른 날은 베트맨이
되기도 한다.

셔츠는 대충 걷어 올리고 바지도 논두렁에 일하러 가는 사람마냥 한쪽은
세 번 접어 올리고 다른 한쪽은 두 번 접어 올려져 있다.

폐인의 3대 기본 조건이 무엇인가.

산발머리, 불규칙한 수염, 손톱에 낀 때다.

그중 결정적인 작용을 하는 손톱에 대해 알아보자면 일단 손톱은 길고 넓
게 자라 있어야 한다. 그리고 반드시 자란 손톱 안쪽으로는 촘촘히, 야금야금
박힌 검은 때들이 알알이 박혀 있는 것이 기본 설정이랄 수 있겠다.

하지만 여기에서 폐인의 도가 끝난 것은 아니다. 폐인에게도 나름의 정결
함의 법칙이 있다. 그저 손톱에 낀 때만 있어서는 초보 폐인에 불과하다.

진정한 폐인의 손톱에는 오 분지 일의 거무스름한 때와 검은 볼펜 자국이
손톱 안쪽에 그어져 있다. 흔히 사용하는 모나미 볼펜의 심지로 긁어낸 자국
이 선명함을 본다면 그는 진정한 폐인이라 자부해도 부족함이 없을 것이다.

폐인은 무엇으로 사는가? 라는 책에서(실제 나왔냐고 서점에 전화하면 큰일
납니다. 그런데 생각해 보니 이런 제목도 꽤 쓸 만하군요) 폐인은 볼펜심으로
검은 때를 긁어내고, 그것을 바라보았을 때 가장 큰 희열과 뿌듯함을 느낀다
고 했다.

이 글을 읽고 있는 독자 분들 중에서도 아마 경험해 보신 분들은 그때의
뿌듯함과 닭살 돋는 희열을 공감할 수 있으리라(과연 그것을 경험해 보지 않

은 분이 몇 분이나 있을까? 고상함과 교양으로 뒤덮인 이라도 어느 한적한 시간 속에서 반드시 행해보았으리라. 물론 난 아니다, 라는 분도 있을 겁니다. 그런 분은 행복한 삶을 위해 실천해 보실 것을 적극 권유하는 바입니다).

이렇듯 정형화된 폐인의 모습으로 길가에 나서게 되면 한두 대씩 지나가는 자동차들과 골목골목마다에서 활기 찬 사람들의 모습을 발견하게 된다.

"흠, 후우~"

길게 숨을 들이키며 두뇌의 원활한 활동을 위해 산소를 마셔본다. 하지만 그것도 잠시, 한 번의 호흡으로 진기를 가다듬는 눈동자는 커지고 만다.

후다다다닥…….

다다다다닥…….

차라라락~ 차악~

씨잉~

동네 주민들이 무영보를 시전하며 각자 집으로 들어가고, 상가는 셔터를 내리고, 지나가던 차들은 속력을 높여 골목을 빠져나가는 소리다.

늘 겪고 있는, 낯익은 풍경임에도 가슴이 아파오는 것은 어쩔 수 없다. 활기로 가득 찼던 길은 황량한 벌판으로 변하고, 가을이 아님에도 어디서 굴러온 건지 낙엽이 바람에 쓸려간다.

나는 절규한다.

"폐인도 사람입니다~"

그러나 돌아오는 건 한줄기 무심한 바람뿐이다.

그나마 이런 험난한 세상에서도 폐인으로서 꿋꿋이 살아갈 수 있는 것은 폐인이 됨과 동시에 익히게 되는 절대신공 때문이다.

이 신공은 스스로 익히려 하지 않아도 어떻게 된 일인지 자연스럽게 습득되는 것으로 구성까지는 아무 노력도 없이 성취를 이룬다.

이름하여,

철판신공.

십이성이 최종 경지임을 감안할 때 구성이라 함은 절정이라도 봐도 무방하다. 이것은 가히 걸인각성의 주인공 표영의 비천신공과 송겸의 임기응변술, 또는 후흑신공과 비교해도 결코 뒤지지 않는 것으로, 핵심 구결은 세 가지로 이루어져 있다.

1. 슬픔도 잠시

2. 번민도 잠시

3. 그저 살짝 쪼개봐.

이 세 가지를 제대로 운용하여 진기를 유도하다 보면 어느새 마음은 평온해지고 온 세상을 다 가진 듯한 만족이 스멀거리며 피어난다.

이런 절정의 신공에도 불구하고 위기가 없었던 것은 아니다.

어느 한적한 일요일, 나는 매우 특별한 광경을 목격하게 되었다. 멧돼지 철판 구이 집에서조차 부러워할 만큼의 철판을 소유한 나였지만 아연실색하지 않을 수 없는 광경이었다.

다른 날과 마찬가지로 맑은 공기를 마셔야지, 라는 컨셉으로 동네를 어슬렁거리고 있을 때였다. 어지간한 것들은 쳐다보지도 않고 온갖 망상 속을 헤매며 걷고 있던 중, 눈을 자극하는 특이한 풍경이 접하게 되었다.

'저건 다 뭐지?'

시선이 이른 곳에는 온 동네를 다 옮길 듯한 이삿짐 트럭과 사다리차 등이 우글거렸고 바쁘게 이삿짐이 옮겨지고 있었다.

도대체 무슨 일일까?

갑자기 구청에서 이사하기 대회라고 열어 '누가누가 먼저 짐을 쌀까요?'라는 대회라도 개최한 것일까?

의문을 품은 채 한쪽 다리를 떨고 손가락으로 턱을 툭툭 치고 있자니 조심스럽게 다가오는 한 아저씨가 보였다.

그는 뚱뚱한 체구와는 전혀 어울리지 않게도 가슴 한복판에 '초절정 스피드 이사' 라는 글자를 새긴 재킷을 걸치고 있었다. 발걸음을 보아 분명 내게로 다가오고 있음이 확실했다.

도, 도망쳐야 하나?

워낙 성큼거리며 다가오는지라 저러다 곧바로 장력을 발출하는 것은 아닐까 하는 막연한 두려움이 일었다. 일단은 도망치는 것이 상책이겠다 싶을 때 아저씨는 다다다닥(절대 휘리릭이 아니다) 다가와 꾸벅 하고 날 향해 깊게 허리를 숙였다.

"무, 무슨… 일이십니까?"

라고 물은 나는 황당함에 젖어,

'혹시 제가 전설의 지존(至尊)이고 그쪽은 저의 수하로 과거부터 내정된 분이신가요?'

라고 물을 뻔했다.

그 아저씨는,

'지존이시여, 오랫동안 기다렸습니다. 이제 드디어 우리의 숙원을 풀 날이 임하는 것인 게지요.'

라고는 안타깝게도 결코 말하지 않았다.

대신,

"감사합니다. 저희에게 이토록 큰 대목을 맞도록 도와주시니 뭐라고 감사의 말씀을 드려야 할지. 무엇을 좋아하시는지 몰라 건강음료를 준비했습니다."

참으로 태연하게 건강음료를 건네는 손길에 나는 감동하고 말았다.

이, 이것이 그러니까 말로만 들었던 바로 그, 그, 공청석유란 말인가! 아, 눈물 나올라 그런다.

흐뭇한 미소를 머금고 돌아서는 아저씨의 뒷모습을 보며 무슨 까닭으로 내게 공청석유씩이나 주는 건지 차마 이유를 묻지 못했다.

그랬다간,

'아이고, 사람을 잘못 봤구려. 죄송하외다.'

라고 말하고선 공청석유를 빼앗아갈 것 같았기 때문이다.

나는 혹시나 하는 염려로 후다다닥 슬리퍼를 끄집고 도망쳐 골목의 벽에 붙어 숨을 헐떡였다. 거친 숨을 내뱉으면서도 공청석유(?)를 바라보자 뿌듯함이 밀려왔다. 나는 태어나서 세 번째로 내가 자랑스러웠다.

그로부터 삼 일 뒤, 나는 내가 왜 이삿짐 센터 아저씨로부터 감사의 인사를 받아야 했는지, 그리고 이 동네의 집단 이사의 원인이 무엇인지 알게 되었다.

그날도 머리를 식힌다는 명목 아래 동네를 돌 때였다.

막 꺾어 돌아가려는데 동네 아주머니 대여섯으로 추정되는 이들의 수군거리는 소리가 들렸다. 나는 걸음을 계속 옮기려다가 문득 마음을 울리는 말 한마디에 놀라 벽에 철썩 달라붙었다.

"아, 글쎄… 글을 쓴다는 사람이 있잖아. 무슨 무한소손가, 무한대손가 하는 거 말여. 그래, 전에는 만선문의 걸인들하고 걸인후예인가, 걸인각성제인가도 썼다고 하지 아마. 근데 도대체 왜 무슨 이유로 폐인의 모습으로 돌아다니는지 모르겠어. 불안해 죽겠다니까."

나는 왠지 뿌듯해졌다. 아주머니들이 나를 알고 있다. 그래, 나는 유명인인 게다! 생애 네 번째로 내가 자랑스러워진 순간이었다.

아주머니들의 이야기는 계속 이어졌다.

"그러게 말이야. 걸인각성제를 썼다면 자기도 좀 각성제 먹고 각성해야 하는 거 아니냐구. 나도 어서 이살 갈까 봐."

그 말에는 식은땀이 흘러내렸다.

"이해할 수가 없어. 왜 그런 괴이한 인간 때문에 동네 사람들이 죄다 이사를 가야 하냐구."

"땅값도 얼마나 떨어졌는지 몰라."

"맞아. 나도 빨리 이사 가야 할 텐데 집이 안 나가네. 벌써 소문이 다 났나 봐."

난 그들이 이야기를 마칠 때까지 귀퉁이 벽에 찰싹 달라붙어 있어야 했다. 조금만 부스럭거리면 '거기 누구냐?'라고 소리치며 달려온다면 그야말로 낭패가 아닐 수 없기 때문이다.

단언컨대 내 생애 그때만큼 식은땀을 많이 흘린 적은 없었다.

아주머니들의 수다는 내가 벽에 붙어 있기엔 너무도 길고 길게 이어졌다. 그때의 후유증으로 난 아직도 목이 뻐근하고 허벅지가 저리다.

그날 아주머니들의 대화는 내게 많은 것을 생각하게 했고 인생에 대해 돌아보게 하는 계기가 되었다.

'나로 인해 이렇게 피해를 보는 이들이 많아서야 되겠는가. 사람이 살면서 서로를 유익하게는 못할망정 해롭게 해서는 안 되는 것이지.'

그리고 그 다음날부터 난 새로운 사람으로 다시 태어났다, 라고 해야 옳지만, 어이없게도 철판신공은 스스로 진화하더니 십일성에 이르고 말았다.

참된 사람이 될 뻔한 나는 십이성의 경지를 눈앞에 두고 확실한 폐인의 길을 향해 또다시 가열차게 달려가게 된다.

이 경지에 이르게 되고 나서도 몇 번 아주머니들의 수군거림을 들었지만, 십일성의 경지는 놀라운 것이었다. 그때부턴 그 어떤 야유도 피아노의 선율로 들렸고, 손가락질은 팔운동으로, 사납게 부릅뜬 눈초리는 그저 정겨운 모습일 뿐이었다.

나는 오늘도 정진한다.

십이성의 완벽한 폐인의 길을 위해~

(혹시, 아톰머리로 거리를 걷는 사람이 있다면 그가 혹시 '김현영'이 아닐지 한 번 정도 되돌아 봐주시길 바랍니다.)

✱

참고로 개인 홈페이지에 대해 알려 드립니다.

『무한소소』는 무한공간이라는 이름의 홈페이지에 연재가 되고 있습니다만, 현재 극소수의 회원만으로 이루어져 있습니다.

멤버가 되는 길이 조금 번거롭기 때문에 성격 급하신 분들은 그런 것이 있는가 보구나라고 생각해 주시고, 마음에 여유가 있는 분들은 찾아주서도 좋겠습니다.

주소는, www.muhans.com입니다.